文春文庫

峠しぐれ

葉室麟

目次

峠しぐれ

一

岡野藩領内で隣国との境にある弁天峠は、朝方、霧に白く覆われ、道も定かではなくなるため、

――朝霧峠
などとも呼ばれている。山の峰々に霧が立ち込め、木々の緑がほのかに霞んで見える風景はあたかも一幅の絵のようだった。峠には茶店があり、草鞋や笠も売っているので一休みしていく旅人も多い。

茶店では茶と餅のほか甘酒も出すため、長旅をしてきた者に喜ばれた。店の主人は半平という四十過ぎの男で志乃という三十五、六の女房が手伝っている。

半平は小柄で寡黙な男でいつも店の奥で茶や団子を支度するか、草鞋を編んでいる。表で客の相手をするのはもっぱら志乃の方で、目鼻立ちがととのってほのかな色気があり、峠の地名にあやかって、

――峠の弁天様

と親しまれていた。峠を西へ一町ほど下った道筋に昔、地元の豪農が峠での遭難がないようにと祈念して建てた弁財天の仏像を祀る瓦葺の小さな御堂がある。この弁財天にちなんで弁天峠とよばれるようになったのだが、いまでは茶店に志乃がいるからついた名だと思う旅人もいるほどになっていた。

志乃は客たちに隙は見せないものの、かといってお高くとまる様子はなく、旅の疲れで具合が悪くなった客の面倒を親身に見た。街道を行き来する旅人のなかには、志乃目当てで茶店に寄る者も珍しくなかった。

弁天峠から岡野城下までは麓の安原宿を経て十八里ほどである。志乃と半平はときおり、安原宿まで茶を仕入れに行くので、宿場でも顔を知られていた。

半平は達筆で帳簿付けなどもできることから、武家の一行が大人数で麓の安原宿に泊まるときなど、夫婦で手伝いに呼ばれることもあり、宿場役人からも評判がよかった。そのためなのか、ふたりが武家の出ではないかという噂がたった。

武家の客は作法にうるさいが、志乃は宿の女中たちに適切な注意を与えて、疎漏がなかった。また、泊まり客の武士が酒に酔って暴れた際に、半平がそっと近づいて、どこを押さえたのか、相手の体にわずかに手をそえただけでおとなしくさせた。

酔いがさめた武士は恐ろしいものでも見るような目で半平を見つめた。日ごろおとなしく、声を荒らげることもない半平だけに宿場のひとたちの印象に残ったのだ。

茶店は十年ほど前までは老夫婦がやっていて、そのころまでは、ほかの峠の茶店と変わったところもない、ごくありきたりな店だった。

どのようなわけで老夫婦から半平と志乃が茶店を引き継いだのか、地元の者でも知らなかった。ただ老夫婦が、いつの間にか茶店を手伝うようになった半平と志乃を、

「親戚だ」

と話すのを聞いた者もいた。いずれにしても峠の茶店を誰がやろうと、地元の者にとってはどうでもよかった。半平と志乃は茶店の主人として十年の歳月を過ごすうちに峠の風景に溶け込んで馴染みのものになっていた。

ある年の初夏——

朝方の峠は白く霧におおわれていた。

志乃は湯を沸かし雨戸を開けて、床几を表に出したが、まだ客の来る時間ではない。それでも、たまに西側の岡野城下の宿を早立ちした旅人や飛脚が足を休めることはあった。志乃は店の掃除を終えて、ふと東の街道へ目を遣った。街道は隣国の結城藩からつながっているが、朝方には東から来る旅人はいない。

結城藩では国境に口留番所を設けている。かつて戦国時代には大名はそれぞれ領国に関所を置いて旅人の監視を行っていたが、江戸幕府は寛永年間に武家諸法度において大

名が勝手に関所を設けることを禁じた。

このため幕府を憚って関所とは呼ばず、〈番所〉の体裁で設置したのが口留番所だった。

口留番所の開門は、日の出の明け六ツ（午前六時ごろ）であり、日の入りの暮れ六ツ（午後六時ごろ）には閉じられる。結城藩領内から山道に入って弁天峠を上り、茶店に来るのは昼近くになる。だから朝方に東から来る客はほとんどいなかった。しかし、志乃が何気なく東の街道を見たのは、数人の人影が目に留まったからだ。

志乃は眉をひそめた。地元の百姓か猟師なら見た目でわかるが、近づいてくるのは町人の身なりをした男女で三人の子供を連れている。

人影から志乃は目をそらせた。番所の役人の目をかいくぐってきた旅人であれば、関わらない方がいいと思った。だが、親子連れが近づいてくるにしたがって、いやおうなしにその姿は目に入ってしまう。

男女はふたりとも三十過ぎのようだ。それぞれ大きな風呂敷包みの荷を背負っている。男はやせていて風呂敷包みがいかにも重そうで、かついで歩くのは苦しげだった。
二、三歩後ろについてきている女も疲労の色が濃く出ているように見受けられる。おそらく夜通し、歩いてきたのではないだろうか。十歳ぐらいと思われる男の子ふたりと、三歳ぐらいの女の子ひとりも疲れ果てている様子だ。
女の子は兄に背負われて眠りこけており、男の子たちは足を引きずりながら懸命に親

についてきている。その様を見た志乃は、茶店の前を通り過ぎようとした親子連れに向かって、思わず、

「お休みになりませんか」

と声をかけた。男はぎょっとして振り向いたが、やがて気弱そうな笑みを浮かべた。

「茶代がありませんので」

志乃は微笑(ほほえ)んで言った。

「まだ、店を開けていないので、茶代はいりません。白湯(さゆ)でよかったら、差し上げますし、昨日の残りで商売に出すわけにはいかないお団子もありますから」

志乃が遠慮はいりませんよ、という表情をすると男は女とひそひそと言葉をかわした。先を急ぎたいのだろうが、子供たちの疲れを思えばそうもしかねたのだろう。一瞬、ためらって口ごもったあと、男は志乃に頭を下げた。

「ありがとうございます。ご厚意に甘えさせていただきます」

すぐさま志乃はうなずいて、なんでもないことのように、どうぞ、どうぞ、と明るく茶店に導いた。男はふと、思いついたように、

「そう言えば、旅の商人から朝霧峠の茶店の話を聞いたことがあります。茶店には弁天様と呼ばれる女主人がいて、客を温かくもてなしてくれると」

「そんな、わたくしは弁天様などではありません。それにこの茶店は亭主がやっている

のですから」

志乃が微笑んで応じると、男と女は恐る恐る床几に腰かけた。兄の背中から下ろされた女の子が眠そうに目をこすりながら、

「ここ、どこ――」

とあどけなく訊いた。男の子がむっつりとして、

「峠の茶店だ」

と答える。女の子は、ふーんと言って店の中を見回し、志乃を見て、にこりと笑った。つられて、微笑み返した志乃は、奥に入って竈の火加減を見ていた半平に、

「お白湯を五人分、お願いします」

と告げた。黒い筒袖を着て尻端折りし、股引を穿いている半平が首をひねった。

「白湯を客に出すのか」

「いえ、お客ではありません。東から来られた親子連れのひとたちです。夜旅をしてこられたのでしょう、とてもくたびれておられるので」

親子連れの様子を志乃が話すと半平は眉をひそめた。

「いわくありげな旅のひとにはあまり関わらない方がいい」

「三歳ぐらいの娘さんもいるんですよ。わたしに笑いかけてくれて、とてもかわいらしい娘さんです」

「そうか――」

　半平はそれ以上言わずに柄杓で釜の湯を茶碗に注ぎ分けた。志乃はその間に団子を五本、皿にのせた。昨日の夕方に作ったもので、さほどに固くなってはいないようだ。

　志乃が茶碗をのせたお盆と団子の皿を抱えて店に出ていくと、男と女は顔を寄せあって話していたが、急に男が顔をしかめて、

「そんなことをいまさら言っても仕方がないだろう。もうここまで来てしまった。いまさら引き返すなんて遅すぎる」

　とうめくように言った。男は疲労困憊して、これ以上、話すのも面倒くさそうだった。

「だけど、そんなことを言っても」

　女はなおも必死に食い下がろうとする。志乃はふたりのそばの床几に盆を置きながら、痛ましい思いがした。親子が暮らしに困窮して夜逃げをしてきたのだろう、ということは察しがついた。ふたりはそれぞれ継ぎのあたった粗末な着物を着ているが、顔つきや挙措に生まれの良さをうかがわせるものがあった。

　町人とはいっても実家はそれなりに裕福で、若いころは美男美女の夫婦としてまわりに羨ましがられたのではないだろうか。だが、いまのふたりは面やつれして、たがいにかける言葉もぎすぎすしているように思われる。そんな両親を案じているのか、一番年上の男の子はおとなびた我慢強そうな顔つきで唇を嚙みしめている。

弟らしい男の子は兄を見習って、しっかりしようとしているようだが、つい、目の前のことに気をとられてあたりをきょろきょろ見回している。一方、女の子はそんな兄たちとは違って、ときおり空を見上げては、何が楽しいのかにこにこしていた。

志乃が茶碗を置いて奥へ引っ込もうとすると、男が弱り切った顔をして声をかけてきた。

「峠を越えて下りたところに、御領主様の口留番所があるのでございましょうか」

岡野藩の番所の目をかいくぐることができるだろうか、と心配しているようだ。

「街道を行けば番所はございますが、さほど厳しい詮議はなさいません。手形を見せなければならないのもお武家様だけでございます」

「そうですか」

男はほっとした顔になった。しかし、女はあきらめきれない様子で、

「だけど、岡野様のご城下に行っても、何のあてもないってわかっているのに、どうして行くの。結城様のご城下なら親戚や知り合いがいるのだから、きっと力添えしてくれる」

と言い募った。男はゆっくり頭を横に振った。

「いや、もう無理だ、親戚も知り合いも金を借り尽くしてしまったじゃないか。あとは島屋(しまや)の五兵衛(ごへえ)にでも頼むしかない。だが、どんなことを言われるかしれたものじゃない。

それはお前だって嫌だろう」

「それは、そうだけど——」

「すまない、おれが不甲斐ないばっかりに」

男がうなだれて言うと、女は涙ぐんだ。

「お前さんはまだ、そんなことを——」

声を震わせて泣きそうになった母親を見つめて、女の子が突然、大声で泣き出した。

兄らしい男の子はぶっきらぼうに、

「泣くな、おせつ。泣いたって住んでいた家には戻れないんだ」

と言った。すると、弟らしい男の子が、

「兄(あん)ちゃん、どうして戻れないんだ」

と首をかしげて訊いた。訊かれた男の子は、いきなり、ぽかり、と弟の頭をなぐった。

弟は一瞬、驚いた顔になったが、すぐに、

「兄ちゃんが叩いた」

と悲鳴のような声をあげた。女の子はびっくりしたのか泣きやんで母親の膝にしがみついた。それを見た男は苛々した様子でいきなり立ち上がり、

「太郎吉(たろうきち)、なんで次郎助(じろうすけ)を泣かせるんだ」

と怒鳴りつけて男の子をなぐろうと詰め寄る気配を示した。女は女の子を抱き上げて

男から目をそむけ、止めようとはしない。

志乃はあわてて男と太郎吉と呼ばれた男の子の間に割って入った。

「兄弟げんかじゃありませんか、息子さんを勘弁してあげてくださいな」

志乃に言われて、男は振り上げていたこぶしを下ろし、床几に腰かけると大きく吐息(といき)をついた。

「申し訳ないことをいたしました。ご親切にしていただいているのに店先で大声を出してしまいました」

「気になさらなくてもいいですよ。皆さん夜旅で疲れていらっしゃるんでしょうから」

温かな言葉を志乃からかけられ、男はうつむいて肩をすぼめていたが、しばらくして顔を上げた。

「おっしゃる通りです。お察しかとは思いますが、わたしどもは借金で首がまわらなくなり、結城のご城下から夜逃げをして参ったのです」

「そうでしたか」

うなずきながら、自分も半平とともに寄る辺ない思いで峠を越えたのだ、と昔を思い出した。それだけに、より一層、気の毒に思う心持ちが増して、思わず訊いてしまった。

「岡野のご城下にお知り合いはいらっしゃるんですか」

男は自信無さげに頭(かぶり)を振った。

「わたしは、吉兵衛と申します。もともと味噌を扱っている問屋の倅で父親の店を継いだのですが、うまくいかずに店をたたむほかなくなり、女房のお澄や子供たちと夜逃げしたのです。岡野のご城下に同業の問屋で知っているひとはいるにはいるのですが、力になってもらえるかどうか」

男が肩を落とす傍らで、お澄は、声を詰まらせながら言った。

「訪ねていっても、きっと相手になんかしてもらえないに決まっています。門前払いされて路頭に迷うのが落ちです。だから、知り合いのいる結城のご城下にいまからでも引き返そうって頼んでいるのに聞いてもらえなくて」

「それは……」

貧の苦しさは志乃にも覚えがあるだけに言葉に詰まった。その日の食べるもののあてもなく彷徨って、行き倒れそうになった日々を思い出す。

吉兵衛がいたましげな眼差しでお澄を見つめた。

「こいつは、もとは太田屋という造り酒屋の娘で、何不自由なく暮らしていたのですが、わたしと一緒になったばかりにこんな目にあわせてしまいました。娘のころに持っていた着物も簪も売り払い、いまでは着た切り雀で髪を飾るものなんて何ひとつ残っちゃあいません」

「お前さん――」

悲しげに言いかけて、お澄は頭を振り言葉を続けた。

「そんなことは言わなくたっていいのに」

小さくうなずいた吉兵衛は、気を取り直した素振りで、長男が太郎吉、次男が次郎助、娘はおせつという名だと志乃に話した。さっき喧嘩したばかりの太郎吉と次郎助は、もともと仲のいい兄弟なのだろう。体をぴったりくっつけて神妙に床几に座っている。

太郎吉と次郎助は、両親がため息をつくのを心配そうに眺めている。だが、幼いおせつは母親の膝から下りると無邪気に店の中を歩き回り始めた。

親子の様子を見つめながらたがいに思い遣る心があっても貧苦を乗り越えるのは難しいとわかっている志乃はせつない思いがした。

志乃が黙って物思いにふけっていると吉兵衛はふとつぶやいた。

「こんなことになったのも、新しい御仕組みのせいだ」

志乃は首をかしげた。

「御仕組みと言いますと？」

吉兵衛ははっとして口をつぐんだが、やがて、ここだけの話ですが、と言いながら結城藩の実情を語った。

結城藩では近頃、御仕組みと称して、産物を特定の商人に専売させるようになった。味噌や醬油だけでなく紙や炭の類までだった。その大半を手中にして巨利を得るようになったのは、島屋五兵衛という商人だった。

結城藩は家老の天野宮内が永年、藩政を動かしてきた。だが、近頃、中老の岩見辰右衛門と勘定奉行の佐川大蔵が力を持ち始め、藩政改革を呼号して宮内の政策をことごとく改めているという。新たな御仕組みと呼ばれる産物の専売制度もそのひとつで、これまで結城家に大名貸しをしてきた島屋五兵衛に専売権を与えて優遇するための措置であることは明らかだった。しかし、この御仕組みのために、城下のほかの商人は廃業に追いやられた。

味噌や醤油、紙、炭にいたるまで、作っていた問屋や職人、農家は値段を低く抑えられ、困窮することになった。藩の利益とは言いながら、実際には儲けを独り占めにしたれ、島屋からの金で岩見辰右衛門の派閥が潤った。

お上のことはよくわかりませんが、と続けながらも吉兵衛は伝え聞いた噂もまじえて結城藩に関しての話を詳しく口にした。

志乃は眉をひそめて聞いていたが、吉兵衛が話し終えると、目を転じて遠く霞んで見える山々の青い稜線を眺めた。

結城藩の内情は察しがついた。思い起こせば、志乃自身に起きたこととも無縁ではないのだ。志乃がさまざまに思いをめぐらせつつ見上げる空を鳶がゆったりと舞っている。

二

　吉兵衛たちはしばらく休んだ後、疲れた体に鞭打つようにして腰を上げ、志乃に何度も礼を言ってから岡野城下を目指して歩き出した。志乃が見送っていると、奥から半平が出てきた。傍らに立つ半平に志乃はつぶやき声で言った。

「あの親子連れは岡野のご城下で落ち着けるでしょうか」

「うまい具合に働き口が見つかるといいのだが」

　半平も案じる声音(こわね)で応えた。志乃は東の街道に目を遣った。まだ人影は見えず、静まり返っている。

「わたしたちもあの親子連れのように夜旅をして、この峠を越えた日がありましたね」

　志乃がぽつりと言うと、半平はうなずいた。

「行き暮れる思いがしたな」

「だから、あの親子の行く末が気にかかるのかもしれません」

　志乃はふたたび兄に背負われていった娘の姿を心に浮かべた。

あどけない年頃から、親に連れられて困窮の旅をしなければならない娘が憐れではあったが、それでも、親と離れずにいられるだけ幸せなのだ、と思い返しもした。

「まあ、しかたのないことだ」

半平はさりげなく言って奥へ入っていった。

この日、昼を過ぎたころには茶店で休む旅人は多くなり、志乃は忙しく立ち働いた。朝方に訪れた親子連れのことはいつの間にか忘れていた。ところが、翌日の昼下がりになって、安原宿で宿場役人をしている金井長五郎(かないちょうごろう)が訪ねてきた。

宿場役人といっても長五郎は大野屋(おおのや)という旅籠(はたご)の主人で、藩から苗字帯刀を許されており、さらに街道筋のやくざ者も憚る顔役でもあった。志乃と半平もかねてから知っている。

長五郎は供に下男ひとりを連れただけで店先に顔をのぞかせた。志乃が驚いて、

「金井様、ようこそお出でで」

と声をかけると、峠道を上って汗だくになった長五郎は気さくに手を振って茶をもらえるか、のどが渇いたと言いながら床几に腰を下ろした。四十過ぎの色黒で小男の長五郎は、体に似合わない馬面で左の頬に大きな黒子(ほくろ)があった。

ちょうど店に客足が絶えているときだった。志乃はあわてて奥へ入り、茶を入れた碗を盆にのせて出た。半平も気がかりな様子で志乃に続いて奥から出てきた。

手ぬぐいで額の汗をぬぐった長五郎は茶碗を受けとって、ごくごくとひと息に飲み干した。志乃が心配げに、

「何かありましたのでしょうか」

と訊いた。宿場役人が峠を上がってくるとは、ただ事ではない。もし半平と志乃に用事があるのなら呼びつければすむことだった。

茶を飲み終えた長五郎は人心地がついたという顔になって、

「あんたらを宿場に呼んでもよかったのだが、無駄足を踏ませても悪いし、ちょっと相談もあって、わたしの方から足を運んだというわけだ」

と言った。志乃の後ろにひかえていた半平が進み出て、

「ご相談とはどんなことでございましょうか」

と低い声で訊ねた。長五郎は咳払いしてから話し始めた。

「実はな、今朝方、宿場で夫婦者と子供三人の親子連れが盗みの疑いで捕まったんだ」

親子連れと聞いて、志乃は昨日、峠を越えていった吉兵衛親子の顔をすぐに思い出した。

「まさか、あの吉兵衛さんが――」

志乃が言いかけると、長五郎は目を細めて志乃をうかがうように見た。

「ほう、やはり、あの親子連れはここに寄ったのかね」

「昨日の朝方でした。峠を東から上ってきました」

志乃はためらいつつ口を開いた。

朝、東から来たと言えば口留番所の目を逃(のが)れてきたことは、宿場役人の長五郎にはすぐにわかるはずだ。しかし長五郎はそうか、と言っただけで話を続けた。

「親子連れは昨日、わたしの旅籠に泊まったんだが、朝になって奉行所のお役人が宿改めをされた。そのおりに、親子連れの荷の中から高価そうな珊瑚(さんご)の簪が出てきたのだ。金銀を使った凝った細工の簪で、とてもじゃないが貧しい親子が持っているものとは思えなかった。実は、ご城下で稲葉屋(いなばや)という材木商の屋敷が盗賊に襲われて主人夫婦が殺されたうえに三百両もの金が奪われた。そのとき、金目の品もごっそり盗まれたということだ」

「では、親子連れが持っていた簪は稲葉屋から盗まれたものだというのですか」

志乃は表情を曇らせた。吉兵衛が盗みをするような男だとは思えなかった。

「はっきりそうだ、と決まったわけじゃないが、稲葉屋の女房は衣装道楽でご禁制の金銀の飾り物を随分と持っていたらしい。このあたりで珊瑚の簪を持っている女と言えば、稲葉屋の女房ぐらいだ」

長五郎に言われて志乃は黙るしかなかった。たしかに安原宿にそんな贅沢な簪を持っている女はいそうにない。半平が身じろぎして口を挟んだ。

「それで、親子連れは盗賊の一味だということになったのですか」

「ご城下での盗賊騒ぎがあったから、町奉行所のお役人が出張ってきて宿改めをされたのだ。珊瑚の簪を見て、稲葉屋から盗まれたものだということになって、その場で夫婦はお縄になった」

「でも、あのひとたちは昨日、峠を越えたのですよ。盗賊とは何の関わりもないはずです」

「捕まった吉兵衛もそう言っている。茶店であんたに親切にしてもらったから、訊いてもらえば御領内に入ったばかりだとわかるはずだと言っている。それで、わたしが訊きにきたわけだ」

「その通りです。間違いありません。あのひとたちは盗人なんかじゃありません」

志乃は勢い込んで言った。長五郎はうなずいたものの、

「さて、そのことを町奉行所のお役人にわかってもらうにはどうしたらいいものか」

と腕を組んで考え込んだ。

「わたくしが宿場に参って、ありのままをお話しいたします。それでおわかりいただけるのではないでしょうか」

長五郎は頭を振った。

「押し込み強盗を働いていないことははっきりするが、盗んだ品の運び役だという疑い

はなかなか解いてもらえないだろう」

「そんな、あの夫婦は盗みなんかするひとたちじゃありません。ましてひとを殺すなんてことはできるはずもありません」

志乃が力んで言うと、長五郎は真顔になって、

「わたしもそう思うのだよ」

と同意して深いため息をついた。半平が首をかしげつつ、

「金井様はあの親子連れをご存じなのですか」

と問いかけると、長五郎はしみじみとした口調で話した。

「最初はわからなかったんだが、素性を聞くうちに、結城様の城下で味噌を扱っていた三根屋さんの息子だとわかってね。わたしは、若いころ賭場に出入りするような暴れ者で、親ともそりが合わなくて家を飛び出し、半ばやくざ者となってあちこち流れ歩いていたことがあってね。そのとき、三根屋の先代には随分と世話になって説教もされ、親に詫びを入れて家に戻ることができたのだよ」

志乃は長五郎が吉兵衛と縁があるという話に驚いた。それとともに、若いころやくざ者めいた暮らしをしていたと聞いて、長五郎が日ごろから街道筋のやくざたちに睨みが利くわけがわかった気がした。

「それでしたらなおのこと、吉兵衛さんの力になっていただきたいと思います」

「わたしもそうできればと思っているのだがね」

長五郎はうなずくと、志乃さんには申し訳ないが、わたしと一緒に安原宿まで来てもらおうかと続けた。

志乃はちらりと半平に目を遣った。半平がかすかにうなずくのを見てから、

「お役に立つかどうかわかりませんが、ご一緒いたします」

と長五郎の求めに応じた。長五郎が茶代だ、と言って財布から銭を出そうとするのを半平は押しとどめ、

「女房をどうぞ、よろしくお願いいたします」

と頭を下げた。長五郎は苦笑した。

「峠の弁天様に何かあったら、旅のひとたちから何と言われるかわからないからね」

いえ、滅相もない、と言いかける半平を制して長五郎は床几から立ち上がった。志乃が奥で身支度するのを待ち、安原宿へと向かった。

志乃は山間から聞こえてくる澄んだ鳥のさえずりに耳を傾けながら、長五郎に従って歩いた。

峠から安原宿までは五里ほどの道のりである。長五郎とともに志乃が宿場に着いたころには、すでに夕刻だった。番所は宿場に入ってすぐの辻にあり、すでに提灯に火が入

れられ、薄い灯りが道を照らしている。

　長五郎は、声をかけながら腰高障子を開けて番所の中に足を踏み入れた。志乃も続いて土間に入った。見れば、縄を打たれた吉兵衛は引き据えられ、お澄と子供たちは土間の隅におびえて固まっている。

　志乃が入ってきたのを見た子供たちはいっせいに顔を輝かせ、お澄もすがるような目を向けてきた。うなずいてみせてから、志乃は長五郎の後に従って板敷に座っている町奉行所の役人の前に進んだ。あごが張って鼻も大きい鬼瓦のようないかつい顔をした役人は長五郎をじろりと見て、

「大野屋殿、やっと戻られたか」

　とつぶやいた。そして、後ろに控える志乃に目を遣り、峠の弁天様のお出ましか、とうんざりした口調で言った。

　長五郎はにこやかな顔になって、

「永尾(ながお)様、やはり、このひとたちは昨日の朝、峠を越えたそうでございます」

と告げた。道すがら志乃は町奉行所の役人が以前、安原宿で会ったことがある永尾甚十郎(じんじゅうろう)だと長五郎から聞かされていた。

　長五郎の後ろで頭を下げる志乃を見遣った甚十郎は、たしかめるように訊いた。

「大野屋殿の言われることに間違いはないかな、弁天殿――」

「相違ございません。たしかにこの方たちは昨日の朝、峠を越えられました」

よどみなく答える志乃に甚十郎は皮肉な笑みを浮かべた。

「なるほど結城藩の口留番所の目を逃れてきたというわけか」

「いえ、夕刻に番所を通られましたが、お子様の具合が悪く峠越えができずに山中でひと晩過ごされたようでした」

志乃がさりげなく言い添えると、甚十郎はじろりと睨んだ。

「さような言い訳が通用いたすと思うか」

いったん、目を伏せたが志乃は怯んだ様子もなく視線を上げた。

「いずれにしましても、峠に上られてからが茶店のお客でございますから、その前のことは詮索いたしかねます」

志乃の言葉には、武家の出をうかがわせる落ち着きがあった。甚十郎は気圧されたように目をそらした。すかさず長五郎が前に出て甚十郎の機嫌をとるように言った。

「ともあれ、永尾様の詮議により、このひとたちが盗人の一味ではないとわかったのでございますから、ようございました」

甚十郎は長五郎をひややかな目で見た。

「大野屋殿はさように言われるが、嫌疑が晴れたわけではないぞ」

「それはまた、どうしてでございましょうか」

長五郎はわざとらしく首をひねってみせた。

「こ奴は珊瑚の簪の出所を言わんのだ。あくまで自分のものだと言い張りおる」

さようでございますか、とうなずいた長五郎は問いかけるような視線を志乃に向けた。志乃は少し考えてから甚十郎に向かい、

「吉兵衛さんに訊ねたいことがございますが、よろしいでしょうか」

と否やを言わせぬ言葉つきで許しを求めた。顔をしかめたものの、甚十郎がいいだろう、と応じると、志乃は吉兵衛のそばに近づいてひざまずいた。

「吉兵衛さん、わたくしは昨日の朝、あなたにお会いしたとき、おかみさんがいまでは簪一本、持っていないと言われたのを覚えています。お役人様に本当のことをおっしゃった方がいいのではありませんか」

諭すような志乃の口添えに、吉兵衛は唇を噛んでうつむき、黙り込んで何も言わなかった。土間の隅にいたお澄がたまりかねたのだろう、

「お前さん、本当のことを言っておくれ。わたしはあんな簪が荷物の中にあるなんて知らなかった。どうしてあれほどのものが入っていたんです」

と涙ながらに訊いた。吉兵衛が顔をそむけると、いきなり長男の太郎吉が甚十郎の前に出てきた。

「父ちゃんじゃありません。あの簪はおれが拾ったんです」

甚十郎は目を剝いた。

「拾っただと、偽りを申すな。あのような簪が道に落ちていたりするものか」

「それでも、間違いありません」

太郎吉がなおも言い募ると、今度は次郎助が身を乗り出して、

「兄ちゃんと一緒におれも拾った。嘘じゃないよ」

と横合いから口をはさんだ。とっさに太郎吉が、うるさい、よけいなこと言うな、と次郎助の頭を殴った。だが、次郎助は泣きもせず、唇を引き結んでじっと甚十郎を見つめている。

甚十郎は厳しい顔つきになった。

「その方ら、さように偽りを申しておると牢問いにかけて石を抱かせるぞ」

牢問いとは咎人を座らせて膝の上に重い石を置き、棒で殴るなどする拷問だった。吉兵衛があわてて、

「申し訳ございません。わたしが拾ったのでございます」

と申し立てた。甚十郎は立ち上がって板敷から土間に下りると、板壁に立てかけてあった六尺棒を手にした。

甚十郎が土間に六尺棒を突いて仁王立ちになった姿はまさに鬼を思わせた。その姿に恐れをなしたおせつが、おびえてしくしくと泣きだした。それに構わず、甚十郎は頭の

上に六尺棒を振りかざして、

「まだ、嘘偽りを申すか。ただではおかんぞ」

と怒鳴った。するとべそをかきながらもおせつは、

「ごめんなさい。わたしがもらったの」

と声を張り上げた。甚十郎は振り上げた六尺棒を下ろした。

「何と申した」

とんでもないことを言うと驚いたのかお澄は、かばうようにおせつを抱きしめて言い聞かせた。

「お父っつあんを助けたくてそんなことを言うんだろ」

しかし、おせつは何度も頭を横に振った。

「違う。峠で弁天様からもらった」

興味深げに甚十郎がおせつの顔を覗き込んだ。

「弁天様にもらったというのか」

甚十郎に問われて、おせつはしゃくりあげながらうなずいた。

甚十郎は志乃を振り向いた。

「峠の弁天殿、これはどういうことかな。この娘の言うことがまことなら、簪はそなたが持っていたということになる。つまり、そなたが盗賊の一味というわけだ。峠の茶店

は、盗賊が盗んだ品を隠しておく盗人宿だということかな。これまで目こぼししてきたが、素性を明かしてもらわねばならぬ」

思いがけなく甚十郎に訊かれて、志乃は表情を硬くした。素性を明らかにすれば、もはや、峠の茶店にいることはできなくなるだろう。

それがせつなかった。

三

「永尾様、お待ちください」

長五郎が強い口調で言った。言葉をはさまれた甚十郎が顔を向けると、長五郎はていねいに頭を下げた。

「ご不審とは存じますが、これは何か事情があるのではないかと存じます。志乃さんに身の証(あかし)を立てさせていただければありがたいと存じます」

「どうしろというのだ」

声高な甚十郎の言葉を、長五郎は笑顔でかわした。

「それこそ、弁天様に訊いていただきとうございます」

「なんだと――」

目をむく甚十郎に頭を下げて志乃はおせつに近づき、かがみこんで話しかけた。

「おせつちゃんが弁天様から簪をもらったというのは、きっと本当の話だと思います。でも、おせつちゃんが言う弁天様はわたくしのことではないのではありませんか」

志乃がやさしく問うと、おせつはこくりとうなずいた。

「おせつちゃんに簪をくれた弁天様がどこにいたか、わたくしに教えてくださいませんか」

重ねて志乃が問いかけると、おせつは、またこくりとうなずいた。吉兵衛と太郎吉は目を丸くしておせつに見入っている。

「どんな弁天様にもらったの」

志乃はおせつにやさしく微笑みかけた。おせつはじっと志乃の顔を見つめてから、にこりとして言った。

「お堂の弁天様――」

「お堂の？」

志乃は吉兵衛を振り向いて訊いた。

「峠で弁天堂にお参りをされましたか」

吉兵衛はうなずいた。

「はい、通りがかりに皆で手を合わせました」

「そのおり、おせつちゃんはお堂に入ったでしょうか」

吉兵衛は当惑した顔でお澄を見た。お澄は思い出しながら告げた。

「そう言えば、皆でお参りしてから歩き始めたとき、おせつは弁天堂の濡れ縁にあがって格子戸から中をのぞき込んでいました。弁財天の像がきれいで見たかったのだと思います。呼ぶとすぐに戻ってきましたが」

志乃は立ち上がるなり甚十郎にはっきりと言い切った。

「おせつちゃんは、その際に、弁天堂の中に隠れていた者から簪をもらったのだと思います」

甚十郎は、ううむ、とうなり声をあげるだけで何も言わなかった。長五郎がつぶやくように言った。

「そいつが城下で稲葉屋を襲った盗賊というわけか」

「おせつちゃんが弁天様だと思ったのですから、女子（おなご）だったのではないでしょうか」

志乃が自分の考えを述べると、甚十郎が、そうか、と思い当たったらしい声をあげた。

長五郎もうなずいて、

「永尾様、これは夜狐と呼ばれている女盗賊ではありますまいか」

と告げた。甚十郎は頭を大きく縦に振った。

「そうだ。夜狐め、稲葉屋を襲った後、峠まで来て弁天堂でひと晩、明かしたのだな。そして結城藩の口留番所が開門する刻限を見計らって峠を下りていったに違いない。堂の中をのぞきこんだ娘におもちゃ代わりに簪をくれてやり、堂から去らせようとしたのであろう」

ようやく吉兵衛親子の身の潔白が明かされると思った志乃は、ほっとした表情で言った。

「でしたら、このひとたちへのお疑いは晴れたのでございますね」

しかし、甚十郎は頭を横に振って吉兵衛を睨みつけた。

「いや、まだ訊かねばならぬことがある。その方、なぜ簪は娘がもらったものだと申し立てなかったのだ。さすればかような手間をかけず、峠の弁天堂にひそむ盗賊を早々に捕えに参ることができたのだぞ」

厳しい声で質す甚十郎に、吉兵衛はうなだれて答えた。

「昨晩、宿で休んでおりまして、ちょうどお澄が女中さんを手伝って夕餉の膳を下げて部屋を出ていたときでした。おせつが懐から珊瑚の簪を持ち出しましたので、どうしたのだ、とすぐに訊きました。いくら訊いても、峠の弁天様からもらったとしか答えません。まさか、このような高価なものを茶店の方がくださるとは思えず、どうしたものかと困り果てました」

「それで、そのままにしておいたというわけか。つまり、いずれは売って金にするという欲が出たのだな」

甚十郎が決めつけると吉兵衛はあわてて頭を振った。

「滅相もございません。売ろうなどとは思いもよらぬことです。ただ……」

言いよどむ吉兵衛を見ていられずに太郎吉が横から口を出した。

「おれが、そのままにしておいた方がいいと、おとっつぁんに言ったんだ」

「なぜ、さようなことを申した」

甚十郎は太郎吉を厳しい目で睨みつけた。

「だって、おせつが簪は弁天様がおっかさんにくれたものだというから」

太郎吉はかばうように傍らのおせつの肩に手を回して言った。おせつがじっと甚十郎を見つめて、

「弁天様はこれをおっかさんの髪にさしてきれいにしておあげ、って言ったの」

と口にするのを耳にして、吉兵衛は肩を落としたまま話した。

「おせつの言うことを聞いているうちに、わたしもこの簪をお澄の髪にさしてやりたいと思うようになりました。苦労続きで身を飾ることもできずにきましたから。それでも、簪を手放せなかったわたしは泥棒と同じです」

　吉兵衛が言い終わる前に、太郎吉と次郎助はそろって身を乗り出した。

「おとっつぁんだけが悪いんじゃないんです。おれたちも一緒になって簪を隠しておこうと言ったんです」

「おっかさんの喜ぶ顔を見たかったんです」

　子供たちの言葉に、お澄はうなだれてすすり泣いた。おせつはお澄にとりすがって泣きじゃくった。

「ごめんなさい、おっかさん。ごめんなさい」

　いらいらした様子で甚十郎は叫んだ。

「ええい、泣くな、泣くな。ここをどこだと心得ておる。取り調べの場で泣くなど、お上を畏れぬ所業である。さような話は宿に帰ってからいたせ」

　甚十郎の言葉を聞いて、長五郎は安堵した笑顔になった。

「では、このひとたちはご放免になるのでございますね」

「幼い娘が狐に化かされたような話だ。まともに相手にしておられるか。それよりも夜狐が峠の弁天堂にひそんでいたことがわかった。一味の者が後から来るのであれば、まだ弁天堂におるやもしれぬ。これより捕えに参るゆえ、人数を集めよ」

　さばさばした面持ちで甚十郎が命じるや、長五郎は眉をひそめた。

「いまから峠に上れば夜中になってしまいますが」

「かまわぬ。一刻を争うのだ。ぐずぐずしておれば夜狐を取り逃すぞ。相手は稀代の凶賊だ。逃しては、また殺される者が出ぬとも限らんではないか」

甚十郎はきっぱりと言い放った。

一刻（二時間）ほど後、番所の下役など六人の捕り手をかき集めた甚十郎は陣笠をかぶり、ぶっ裂き羽織、馬乗り袴姿で馬に乗って手に鞭を持ち、出発した。

捕り手たちはそれぞれ鉢巻をして尻端折りしたなりで、股引を穿いた足に黒脚絆（くろきゃはん）を巻いた草鞋履きだった。手には六尺棒と御用提灯を持っている。

志乃は長五郎とともに一行に続いた。甚十郎が時おり、鞭を入れる馬についていくのは足の運びがおぼつかなかったが、提灯を持って傍らを進む長五郎が歩調を合わせてくれた。

すでに日が落ち、夜道は暗かったが、幸いなことに月が出ていた。

道沿いの切り立った崖を見上げると、黒々とした山並みが迫り、空との境目は白んで見えた。長五郎は提灯で志乃の足もとを照らして少し先を歩きながら、

「いまさら弁天堂に行っても、夜狐はとうの昔に峠を越えていると思うがね」

と、甚十郎の捕り物に同行しなければならなくなったことにうんざりした様子で言った。

「それでも、吉兵衛さんの疑いが晴れてようございました」

「まったくだな。だからこそ、弁天堂に夜狐が潜んでいたことの証が得られればと思って、わたしも永尾様についていくのだ」

「永尾様もそのおつもりなのではないでしょうか」

志乃がさりげなく口にした言葉を聞きとがめて、長五郎は振り向いた。

「それはどういうことだ」

「さきほどの話のままでしたら、吉兵衛さんは盗賊が盗んだ品を自分のものにしようとした罪で、お咎めを受けてしまいます」

「それで、夜中に捕り物を行うことにして、吉兵衛のことをうやむやにしてしまいたかったのだな」

長五郎は感心した口ぶりで言った。

「永尾様は鬼のような顔とは裏腹に、おやさしいところのある方ですから」

志乃は笑みを含んだ声で応じた。

「裏腹と言われては永尾様の立つ瀬がないな。峠の弁天様にはかなわないな」

長五郎は大声で笑いながら、峠を上って行った。やがて曲がりくねった山道を過ぎて、昼間なら見晴しのいいあたりに出た。

志乃の茶店まで二町ほどのところである。甚十郎の騎馬に離されていたが、長五郎に気にする様子はなかった。

「もうじきだな」

長五郎が何気なく言ったとき、志乃はあっと息を呑んだ。

「金井様、火が――」

「なんだと――」

前方の暗闇が赤らんでいる。小さな火が見えたと思ったら炎になって燃え上がった。

「弁天堂のあたりです」

言いつつ志乃はすでに走り出していた。長五郎も提灯を持ったまま走った。火の気のない弁天堂から炎が上がっているとはどういうことだろうか、という疑念が志乃の頭を過(よぎ)っていた。

弁天堂に近づくにつれ、志乃たちは馬の嘶(いなな)きを聞いた。甚十郎の馬が突然の炎に驚いて棹立(さおだ)ちになっていた。捕り手たちは、そのまわりで右往左往している。

長五郎は駆け寄りながら、

「永尾様、どうされました」

と大声で訊いた。甚十郎は懸命に馬を操ろうと手綱を引き寄せつつ、

「盗賊だ。こ奴ら、まだこの弁天堂にいたのだ」

と叫んだ。捕り手たちは六尺棒を構えているが、燃える弁天堂を背にして立つ五人の

盗賊に気圧されているのだろうか、及び腰でなかなか前に進めない様子だ。

五人はいずれも諸国を行脚する巡礼僧である六部の姿をしている。鼠木綿の着物に同じ色の手甲や脚絆、股引をつけ、背には厨子を背負っている。

六部たちのうち四人が持っていた樫の杖を不意に引き抜くと白刃が現れた。仕込み杖になっているようだ。

残るひとりは笠をかぶり、さらに布で目から下を覆っている。杖を手にしたまま、抜こうとはしない。小柄で華奢な体つきをしていた。

六部たちが仕込み杖を構えて前に出ると、六尺棒を持った捕り手たちは怯んであとずさった。甚十郎は馬の首筋をなでてなだめてから、ひらりと飛び降りた。刀も抜かずに六部たちの前に立ちはだかり、

「盗賊ども、おとなしくお縄につけ。さもなくば斬って捨てるぞ」

と怒号した。その間にも弁天堂は燃え上がり、炎が高くなった。火の粉があたり一面に金粉をまき散らすように闇に飛んだ。

甚十郎の大声にも六部たちは、怯む様子もなく、じりっと間合いを詰めてくる。

自分の一喝で恐れ入ると思っていたらしい甚十郎は、思いがけない盗賊のしぶとさに憤怒の表情を浮かべた。甚十郎が刀の柄に手をかけたとき、

「お待ちください。お役人様が峠で斬り合いをされたとあっては、旅の方が峠越えを怖

がるようになってしまいます」

と声がした。甚十郎が振り向くと、黒っぽい筒袖を着て股引を穿いた半平がゆっくりと近づいてくる。手には薪を一本、ぶら提げていた。

「そなた、茶店の主人か」

甚十郎に訊かれて、半平は朴訥(ぼくとつ)な声で答えた。

「さようでございます。半平と申します」

「ならば訊くが、なぜ止めようとする。こ奴らを逃がせとでもいうのか」

「いいえ、茶店の主人は言わば、峠の番人でございます。盗人に峠を越えさせるわけには参りません」

半平はさりげなく言うと六部に近づいた。半平に向けて構え直した六部たちの仕込み杖の白刃が月光にきらりと鈍い光を放った。

半平は六部たちを恐れる素振りも見せずに口を開いた。

「お前らは盗んだ品物を弁天堂の床下に隠しておいたのではないだろうか。ほとぼりが冷めるのを待って掘り返すつもりだったのだろうが、昨日、親子連れの中にいた幼い娘に弁天堂をのぞかれたのが心配になり、今夜になって掘り返しにきたというわけだ」

半平の言う通りなのか、動揺を見せた六部たちはたがいの顔に視線を走らせ、小声で囁きかわした。間を置かず半平は追い討ちをかけるように言葉を継いだ。

「あいにくだが、わたしはちょうど茶店の外にいて、娘が弁天堂をのぞいたのを見ておった。親子連れが盗みの疑いをかけられたと聞いて、見回っていたところ、弁天堂の床が掘り返した土で汚れていたので、盗品が隠されたと見当がついた」

六部のひとりが大声でわめいた。

「埋めていた金はどうした」

「わたしが掘り出して茶店の奥にしまってある。欲しければ、わたしを倒していくことだな」

半平は薄く笑った。同時に四人の六部は斬りかかった。凄まじい刃風の音を立てて半平を襲う。だが、半平の動きはゆるやかだった。

正面から斬りかかった六部の仕込み杖を薪で軽く弾いた。一瞬のうちに仕込み杖が根元から折れた。ぎょっとする六部の懐に、半平はすかさず踏み込んで頭を打ち据えた。六部があおむけに倒れると半平は両脇から斬りかかったふたりの六部の仕込み杖を、かつ、かつ、と薪で弾きかえした。

続けて半平はぐるりと腕をまわして、ふたりの鳩尾(みぞおち)を薪の先端で突いた。うめき声をあげてふたりが倒れるなり、もうひとりの六部が半平の後ろから斬りつけてきた。

半平は振り返らないままわずかに横に動いて仕込み杖をかわした。思わずたたらを踏んで前のめりになった六部の首筋を薪で打った。六部はそのまま地面にうつぶせに倒れた。

半平は倒れた六部には目もくれず、ただひとり残っている笠をかぶり、布で顔を隠した六部に向かい合った。

「お前が一味の頭らしいが、もはや抗っても無駄だぞ」

半平が言うと、六部はゆっくりと仕込み杖を抜いて正眼に構えた。

「ほう、ほかの奴らに比べて剣の心得はあるようだな」

半平は無造作に薪を構え、ゆっくり前に出た。気迫に圧倒されたように笠をかぶった六部は後ずさった。

半平がさらに間合いを詰めた瞬間、六部は飛鳥のように跳んだ。

きぇーっ

甲高い気合いを発して跳躍した六部は真っ向から唐竹割りに仕込み杖を振り下ろした。

半平はゆらりと刃をかわして、斬りつけてきた六部の腕をつかんだ。

そのとき、半平は戸惑った表情になった。わずかな隙を逃さず、六部は体をひねり、半平の手からするりと逃れた。さらに袈裟掛けに斬りつけてくる仕込み杖を半平は薪を擦りあげて、巻き落とすようにして打ち据えた。

仕込み杖を取り落とした六部は、すぐさま背を向けて走り出した。半平は追おうとはせず、黙ってじっと六部を見送った。甚十郎が鞭を手に叫んだ。

「何をしておる。追え、追うのだ」

　六尺棒を小脇に抱え込んだ捕り手たちが、あわてて逃げた六部を追った。しかし、六部は疾風のような速さで闇に姿を消した。

　甚十郎は目を怒らせて半平を見た。

「その方、ほかの六部どもを退治いたしたのは見事であったが、あの六部だけ、なぜ逃がしたのだ。おそらくあ奴が一味の頭に違いないぞ」

　半平は何事もなかったかのように答えた。

「申し訳ございません。白刃と渡り合っておりますうちに、急に恐ろしくなりまして、足がすくみましてございます」

「ほう、これほどの腕を持ちながら、足がすくんだと申すか」

「はい、日ごろ信心いたしております弁天堂を焼かれて、我を忘れて立ち向かったのでございますが生来、臆病でございますので」

「なるほど、峠の弁天様の亭主は毘沙門天(びしゃもんてん)のように強いかと思うたが、まことは臆病だというのだな」

　甚十郎はせせら笑った。

「さようでございます」

「そうであろうか。そなたの剣は雖井蛙(せいあ)流と見たが、わしのひが目か」

雖井蛙流は因州鳥取藩士の深尾角馬を流祖とする。

角馬は幼少より剣術を好み、丹石流を修めた後、去水流、東軍流、卜伝流、新陰流、戸田流などの諸流を学び、これらの技法を組み入れて甲冑剣術を改編し、素肌剣術の流儀とした。

自らの号である井蛙にちなみ、また武士が常日頃、稽古する法という意によって、雖井蛙流平法と称したという。

甚十郎の問いに答えず頭を下げる半平のそばに急いで寄り添った志乃が口をはさんだ。

「剣術などとんでもございません。わたくしの亭主は、酔ってかっとなると暴れる癖がございますが、日ごろは虫一匹、殺せませぬ。弁天堂の火を見て頭に血がのぼったのでしょうが、酔いが醒めれば借りてきた猫のようになるのでございます」

長五郎もわきから言葉を添えた。

「志乃さんの言うのはまことのことでございます。半平さんには宿が忙しいおりに帳簿付けなども頼んでいますが、大層おとなしいひとで、うちの小僧どもなどは、眠り猫などと失礼なあだ名をつけております」

「そうか、毘沙門天ではなくて、眠り猫か」

甚十郎は鞭で自分の首筋を叩きながら、くっくっと笑った。

「大野屋殿がそこまで言うなら、これ以上の詮議はやめておこう。しかし、わしはしつこくてな、一度、疑念を抱いたことは決して忘れぬ。そなたらも、それをよく覚えておくことだ」

甚十郎は言い捨てると、六部を追いかけたものの見失って戻ってきた捕り手たちに、

「もはや、安原宿に戻るぞ。この六部たちに縄を打て、引っ立てて参る」

と言って、下役が手綱を引いていた馬に身軽な動作でまたがった。捕り手たちが六部に縄を打ち、引き連れるのを待った甚十郎は馬上から、

「では参る」

と声をかけて、馬腹を蹴った。捕り手たちは荒縄で数珠つなぎにした六部たちを追い立て馬に続いた。

長五郎は、甚十郎の姿が遠ざかるのを見送ってから、半平を振り向いた。

「半平さん、お世話になりました。これで、盗賊の一味があらかた片付きました」

丁寧に頭を下げる長五郎に半平は困ったように頭に手をやった。

「一味の頭を逃してしまったのは、わたしの失策です。出しゃばってかえってご迷惑をかけてしまいました」

長五郎は、気にしなくていいという風に手を横に振り、ほっとした表情でつけくわえた。

「おかげであの吉兵衛親子を助けてやることができます。わたしにとっては昔、世話に

なったひとへの恩返しですから、これで十分なのですよ」

志乃が嬉しげに言った。

「では、吉兵衛さん夫婦と子供たちの暮らしが立つようにはからってくださるのですか。大野屋さんで雇っていただけるのでしたら、どれほどありがたいか」

「わたしのところで働くのが難しいようでしたら、ほかにも働き口はある。少なくともあの子たちが飢えるようなことにならないようにするから、安心なさい」

長五郎は頼もしげに言うや、また頭を下げてゆっくり背を向けた。帰っていく長五郎の後ろ姿を、志乃と半平はしばらく黙って見送った。

茶店に戻ろうとしたとき、志乃はさりげなく言った。

「なぜ、女賊を見逃されたのでございますか。夜狐と呼ばれているそうで、岡野城下では稲葉屋の主人夫婦を殺して金を奪った凶悪な賊だと先ほど金井様にうかがいました」

そうか、とつぶやいた半平はため息をついた。そのまま茶店に向かって歩き始め、ふと足を止めた。

月を眺める半平の横顔が淡い光にほの白く照らされている。志乃も夜空を見上げた。

半平は声を低めて言った。

「わたしと立ち合ったあの賊の太刀筋は雖井蛙流のものだった。それに腕をつかんだときにわかったが、あの賊はまだ若い女だ。二十歳にはなっておらぬ。十七、八歳であろうか」

「まさか――」

志乃は息を呑んだ。

「千春殿と同じ年頃であろう」

「そんな、わたくしの娘が人殺しの盗賊などになっているわけがありません」

声を震わせて志乃は言い切った。半平は月に目を向けたまま、絞り出すように言葉を継いだ。

「だが、そなたは千春殿を育てたわけではない。千春殿を捨てわたしと逃げたのだ」

「それには、やむにやまれぬわけがあったではありませんか」

「そのことを千春殿は知るまい」

半平はさびしげに歩き出した。志乃は半平にすがりつくようにして訊いた。

「たとえ女子とはいえ、同じ流派の剣を使う者はいくらでもおりましょう。年頃が同じでも千春を思い起こさせるものが、ほかに何かあったのではございませんか」

半平は背を向けて歩き続けながら言った。

「腕をつかんだとき、若いころのそなたと同じ匂いがしたのだ」

志乃は呆然として立ちすくんだ。

青白い月が雲に隠れようとしていた。

四

盗賊夜狐の手下たちが捕えられた日の翌日は朝から雨だった。

昼過ぎになっても雨はやまず、さすがに峠を越える旅人の姿が途絶えた。あたりの様子をうかがっていた半平は鉈を持って裏口から出ていき、しばらくして戻ってきた。近くの竹藪から伐り出したとおぼしい青竹を五本抱えていた。この青竹を一間ほどの長さに切りそろえ、先端を斜めに切断した。

さらに半平は鋭く尖った竹を竈の前に持っていき、先端を火であぶった。竹を五本あぶり終えてから油壺を持ってきて、先端に丹念に油を塗った。

斜めに削がれた先端が火であぶられ、油でなめらかになった竹を半平は鋭い目で見つめた。納得がいったようにうなずいた半平は、五本の竹を裏口のそばにたてかけた。

その様子を見ていた志乃は、半平が竹槍を作っているのだとわかった。盗賊の一味を捕まえただけに、恨んで襲ってくる者がいるかもしれないと半平は思っているのだろう。

かつて武士だった半平は、いまも刀を箪笥の奥に隠し持っている。時おり、取り出して打ち粉をかけ、紙で拭うなどの手入れはしているようだが、盗賊との争いで使うつもりはないのだ。

半平が刀の手入れをしているおり、志乃は見て見ぬ振りをする。竹槍を作っているのがわかっても声をかけることはなかった。

半平が武士の顔に戻るとき、話をすれば辛い過去を思い出す。だから、半平が竹槍を作っている間、志乃は店の床几に座って降り続く雨を眺めていた。そんなとき、不意にどこからともなく幼い娘の泣き声が聞こえてくる。いなくなった母を捜して泣く千春の声が頭の中にこだまする。耳をふさぎたい、いつもそう思う。だが、それを自分に許してはならない、といましめていた。

罪業を背負った自分は、幼い娘の泣き声に胸を締め付けられる思いをするしかないのだ。これからもそんな思いは続くに違いなかった。

昨夜、盗賊夜狐らしい者が、実は若い女で雖井蛙流を使ったと半平は話した。さらには、昔の志乃に似た匂いをかいだという。しかし、一夜明けてみれば、いずれも半平の思い過ごしのように思えてきた。

剣術のことではたしかな目を持つ半平のことだから、盗賊が雖井蛙流を使ったという話は本当なのだろう。あるいは実際に盗賊は女であったに違いなかろうが、だからといって、千春かもしれないなどと思うのは、先走りに過ぎる。

半平もまた志乃が置いてくるほかなかった千春のことを常に気にしているのではあるまいか。だからこそ、盗賊が女だと思った瞬間にあらぬことを考えてしまったのだ。

(わたしたちは、まるで幻におびえているかのようだ)

志乃は頭を振った。娘の千春はいまも大身の武家の娘として何不自由なく暮らしているはずだ。盗賊の一味に身を落とすなど考えられなかった。

「半平殿の気の迷いだ」

志乃はつぶやいて空を見上げた。

ようやく小雨になってきた。どんよりと曇っていた空の雲がわずかに白く光を帯び始めている。

あの灰色の雲の向こうは日が射しているのだろう、と志乃は空のかなたに目を遣った。

昼下がりになって、金井長五郎が峠の茶店にやってきた。奉行所の下役らしい、がっしりとした体で黒い筒袖に裁付袴姿の男をふたり連れている。

すでに雨は止み、少し蒸し暑くなっていた。長五郎は汗を手拭いでふきながら、ため息をついた。

「やれやれ、ゆうべは夜っぴて盗賊たちのお調べをして、朝方、ちょっと横になったとたんに、盗賊一味が弁天堂に隠していた品を半平殿から受け取ってこいと、永尾様から言いつけられてね」

長五郎に言われ、志乃ははっとして口を押さえた。

「まあ、そうでした。今朝にでも安原宿にお届けしなければならないと思っておりましたのに、すっかり失念いたしておりました。申し訳ございません」

頭を下げる志乃に、長五郎は笑って手を振った。

「なに、まだ半平さんに預かっておいてもらってもいいのだが、永尾様が一刻も早く奉行所に戻りたいと言い出したものだからね。気ぜわしいおひとで、思い立ったら、待てしばしがないのさ」

長五郎はにこやかに言うと、さすがに疲れ切った顔で床几に腰を下ろした。志乃はあわてて奥へ入り、

「金井様が弁天堂から掘り出した品をとりに見えています」

と半平に小声で耳打ちした。

竈で湯を沸かしていた半平は振り向かずに、

「板敷の隅に置いてある味噌壺の中だ」

と答えた。いつの間にそんなところに隠していたのだろう、と思いつつ志乃は板敷に上がり、味噌壺の中を覗き込んだ。壺の中は一見、変わりないように見えた。

壺の中に手を差し入れて表面の味噌を寄せると、油紙の下に、小判や一分銀などがざ

くざくと入り、高価そうな簪、印籠などが見えた。

志乃は味噌を取り除けて壺を抱えようとしたが、ずしりと重かった。持ち上げるのに苦労しているところに、

「わたしが持っていこう」

半平が声をかけて片手でひょいと抱え上げ、床几で待つ長五郎のもとへ運んでいった。振り向いた長五郎は、半平が抱えている壺をみてにこりとした。

長五郎が半平と話しつつ壺の中をあらためている間に、志乃は茶の支度をした。盆に茶碗をのせて長五郎のもとへ持っていったとき、暖簾(のれん)をくぐって男が入ってきた。

「お出でなさいませ」

志乃は茶を長五郎の前に置いてすぐに、向き直って男に声をかけた。

男は総髪で薄汚れた着物にしおたれた袴をつけている。塗のはげた鞘の大小を腰にしていた。

土間に入った男は、落ち着かない様子できょろきょろと茶店の中を見まわした。

長五郎が床几のうえに味噌壺から取り出した小判や一分銀などを数えながら並べているのを見て、ぎょっとしたように目を見開き、ごくりと生唾を飲み込んだ。

路銀に困っている浪人らしいと思いつつ、志乃は声をかけた。

「お茶でございますか」

浪人は一瞬、ためらいの表情を浮かべたが、やがて思い切ったように口を開いて、

「茶を頼む、それに餅も」

とかすれた声で言った。

「お待ちください。すぐにお持ちいたします」

返事をして志乃が急いで奥に入ると同時に、半平も長五郎との話が終わったのか竈の前に戻ってきた。

半平は浪人の様子をちらりと見て、

「あの浪人、金は持たぬようだ」

とつぶやいた。

「それでも、お客に変わりはありませんから」

笑顔で何でもないことのように応える志乃に、半平は、やれやれとつぶやいて、竈の前に腰を下ろした。志乃が客の懐具合を気にしないのはいつものことで、そのため何度も食い逃げをされてきた。

半平の見たところ、いま茶店にいる浪人もその類にしか見えないが、志乃は食い逃げをしなければならないほど困窮している者への同情が先に立ってしまうようだ。

浪人はやせて無精ひげを生やし、顔色も悪いが目はくりっとして、見かけよりは若いのではないか、と思われる。

店の方では、長五郎が浪人の目を気にしてか、さっさと金を味噌壺に戻してしまうと、奥へ向かって言った。

「では、この壺ごと持っていくが、いいかね」

志乃は浪人に出す茶と餅を盆で運びながら、

「そのままどうぞお持ちください。壺はお戻しくださらなくともよろしゅうございます」

と答えた。浪人者はなおも長五郎の手もとにある壺を食い入るように見つめていたが、頭を振ってかすかにため息をつき、傍らの床几に置かれた盆の餅に手を伸ばそうとした。しかし、その手が途中で止まり、茶碗に伸ばして口に運び、ごくりと茶を飲んだ。

「うまい」

浪人はほっとした表情で言った。志乃は嬉しくなった。

「お茶はおかわりを差し上げております」

言い添えると、浪人はごくごくと茶を飲みほしてから、

「ありがたく存じます。おかわりを頂戴いたす」

と言って、素直な様子で頭を下げた。

長五郎は胡散臭げに浪人者を見ていたが、傍らの床几に腰かけていた奉行所の下役ふたりに声をかけた。下役のひとりが金の入った味噌壺を抱えると、長五郎は立ち上がっ

た。

浪人が盆の餅に手を伸ばした。その時だった。

「懐かしや、板倉左門。とうとう出会えたな」

店の外から甲高い声が聞こえてきた。浪人がぎょっとしたような顔をして店先に目を向けた。見れば、下僕ふたりを従えた旅の武士が立っている。

編笠をかぶり、ぶっ裂き羽織に、裁付袴姿で草鞋履きだ。長旅をしてきたらしく、ぶっ裂き羽織は日に焼けてくたびれていたが、それでも身なりは小ざっぱりとして、下僕を従えているのは身分のある武士だからだろう。

「わしを板倉左門だと呼ばわるお主は何者だ」

浪人は立ち上がって武士を睨みつけた。武士は編笠を脱いで顔をさらした。二十五、六だろう。鼻筋の通った秀麗な顔立ちだ。

「わたしは、そなたに父を殺された小谷佐平次だ」

「小谷佐平次だと。たわけたことを申すな。なぜさような偽りを言うのだ」

浪人は顔をこわばらせてわめいた。

大声は茶店の奥まで響いた。志乃と半平があわてて店に出ていくと、長五郎が浪人からじわりと遠ざかり、床几の向こう側に立って成り行きを見守っている。

小谷佐平次と名のった旅の武士はさらに言葉を継いだ。

「藩の勘定方であったそなたは、不正を働いて公金に手をつけた。それを知ったわが父を、卑怯にも闇討ちにして出奔したのだ。三年の間、わたしはそなたを追ってきた。ようやく決着がつけられそうだ」

旅の武士はすでに刀の柄袋をはずしており、言い終えるなり、さっと刀を抜いた。下僕ふたりも刀の柄に手をかける。

それを見て、浪人も刀の柄に手をかけた。だが、つかの間ためらった後、鞘ごと大刀を抜いて床几に置いた。その様を見た半平が前に出た。

「なぜ刀を置かれるのです。討たれるおつもりですか、尋常にお立ち合いなさいませ」

突然、半平に声をかけられた浪人は、驚いたような顔をして振り向き、

「これは身どもの差料ではございませぬゆえ」

と悲しげに言った。腰にしている刀が自分のものではないという言葉は茶店にいる者たちの腑に落ちず、皆は首をかしげた。しかし、その間にも旅の武士は、

「板倉左門、いざ出てこい」

と叫んだ。浪人は凄まじい目で旅の武士を睨むと、さっと脇差を抜き放って暖簾をくぐって外に出た。

街道を通りがかった旅人たちは斬り合いが始まるのに気づいて、悲鳴をあげながら走り去った。それでも気になったのか、いく人かは、途中で立ち止まると恐る恐る遠巻き

に、浪人と旅の武士の挙動を眺めている。

「仇討らしいぞ」

「あの浪人が父親の仇だということだ」

「こりゃあ、見物だ」

などと人々は口々に言い合った。

浪人は脇差を正眼に構えて、じりじりと旅の武士との間合いを詰めた。武士は落ち着いた物腰で退く。

浪人は誘われたように詰める。そのときには、旅の武士の下僕たちが刀を抜いて浪人の背後にまわっていた。

様子を見守る半平が低い声で、

「奇妙だな」

とつぶやいた直後に、浪人の背後にまわった下僕がいきなり斬ってかかった。振り向きざまに浪人は、相手の刀を脇差で弾きかえし、その右太ももを斬った。悲鳴をあげて下僕が倒れると、もうひとりの下僕が斬りかかる。

下僕の刀を脇差で受け止め、鍔迫り合いになって、押し返そうとしたとき、背後に駆け寄った旅の武士がさっと浪人の背中を刀で薙いだ。

血汐があがった。

振り向きつつ、脇差を振りかざした浪人が、

「卑怯者、貴様は――」

と叫んだ。さらに言葉を継ごうと口を開く余裕を与えず、下僕が背後から浪人を刺した。浪人が、ぐうっとうめいて立ち尽くすと、旅の武士はゆっくりと近づいて、袈裟掛けに斬りつけた。浪人は前のめりにどっと倒れた。

浪人の体は一度、ぴくりと動いたが、すぐに力なくぐったりとなって息絶えたのが見て取れた。横たわった浪人の体から地面に血がじわじわと流れ出した。

旅の武士は倒れている浪人に近づくと、片膝をついて止(とど)めを刺した。

息を詰めて成り行きを見守っていたまわりの旅人から、ほうっとため息がもれた。

志乃は思わず両手で目を覆った。浪人がまだ手をつけていなかった餅が盆の上にひっそりと残っている。

五

旅の武士は怪我を負った下僕に何事か言葉をかけ、もうひとりの下僕に懐から財布を

取り出して金を渡した。下僕はうなずいて金を受け取り、仲間に肩をかして茶店に入ると、手慣れた様子で自分の筒袖の端を破って怪我をした下僕の太ももに巻き付け、血止めをした。

　茶店の前で下僕の手当を見届けた旅の武士が、そのまま立ち去る様子を見せたので、長五郎はあわてて声をかけた。

「お待ちください。わたくしは安原宿の宿場役人を務めております、金井長五郎と申します。この遺骸の始末をいかがされるおつもりでございますか」

　足を止めた旅の武士は、戻ってくるなり言った。

「ほう、宿場役人がいたのか。それは都合がよい。わたしはこれから城下に参り、仇討の届けをいたす。あの男は近くの寺へでも運び、そのことを口書にしておけ。いずれ町奉行所からたしかめに参るであろう」

　どことなく高飛車な言い方をする武士に、長五郎はうなずき返しながら告げた。

「それはようございますが、何分にもひと一人が亡くなっております。殺めたかたの御身分なども知らぬままというわけにも参りません。通行手形などお見せいただけるとありがたいのでございますが」

　旅の武士は顔をしかめた。

「なに、通行手形を見せろというのか。たかが宿場役人の分際で無礼であろう。されど、その男の始末をしてもらわねばならぬゆえ、やむを得ぬな」

武士は懐から書状を取り出して開いて見せた。そこには、さる東国の藩の家臣で小谷佐平次という者が、父の仇である板倉左門を討つために藩を離れて廻国（かいこく）する旨が記されていた。いわゆる仇討免許状だ。

「どうだ。これでわかったであろう。ならば、わしは参るぞ」

武士が行きかけたとき、志乃は声をかけた。

「お待ちくださいませ」

武士は苦い顔で振り向いた。

「なんだ。茶店の女が武家に声をかけるとは、何事だ」

「城下に行かれるのでしたら、お供の傷の手当をされてから伴っていただきたいのでございます」

志乃は毅然として言った。武士は志乃を睨みつけた。

「何を申す。父の仇をようやく討ったのだ。一刻も早く国許へ報せねばならんのが、わからぬか。そのために家来には医者代を渡しておる」

「まるで雇った人足への手間賃のようでございますね。家に仕えるご家来に、さようなことをするのは武家の作法にないと存じます」

「なんだと——」

　息を呑む武士を横目に、志乃はさらに続けた。

「それに、家来と言われているおふたりは、いずれも腕に罪人の入れ墨がございます。入れ墨者を家来といたす武家はないはず。さような者を見かけたおり、茶店の主(あるじ)はお役人にお知らせいたすのが決まりでございます」

　下僕ふたりは、はっとして二の腕を押さえた。ふたりとも二の腕をぐるりと巻く一本の筋の入れ墨がある。

　奉行所では前科者を釈放する際にこの入れ墨を入れる。ふたたび罪を犯した者は筋が増え、入れ墨が多くなると死罪になるのだ。傷を負っていた男は袖を下ろして入れ墨を隠したが、袖を引きちぎった男の入れ墨は覆いようもなかった。

「この者らに入れ墨があるなどとは気づかなかったのだ」

　武士は目を伏せて言った。

「仇討の供として、旅の途中で気づかなかったでは通らぬのではございませんか」

　志乃が見据えると、武士の顔に狼狽の色が浮かんだ。

「何を町人風情がわかったようなことを」

　武士が居丈高な口調に転じるや、長五郎が前に出て、

「たしかに手前は町人ですが、茶店の女房の話は筋が通っているように思いますぞ」

　と声を強めて返すと、武士は目をそらせた。

半平が床几に近づいて浪人が置いた刀を手にした。

「不審なのは、この刀もそうです。なぜ、仇を討たれるかもしれないというのに抜かなかったのか」

半平は目の前で刀をわずかに抜いてため息をついた。

「やはり、竹光です」

浪人が持っていたのは竹を刀身とした見せかけだけの刀だったのだ。

武士がわめくように言った。

「仇を討たれるのを恐れて諸国を逃げ回るうち、困窮して刀を売ったに違いない。それこそ奴が仇持ちであった証拠ではないか」

半平は竹光を鞘に納めて、

「そうは思えませんな」

とつぶやいた。

「まだ雑言を吐くつもりか」

「仇を持つ身であれば、どれほど飢えようと刀だけは手放さぬはずです。ご浪人はこの刀を自分の差料ではないと言われた。ご自分の刀を何者かに竹光とすり替えられたのではないでしょうか」

「何を馬鹿な」

「先ほどの立ち合いを見ておりましたところ、あなた様はさほどの腕とは思えませんが、ご浪人を恐れる気配がなかった。刀が竹光だと知っていたからではありませんか」

「違う、さようなことはまったく知らぬ」

「それに、見ていて妙なことだと思いました」

半平は首をかしげた。

「なに、妙なことなど何もしておらんぞ。それ以上、無礼な申しようをいたすと許さんぞ」

武士は刀の柄に手をかけ、目を据えて怒鳴った。しかし、半平は恐れる様子もなく言葉を継いだ。

「脇差しか持たぬ者が三人の討手に囲まれたのです。まず、逃げることを考えるのがふつうです。しかし、あの浪人は逃げようとはしなかった。脇差だけで相手に向かっていった。さらに申せば、主人が刀を合わせもせぬうちに、家来が先に斬りかかるとは武門のなすことではありますまい」

長五郎がうなずいた。

「そういや、たしかに奇妙だ。仇として声をかけられたからには、まずは逃げ出しそうなものだ。なぜ、そうしなかったのだろう」

半平は長五郎に顔を向けた。

「それは、目の前に捜し求める父の仇がいたからではないでしょうか。あの浪人は逃げるわけにはいかなかったのです」

半平が言い終わると同時に武士は気合いを発して抜き打ちに斬りかかった。

だが、半平は難なく体をかわすと、武士の腕をつかみ、腰を入れて投げ飛ばした。さらに倒れた武士に馬乗りになって鳩尾に当身を打った。

武士はうめいて気を失った。

「これしきの腕前で仇討など片腹痛い」

吐き捨てるように言う半平の言葉を聞くなり、茶店の隅で成り行きをうかがっていた下僕のひとりが仲間を置いて逃げ出そうとした。

「捕まえろ」

とっさに長五郎が怒鳴ると、奉行所の下役ふたりが追いすがって捕まえ、引き倒した。

地面に引き据えられた男は、

「くそっ、あの野郎の口車に乗ってしくじった」

と口走った。長五郎は引き据えられた男のそばに近づき、片膝をついて問いかけた。

「お前らは、あの男に金で雇われたのか」

「ああ、三月も前のことだ。奴は自分を仇と狙ってるあの浪人を後ろからつけて旅していたんだ。それが一番、安全だからと言ってな。宿で知り合った俺たちを家来ということにしたのは、俺たちがもともとは盗人だと知ったからだ」

「それじゃ、あの仇討免許状はお前たちが、浪人から盗んだのか」

長五郎は顔をしかめた。男はせせら笑った。

「俺たちだけが、同じ宿に泊まって、〈枕さがし〉の要領で盗み出したのさ。仇討免許状だけじゃなくて、財布の中身も盗み、刀は竹光とすり替えた。全部、あの男の指図でやったことだ」

「それで、あの浪人は一文無しで腰に竹光を差して旅をしていなさったのか」

「とんだ間抜け野郎だよ。仇がつけているとも知らず、ふらふらになって旅をしていた。この峠にさしかかったとき、そろそろいいだろう、とあいつが言い出して、自分が仇討をする側になりすましたのさ。とんでもねえ、汚えやつだ」

男は口をとがらせて嘯(うそぶ)いた。

長五郎は立ち上がると、半平と志乃に顔を向けた。

「どうやら、こいつらはまとめて奉行所に引き渡さなければならないようだ。たとえだまし討ちであれ、仇討だけの話なら返り討ちということもあるでしょうが、金と刀を盗んでいるとあっては、ただの盗賊だ。あそこで気を失っている奴は打ち首ということになるでしょうな」

志乃は浪人の遺骸に目を向けた。騒ぎの中で忘れられたように地面に横たわっている浪人が哀れでならなかった。

「それでも、あのひとは浮かばれないでしょうね」

半平が頭を振った。

「いや、そんなことはない。脇差だけしか持たず、三人の敵に囲まれたのだ。臆病な者なら逃げ出すだろう。奴らは追いかけて、どこかで追い詰めて殺しただろうが、そうなると、誰もがふつうの仇討だと思って怪しまなかっただろう。あの浪人の勇気が仇を逃さなかったのだから、立派に仇討をなし遂げたと言ってもいいのではないか」

そう言われてみれば、その通りだと感じつつも、志乃は半平がいまなお刀の手入れを怠らない姿を思い出した。

(半平殿は、自分を仇と狙う相手がいると思って油断しないのだ)

そう察すると、志乃はせつなくなった。あるいは半平はひとの妻を奪った妻敵(めがたき)としても狙われているかもしれない。

もしそうだとすると、討手の中に娘の千春がいてもおかしくない。それがために千春が雖井蛙流の剣術を修行したのであれば、その後、どのような運命の変転があったかわからない、という不安な思いが湧いてくるのだった。

半平は志乃に顔を向けて低い声で言った。

「あの浪人の亡くなりようは他人事とは思えなかった。いつか、わたしもあの浪人のように道端で亡骸をさらすことになるかもしれない」

「いいえ、決してさようなことになりません」

志乃は頭を振りつつ、強い口調で応じた。

「なぜ、そう思うのだ」

半平は首をかしげて訊いた。

「あなたは間違ったことをなされたわけではないからです」

もし間違いを犯したというのであれば、自分の方だ。あらぬ疑いをかけられたとき、自害して果てればよかったのではなかろうか。

そうしていれば、いつの日か疑いが晴れるおりもあっただろうし、娘が辛い思いをすることもなかったのではないか。しかしあのときは、そんな風に思い切れなかった。

濡れ衣を着せられ、陰口を叩かれる日が続くことに耐え切れなくなった。どうあっても生きよう、自らの潔白は生きることで証が得られると信じた。生き延びるため、半平とともに国を出たとき、ふたりの間にはすでに情が通い合っていたのではなかったか。

それからの歳月は胸の中の葛藤と闘って過ごした辛い日々だった。

やがて暮らしに困窮し、もはや死ぬしかないかと思い詰めたとき、峠の茶店の老夫婦に救われた。

自らの心を偽らずに生きよう、生まれ変わろう、と思い定めた。とはいえ、過去は後からついてくるのだ。

仇を討つつもりで仇を捜していた浪人が、いつの間にか後ろから仇に付け狙われていたように、自分たちの後ろにも、誰かが迫っているかもしれないと思うと、志乃は胸の奥が冷える気がするのだった。

長五郎は、奉行所の下役ふたりに武士を見張らせて下僕を装っていた盗賊ふたりを荒縄で縛りあげ、近くの百姓を安原宿に手伝いの人数を寄越すようにと使いに走らせた。

「永尾様が、また面倒を持ち込みおって、とご立腹されましょうな」

長五郎は苦笑いして空を見上げた。

朝方の雨が嘘のように晴れ上がり、青空が広がっていた。

六

茶店の前での仇討の一件が、永尾甚十郎の取り調べで落着したのは十日後のことだった。

旅の武士、板倉左門の下僕になっていた盗賊ふたりだけでなく、左門自身もこれまで路銀を稼ぐために押し込み強盗を働いていたことが明らかになり、一介の浪人として打ち首獄門が決まった。

殺された浪人者、小谷佐平次の国許へは佐平次が仇の左門を捕えたが、その際の怪我で亡くなり、左門は罪状が明らかになったので処刑した、と藩から懇ろな手紙が送られた。

これらの手続きを終える前に、志乃は茶店で見たことについて口書をとられることになり、安原宿に行った。

この日は、大野屋に武家の一行が泊まることになっており、志乃は手伝ったうえで、ひと晩泊まることになった。このため、半平がひとりで茶店を開き、夕方になって旅人が途絶えると、店を閉じ、雨戸を閉めた。

志乃がいない夜はいつもそうするように、冷や飯に湯をかけてかき込み、焼いた干魚と沢庵だけの簡素な夕餉を食べた。その後、土間に下りて蠟燭の灯りで夜なべ仕事に草鞋を編んだ。

半平の編む草鞋は、値段が安い割に強くて持ちがいいことで旅人から評判がよかった。

半平は黙々と草鞋を編んでいた。

その手が不意にぴたりと止まった。首をかしげ、耳をすます。

いつもであれば夜行の獣が動き回る物音がするのだが、妙にしんと静まり返っている。

何事か感じ取った半平は、草鞋を傍らに置いて立ち上がった。

音もなく裏口に近づき、そばに立てかけてある竹槍を手にした。なおも息をひそめて様子をうかがっていると、表の雨戸がけたたましい音とともに倒され、数人の男が押し入ってきた。半平は竹槍を二本手にするなり裏口から素早く出た。すると頬被りをした男たちが三人、長脇差を抜いて待ち構えていた。

月明かりで一見して、無頼の徒だとわかった。

半平は落ち着いて声をかけた。

「何者だ――」

男のひとりが、下卑た声で笑い、

「俺たちは夜狐の手下だ」

と言った。半平は苦笑いした。

「弁天堂に隠しておいた金を取りに来たのか」

「そうじゃねえ、仲間がお前にやられたから仕返しに来たのさ」

「ほう、執念深いことだな」

油断なく構えて半平は答える。

「街道筋で盗賊稼業をしているからには、話はすぐに伝わる。盗賊仲間になめられたら、この稼業はやっていけなくなるんでね」

「なら、足を洗う潮時ではないか。磔になるよりましだろう」

半平が言い終わらぬうちに三人は無言で取り囲み、気合いも発さず斬りかかってきた。半平は片手に持った竹槍を振り回して長脇差を弾き返すと、もう片方の手にした竹槍でひとりの下腹部を突いた。

竹槍は一度刺さってしまえば、もはや使うことができない。半平は相手に刺さった竹槍を手放すと、もう一本を迫ってきた男の太ももに突き立てた。

男が悲鳴をあげて転がる間に、半平は裏口に飛び込んで、立てかけてあった竹槍を手にした。そのときには、表の雨戸を押し破って入ってきた男ふたりが、土間の蠟燭の灯りを頼りに進んできていた。裏口から斜めにうっすらと差し込む月光で浮かび上がった半平の姿を見て、

「いやがったぞ」

と表から来た男が叫んだ。蠟燭の火が裏口から吹き込む風に揺らいで、時折り薄らぐ灯りのなかで、半平は影のように動いて、男の腹を竹槍で突いた。

ぐうっ、とうめいて男が倒れた瞬間、もうひとりが猛然と斬りかかる。半平は相手の腕をつかんで足払いをかけた。倒れた相手の腕をねじりあげて、長脇差を奪い、柄で相手の脇腹を打って、気絶させた。

「野郎、出てこい」

裏口の外から男が叫んだ。家の中に踏み込んでは不利だと思っているのか入ってくる気配がない。半平は長脇差片手に、壁に立てかけていた竹槍を持って外へ出た。

青白い月の光に照らされた男が長脇差を前に突き出し、震えながら立っている。襲いかかるほどの気迫も見えないだけに、なぜ逃げないのだろう、と半平は訝しんだ。

目が慣れるに従い、男の背後に小柄な人影が立っているのが見えた。頭巾をかぶり、目だけを出している。黒い着物に黒の裁付袴という全身、黒ずくめの姿で腰に刀をさしていた。

背格好から、先夜、取り逃した盗賊ではないかと半平は思った。

長脇差を持った男は、見張られているから逃げられなかったのだ。半平が黒装束の人影に向かって、

「お前は、この間、逃げた盗賊の頭だな」

と声をかけると、黒装束の人影は、

「わたしは頭ではない」

と答えた。若い女のすずやかな声だった。

(やはり――)

半平が眉を曇らせたとき、男が叫びながら斬りかかってきた。無造作にかわした半平は、つんのめった男の後頭部を竹槍でしたたかになぐった。男は前のめりに倒れ、気を

失ったのか動かなくなった。

半平は長脇差と竹槍をそれぞれの手にしっかり握りしめ、一歩前に出た。黒装束の女は刀の柄に手をかけて、後ろに退いた。

「訊きたいことがある」

半平が口を開くと女の動きがぴたりと止まった。しかし言葉は発しない。

「お前の剣は雖井蛙流だと見た。どのような師について稽古いたしたのだ」

「訊かれて、答えると本気で思っているのか」

女はひややかに言う。

「どうすれば答えるのだ」

「わたしに勝てば答えよう」

言うなり女は刀を抜いて斬りつけてきた。半平がとっさに突き出した竹槍を、女は一刀のもとに両断してのけた。半平は手に残った竹槍の一部を女に向かって投げつけた。

――かっ
と音がして、竹が弾け飛んだ。しかし女の構えは崩れず、さらに一歩踏み込んできた。

長脇差を構え直して、半平はすっと後ろへ下がった。

長脇差はなまくらが多く、不用意に刀と打ち合えば、折れるか曲がって思わぬ不覚をとることがあるのだ。

「逃げるのか」

女は嘲るように言った。

「逃げるさ」

半平はいきなり裏口に飛び込むや、残っていた竹槍をつかんだ瞬間に、土間を照らしていた蠟燭を長脇差で切り飛ばした。

店の中はわずかに月の光が差し込むだけで、真っ暗になった。裏口からゆっくりと入ってきた女は、

「それほどの腕前でありながら、なぜ逃げる」

と声高に呼びかけた。だが、土間で倒れてうめく盗賊たちの声がするばかりで、半平は答えない。

女は忍び足で板敷に上がり、刀を中段に構えて奥へ進もうとした。すると、のばした刀の先に何かがふれた。

瞬時に刀を斜めにすくい上げた。竹槍を両断した感触があったとき、女の喉元に長脇差が突きつけられていた。

「しまった。竹槍は誘いか」

うめく女に、半平は静かに言った。

「闇の中で目の前に突き出されたものは、どうしても払わずにはいられまい」

「わたしを手玉にとるのが、それほどおもしろいのか。斬りたければ斬るがよい」

女は開き直ったように声を荒らげた。

「そなたの言葉遣いを聞いていると、武家の出だと思われるが。雖井蛙流を遣うことといい、訝しいな」

言いながら半平が近づこうとしたとき、女は仰向けに倒れるかに見せて、くるりと体をまわしたかと思うと足で長脇差を持つ半平の手を蹴った。

女は倒れる際に、手をついて体をひねったが、板敷に転がると同時にうめいて、片膝をついた。

半平は手を蹴られた瞬間、刀をまわして女の脚に傷を負わせていた。立てずにもがく女のそばに近づいた半平は、

「もはや勝負はついた。手当をしてやろう」

と言うなり土間に下りて蠟燭に火を灯し、さらに板敷の片隅の棚から焼酎が入った徳利と晒を持ってきた。女の左太ももあたりの袴が切り裂かれて血が滲んでいる。

半平は袴の裂け目に手をかけて無造作に引き破ったうえで太ももの傷をたしかめ、焼酎を吹きかけてから晒を巻いた。

「ほかにも傷を負っている者もいるのに、なぜ、わたしだけ助ける」

女は抗う様子も見せずに手当を受けながら訊いた。

「お前には、訊きたいことがあるのだ。それに、ひょっとして、お前がわたしの女房殿が会いたいと思っている相手であるかもしれぬから、死なせるわけにはいかんのでな」

「女房が会いたい相手とは誰だ」

女は質す口調になった。半平は晒を巻き終えると、女の顔に目を向けた。

「それは言えぬ。ところで、盗賊にも仁義はあろう。傷の手当を受けたからには、剣術を誰に習ったかぐらいは教えろ」

「わたしの父だ」

「父親だと、そなたの父は武家か」

「浪人だが、剣術の道場を結城城下で開いていた」

「ならば、そなたは武家の娘か」

「あるとき、行き倒れた旅の女を助けて女中代わりに屋敷に置いた。その女といつしか男女の仲となって、わたしが生まれたのだ」

「なぜ、盗賊になどなったのだ」

半平が訊くと、女はけたたましい笑い声を上げた。

「それは母親が盗賊だったからだ」

「なんと」

意外な話に半平は息を呑んだ。

「行き倒れと見せて父に近づいたのは、役人に追われて行き場がなくなっていたからだろう。母は十五年の間、道場主の妻として、わたしを育てつつ、二、三年ごとに街道筋で大きな盗みを働いていたらしい。父はまったく知らなかったようだが、三年前、母が盗賊であることを嗅ぎつけた役人が道場に踏み込んできた。驚いた父は、役人を斬り立て、母とわたしを逃がしてから道場に火を放ち、切腹して果てた」

女はしぼり出すような声で言った。

「西村幸右衛門（にしむらこうえもん）殿か――」

とため息をつく半平に女ははっとして、

「父を知っているのか」

と訊いた。半平は頭を振った。

「若いころ一度だけお会いしたことがある。同じ流派として評判は聞いていた。腕も立つが温厚な人柄の方だった。それがなにゆえか盗賊の疑いをかけられて役人に道場に踏み込まれ、自害されたということは聞いていた。なぜそのようなことに、と不思議に思っていた」

「そうか、父を知っていたか。これで、わたしが、お前の女房殿が会いたいと思っている相手ではないとわかっただろう」

女は顔をそむけた。

「たしかにそうだな。しかし、そなたは西村殿の息女でありながら、なぜ盗賊に身を落とした。父上は立派な方だった。名を辱めてはならぬ」

女は、はは、と力なく笑った。

「父がどうであれ、母親が盗賊であることに変わりはない。わたしの体には盗賊の血が流れているのだ」

「なるほど、盗賊の血が流れているかもしれぬが、剣客の血も流れておるぞ。女の身であれほどに雖井蛙流の剣が遣えるのは西村殿の血筋ゆえではないか。それほどの剣の腕を盗みに使うのを、あの世の父上は決して喜ばれまい」

真剣な口調で半平は言った。

「偉そうなことを言うな。いったん泥にまみれた者は二度と浄く生きられはせぬ。わたしには盗賊として生きるほかに術はないのだ」

ふてぶてしい言葉つきで女は言い返す。

「さように投げやりになることはない。そなたはまだ若いのだ。やり直せば日の当たる道をまた歩けよう」

諭すように半平が言うと、女はせせら笑った。

「ならば、お前はどうなのだ。われら夜狐一味が、到底かなわぬほどの腕を持ちながら、かような茶店の主人をしているのはどういうわけだ。われら同様、日の当たるところは歩けない身上なのだろう。ひとに説教する暇があったら、おのれが日の当たる場所へ出ればよいのだ」

「なるほどな」

思わず苦笑した半平のそばに女はにじり寄った。

「なぜ、世に出ようとせぬのだ。あの女房のためか」

「そうだと言ったら、どうなのだ」

静かな眼差しで見つめる半平に、女は口惜しげに言った。

「お前は馬鹿だ。女房のためにおのれの一生を捨てるなど、まるで――」

「まるで、何だと言うのだ」

半平が訊き返したとき、女の目から涙があふれた。いままで、押し殺した声で話していた女は涙を流すにつれて心持ちが激してきたのか、せつなげな口調で言葉を続けた。

「まるで、わたしの父のようだ。なぜ、おのれを大事にしないのだ」

「父上の心を忘れたわけではないのだな」

「辛過ぎて、忘れようと思っていた。だが、お前に会って思い出した」

女は後ずさって板敷の端まで行くと、頭巾に手をかけて口を覆っていた布を引いておろし、顔を露わにした。目もとがすずしく、鼻筋の通った美しい顔立ちをしていた。

「わたしは、盗賊夜狐のお仙の娘、ゆりだ。傷の手当の礼はいつか、きっとする」

きっちり頭を下げて言い残し、土間に下りたゆりは、片足を引きずるようにして裏口から出ていった。

黙って見送った半平は、ゆりの後を追おうとはしなかった。西村幸右衛門の娘だと知れば、盗賊として捕まえるのはしのびなかった。

若いころ、西村幸右衛門の道場を訪ねたおりのことを思い出した。立ち合いを所望した際、三本勝負のうちの二本を半平がとると、幸右衛門は好人物らしく、

「いや、お強い」

と称えて奥に通し、茶菓の接待をしてくれた。そのとき、幸右衛門の妻が茶を運んでくれたが、おとなしげで尋常なひとだった。あの奥方が亡くなり、後添えに盗賊夜狐のお仙が入り込んだのだろうか。

いずれにしても、行き倒れの女を助けるという幸右衛門のやさしい心遣いがおのれの人生の破滅を呼んだのだと思うと、半平はやりきれない心持ちがした。

それは半平と志乃にとっても他人事ではなかった。

七

　翌日、半平は近くの百姓に頼んで安原宿に行ってもらい、奉行所の役人を呼んで、夜狐一味を引き渡した。昨夜、ゆりが立ち去った後、裏口の内と外でうめき声を上げて倒れていた盗賊たちの傷をあらためた。そのうえで、土間の柱に縛りつけておいた。

　半死半生でぐったりとしていた盗賊たちは、安原宿の医師が手当をしたうえで、役人が同行し、荒縄で縛って馬に引かれ運ばれていった。

　役人に伴われて茶店に戻ってきた志乃は、半平が傷を負っていないのをたしかめ、ほっと安堵した表情になった。一連の後始末が終わってひと息ついてから、茶店の奥で夜狐の娘の話を聞いた志乃は眉をひそめた。

「そのようなことだったのですか」

「やはり、千春殿ではなかったということだ」

「さようですね。そのことに安心しましたが、お話をうかがって、世の中には気の毒な方もいらっしゃるのだと胸が痛みます」

「ゆりという娘のことか」

「いえ、西村幸右衛門という方のことでございます。いとおしんで、子までなした妻が盗賊であったなど、どのような思いで亡くなられたのかと」

　志乃は悲しげに言い添えた。

「まことにそうだな。それでもいとおしむ気持は失わなかったのではないかな」

　しみじみと述べる半平を志乃はやさしい眼差しで見つめた。

「あの娘は、きっとまた現れるのではないでしょうか」

「どうであろうか。素顔をさらしたのだ。もはや、わたしの目の前に現れることはできないだろう」

「いえ、だからこそでございます」

　志乃が言葉じりを強めると半平は怪訝な顔をしたが、すぐに興味を失ったのか、それ以上、何も言わずに竈の前に座って湯を沸かし始めた。

　志乃も店先に出て道行く旅人に声をかけ、客引きをした。

　穏やかに晴れた日で、半平が昨夜、盗賊と戦ったなどとは信じられなかった。やがて、ひとり、ふたりと客が床几に腰を下ろし始め、志乃は愛想よく、茶と餅や団子を運んだ。

　何と言うこともなく、世間話をしてくる客に相槌を打ちながら、志乃はどこからか、ゆりという娘に見られている気がした。

ゆりが素顔を見せたのは、半平に覚えていて欲しかったからだ、と女の身である志乃には手に取るようにわかった。

雖井蛙流の手ほどきを父から受けたらしいゆりにとって、同じ流派の剣の腕前が優れた半平は敬える相手なのではないか。

父への思慕の情を思い重ねるとともに、盗賊一味の泥中にいる自分を恥じる気持を思い起こさせてくれた半平に出会ったことで、そこから脱け出せるかもしれない、という希望を見出したのではないだろうか。

（わたくしも同じだった）

あらぬ疑いをかけられて追い詰められたとき、半平ならば救ってくれるのではないか、と思った。そのおりの心の動きは男女の情とは違うものだったはずだが、少しずつ思いの深さが慕情へと変わっていった気がする。

国許を離れて助け合って暮らすうちに、自然の成り行きで男女の間柄になったと自分に言い聞かせていたが、胸の中の小さな火はずっと前から灯っていたのかもしれない。

何事もなく窮地を脱していれば、ひとに気づかれないうちに、そっと吹き消したはずの灯りだった。

いま、ゆりに訊ねれば、そんな思いはない、と即座に打ち消すだろう。しかし、それでも半平に会わずにはいられないという思いがきっと募ってくるに違いない、と志乃にはわかる。

半平にしてみれば、千春を思う志乃の気持を慮って、同じ年頃のゆりに情けをかけたのだろうが、ひとの情けは地下を流れる水のように、思わぬところに染み透り、やがて噴き出てくる。

そのおり、半平の心に何が生まれるのだろうか。それは、そのときになってみなければわからない、と志乃は思うのだった。

三月がたち、秋風が立ち始めた。

今年は、山頂のあたりは冷え込みが厳しいのだろう、遠い山々の頂に近いところから紅葉が目立ち始め、旅人も茶を飲みながら、目を留めていくようになった。

志乃も客足が途絶えたころ、山肌を赤く染め始めた紅葉を眺め遣った。日を追うにつれて、全山が紅葉に蔽われる様の見事さは、毎年の楽しみだった。

そんなある日、結城藩領の方角から、にぎにぎしくまわりに供を従えた二挺の駕籠が上ってきた。

薄曇りで遠い山々はぼんやり霞み、紅葉もわずかしか見えない。

大名駕籠ではなく町駕籠であったが、それでも男衆や女中たち、荷物運びの人足まで従っているのは、よほど裕福な町人と思われた。

やがて駕籠は茶店の前に来ると、ぴたりと止まった。

お付きの者が懐から白い鼻緒の雪駄を取り出して駕籠の前に置き、垂れを上げた。豪奢な絹の着物と羽織を着た五十過ぎのでっぷりと太った町人が雪駄を履いて、ゆっくりと駕籠を出た。

顎が張って、鼻も太い精悍な顔をしている町人は、思いのほか背丈が低く、ずんぐりした印象だった。

町人は大きく背伸びをしてから、後ろの駕籠を振り向いた。

「おい、おみね、窮屈な思いをしただろう。この茶店でちょっと休んでいこう」

町人が猫なで声で誘うが、駕籠の中からは、

「わたしはようございます」

と木で鼻をくくったような返事しか返ってこなかった。ちょっと困った顔になった町人は、志乃に目を留め、

「おい、女同士のお前さんが休むように勧めてくれると言うことを聞くかもしれない。どうもうちの女房殿は、わたしが言うことを素直に聞かないところがあってな」

と声をかけた。

やむなく志乃は後ろの駕籠のそばに寄って腰をかがめ、

「旦那様もあのように仰せでございます。どうぞ一服されてはいかがでしょうか。峠の

景色もようございますから」

　駕籠の中からすぐには返事がなかった。しばらくして女の白い手がすっと伸びて垂れを撥ね上げた。女中のひとりがあわてた様子で雪駄を足もとに置いた。

　駕籠から身を乗り出して雪駄を履こうとした女を見て、志乃はどきりとして胸が騒いだ。

　年のころは、志乃より二、三歳上に見受けられたが、剃り上げた眉の青さに、赤い唇の間からのぞく鉄漿（おはぐろ）、磨き上げた肌が抜けるように白い瓜実顔（うりざねがお）に何とも言えない色香があった。


　女が駕籠から出ただけで、あたりが一度にはなやかになった。

「やれやれ、やっと機嫌を直してくれたか」

　と町人が目を細めると、おみねと呼ばれた女はにべもなく答えた。

「茶だけでございますよ。景色など見たくはありません。それにしても、このような汚い茶店で、まともな茶が飲めるのですか」

　おみねが床几に近づくと、供の女中が毛氈（もうせん）を抱えてきて床几に敷いた。おみねは毛氈のうえにゆっくりと腰を下ろした。

（いまどき、大身の武家の妻女でもしないような振舞いだ）

　志乃はおみねの大仰な身のこなしがおかしくなり、微笑して、

「ただいま、お茶をお持ちいたします」

と会釈した。しかし、おみねは志乃の一瞬の笑みを見逃さなかった。

「いまわたしを嗤(わら)ったな」

おみねは美しいだけに怒った形相(ぎょうそう)は凄まじく、恐ろしい目つきで志乃を睨んだ。志乃はあわてて、頭を下げた。

「いいえ、決してさようなことはございません。もし、そのように見えたのでしたら、お詫びいたします」

「ふん、わたしの見間違いだと言いたいのか。そのうえ気にさわったのなら詫びてやろうとは、ずいぶんと高飛車な物言いだこと」

おみねの見幕に驚いて、町人が床几に近づき、隣に座ると志乃に顔を向けた。

「どうしたのだ。わたしは結城様のご城下で店を開いている島屋五兵衛だ。結城様の御用を務め、苗字帯刀を許されている身だよ。わたしの女房に無礼を働くと、ただではすみませんよ」

この男が結城城下の島屋五兵衛なのか、と志乃は驚いた。このあいだ結城城下から夜逃げしてきた吉兵衛の話では、藩の専売品をほとんど独占してあつかっており、このためほかの商人は立ち行かなくなっているという。

志乃は五兵衛に向かって頭を下げた。

「申し訳ございません。何分にも不調法でございまして、お内儀様のお気にさわったようでございます。お許しくださいませ」

「ほう、あんた、いったい何をしたというんだね」

口をとがらせて五兵衛が志乃を睨みつけたとき、おみねは、ほほっ、と笑い出した。

五兵衛が振り向くと、おみねはすました顔で口にした。

「その女は何もしちゃあいません。駕籠に揺られて退屈だったから、からかっただけですよ」

五兵衛は顔をしかめた。

「また、お前はそんないたずらを」

「朝霧峠の茶店には峠の弁天様と呼ばれる女がいると聞いたので、ちょっと張り合ってみたかったんですよ」

蓮っ葉に返すおみねに五兵衛はまた猫なで声を出した。

「そんなことをしなくたって、お前の方が、こんな女より何層倍もきれいに決まっているじゃないか」

「さあ、そうとは限りませんよ。このひとの亭主から見れば、どうやら生き弁天様のようですよ。いまも土間の奥から、女房に何かあったらただじゃおかないって睨んでいるじゃありませんか」

志乃が目を遣ると土間の隅に半平が立っていた。床几に座って前を向いているおみねはどうして土間の半平に気づくことができたのだろう。

不審に思った志乃が首をかしげていると、半平が近寄ってきて、

「何をしている。早くお茶をお出ししないと」

と囁いた。志乃は五兵衛とおみねにふたたび頭を下げ、

「ただいまお茶をお持ちいたします」

と告げて半平とともに奥へ下がった。そのとき、半平がさりげなく声をひそめた。

「あの女の供の中に夜狐一味のゆりがいる」

「まことですか――」

志乃は息を呑んだ。

「駕籠脇に付き添っている、木綿の着物の小柄な女中だ。質素な身なりをしているが、間違いない」

「では、ひょっとして島屋さんの女房だという、あの女は――」

「盗賊夜狐のお仙かもしれぬ」

半平は鋭い視線をおみねに走らせた。おみねは何事か笑いながら五兵衛と話している。はた目には仲のいい夫婦としか見えないだろう。

だが、夜狐のお仙という女は西村幸右衛門ほどの剣客にも疑われることなく、永年夫

婦として過ごしたのだ。天性、魔性の女なのかもしれない。

おみねはなおも微笑を浮かべている。

八

志乃は、島屋五兵衛とおみねのもとに茶を持っていく際に、駕籠脇の女中の中にまじっているという夜狐一味のゆりを見定めようと思った。

半平から話を聞いただけで見分けがつくだろうかと案じていたが、ひと目でわかった。やはり武家の家で育った者の挙措は隠しきれない。

ほかの女中たちに比べて背筋が伸びていることと、目の配りに油断がないのが見て取れた。目元の涼しさやととのった顔立ちを見て、千春もこのような娘に育っているのだろうか、という思いがふと胸に浮かんだ。

父を失い、母が盗賊だという異様な境遇に育ったゆりは、逃れようのない苦しみを背負って生きるほかないと思い定めているようだ。千春もまた同様なのではないかと思うと、自分を責める気持が湧いて、志乃は胸が苦しくなった。

五兵衛たちに茶を出して戻ろうとしたところで、志乃はゆりが気になってさりげなく振り向いた。そのとき、五兵衛の襟をなおす仕草をしながら手を背中へまわしたおみねが、五兵衛の茶碗に薬包みを傾けて白い粉を注ぎ込むのが見えた。

五兵衛の耳元で何事か囁きつつ、おみねの手だけが別の生き物のように動いて、茶碗の中に指先を入れて軽くまぜた。

よほどいい気分になったのか五兵衛が嬉しげに笑い声をあげたときには、おみねは素知らぬ顔をして手を膝の上に戻していた。顔色も変えていない。

志乃はその様子を垣間見て、

——毒だ

と直感した。おみねは五兵衛を殺して財産を乗っ取ろうとしているのではないだろうか。ひと息に殺せば、一番身近にいる女房の自分が怪しまれると思い、日ごろから少しずつ毒を飲ませているのではないか。

そうであるなら茶を飲んだ五兵衛が、この場ですぐに苦しみだして死ぬようなことはないとは思うものの、ひょっとすると、先日、半平によって弁天堂に隠しておいた盗み金を取り出すのを半平に邪魔されたおみねは、その仕返しに茶店で五兵衛を殺し、茶を持ってきた志乃にその罪をなすりつけようとしているかもしれない。

そう考え及んだ志乃は急ぎ足で五兵衛に近づき、

「お茶がぬるかったようでございます。お取り替えいたしましょう」

と茶碗に手を伸ばした。その瞬間、身を乗り出したおみねは、志乃の手をぴしりと叩いた。はずみで取り落とした茶碗は割れて、茶が飛び散った。

志乃はおみねに目を遣った。茶碗に毒を入れたところを見られたと察したおみねは、とっさに志乃の手を叩いたに違いない。

驚いた五兵衛が、

「どうしたんだね。いきなり茶屋女の手を打つなんて、お前にしては乱暴なことをするじゃないか」

と声をあげた。おみねは、ふふ、と含み笑いしてから科(しな)を作り、五兵衛の肩にやんわりと手を添えた。

「だって、この女は茶を替える振りをして旦那様に近づいて、色目を使おうとしたんですよ。それで腹が立ったんです」

「はは、それは焼き餅というものだ」

まんざらでもない様子で、五兵衛は顔をほころばせた。そして懐から財布を取り出し、一両を抜いて志乃に顔を向けた。

「あんたもとんだ災難だったね。茶代としてこれを置いていくから勘弁しておくれ」

五兵衛はなおもにやにやしながら、

「さあ、出かけるとするか」

と供の者たちに声をかけて立ち上がった。おみねも床几から腰を上げると、きつい顔をして志乃に目を遣った。

「まずい茶を出しただけで、たいした儲けになったじゃないか。あんたらのような貧乏人がめったに拝める金じゃないよ。土下座でもしてお礼のひとつでも言ったらどうだい」

何も答えず、黙っておみねを見据える志乃の傍らに、半平がのそりと立った。

「いただいたお金は茶代には多すぎます。わずかではございますが、お釣りを差し上げたいのでお受け取りください」

半平は手に一文銭を百枚、紐で通したものを二本持っていた。

「なんだ、たかが二百文で釣りのつもりかい。そんなはした金を島屋ともあろうものが受け取ると思っているのかい」

蔑むように笑うおみねに、半平は無表情に応じる。

「まあ、そうおっしゃらずに」

半平は銭の束をひょいと投げた。宙を飛んだ二本の銭束は、狙いすましたかのように、おみねの袖口をするりと通り、たもとにずしりと落ちた。

「あっ」

声を立てるおみねの傍らに、供の女中にまぎれ込んでいたゆりがすっと寄った。いまいましそうに半平を見つめたおみねは、たもとから銭の束を取り出してゆりに渡した。

おみねは、半平になめるような視線を浴びせたあと、

「たしかに釣りを受け取りましたよ。茶店の主人にしちゃあ、洒落た真似をするじゃないか。だけど、わたしに恥をかかせてただですむと思うんじゃないよ」

と凄みのある声で言うなり、志乃に顔を向けて艶然と微笑んだ。

「大事な亭主なんだろうから、せいぜい、大事に奥へしまっとくことだね。そのうち、質（たち）がよくない女が来てかっさらうかもしれないよ」

志乃は静かに言い返した。

「案じてくださり、ありがとう存じます。ですが、ご心配には及びません。わたくしどもは泥棒猫を追い払うのに慣れておりますから」

「ほう、そうかい」

笑みを消して睨みつけるおみねを、志乃は目をそらさずに見返した。

「先日も主人が叩き出してくれましたので、このように無事に過ごせておりますが、そのおり気になったことがございます」

「ふうん、で、何が心配になったのだい」

「どうも、叩き出した泥棒猫の中に親子の猫がいたようなのです。親なら、子が間違っ

た道に進もうとするのを思い止まらせるのが務めかと存じます。たとえ、自分は闇から抜け出せなくとも、せめて子にだけは日の当たる道を歩ませてやればよいものをと思いました」

志乃の言葉にゆりは顔をそむけて唇を嚙んだ。おみねはゆりの様子をちらりと見てから、

「あんたは峠の弁天様と呼ばれているらしいけど、さすがにご大層な口を利くもんだね。どうやら武家の出らしいあんたが亭主ともども、こんな茶店をやっているのはなぜなんだ。あんたも日の当たるところを歩けないから、茶店なんぞやっているんじゃないのかい」

おみねに決めつけられて、志乃は口を閉ざした。おみねはにやりと笑って言い添えた。

「ひとのことはどうとでも言えるさ。だけど、自分を振り返ってみりゃあ、この世が思い通りにならないことだらけだとわかりそうなもんだけどねえ」

おみねは薄い笑いを浮かべて、邪魔したね、と言い捨てるや、身をひるがえしてさっさと駕籠に乗り込んだ。

駕籠の脇に付き従ったゆりは、ちらりと振り向いて半平に何か言いたげな顔をしたが、すぐに思い直したのか開きかけた口を結んだ。

五兵衛が乗った駕籠に続いて、おみねの駕籠も動き出し、供の者たちもぞろぞろと歩

き出した。

志乃と半平は街道に出て五兵衛たちの一行を見送った。遠ざかる駕籠を見遣りつつ、

「やはり、おみねというひとが盗賊夜狐のお仙なのでしょうか」

と、志乃は半平に訊いた。

「おそらくそうだろう」

「だとすると、あのひとは島屋さんを殺して財産を奪うつもりではないかと思います」

志乃は、艶然と笑ったおみねの顔を思い出しながら口にした。

「そうかもしれないが、わたしたちにはどうすることもできないだろう」

「ですが、このままでは、あのゆりという娘さんは人殺しの片棒をかつがされることになるではありませんか」

志乃の問いかけに半平は答えず、黙って茶店に戻っていった。

山から吹き下ろすつめたい風が頰にあたり、志乃のつややかな鬢(びん)をほつれさせた。

五日後――

金井長五郎が以前のように下男ひとりを連れただけで、峠を上って茶店にやってきた。

茶店の暖簾をくぐったとたんに長五郎はうんざりとした顔で、

「いやもう、城下では大変な騒ぎらしいよ」

と告げた。志乃は首をかしげた。

「何がでございますか」

「おや、ここにはまだ話が伝わっていないのかね」

志乃が何のことかわからず、訝しげな表情をすると、長五郎は声をひそめて言った。

「城下の旅籠に泊まっていた島屋五兵衛さんが殺されてね」

志乃は息を吞んだ。いつか、そんなことが起きるのではないかと気にかかっていたが、これほど早く五兵衛の死を耳にするとは思いもよらなかった。

「もしや、島屋様は毒を飲まされたのでは」

志乃が恐る恐る訊くと、長五郎は意外そうな顔をした。

「いや、毒なんかじゃない。刃物で胸をひと突きにされたんだよ」

五兵衛は岡野城下の山城屋という旅籠に泊まっていたが、昨日の朝、寝床で血まみれになって死んでいるのが見つかったのだという。

「島屋のおかみさんはご一緒じゃなかったのですか」

「それが、島屋さんは何でも風邪を引いたとかで、女房にうつしたらいけないからと言って、このときは山城屋でも普段は使っていない離れの部屋でひとりで寝ていたそうだ。そこを押し込み強盗に狙われたのではないかと永尾甚十郎様はおっしゃっている」

「そんなことがあったのですか」

五兵衛が毒殺されたのではないと聞いて、志乃は心のどこかでほっとしたところもあった。旅先で盗賊に襲われ、命を奪われるという話は聞かないこともないと思った。

「ところが、妙なことがあってね」

長五郎は志乃の目をのぞきこんで、さらに声をひそめた。志乃はなんとなく胸騒ぎがした。

「何があったのでございましょうか」

「島屋さんが殺されてから、お供をしていたゆりという女中の姿が見つからないのだ」

「ゆりさんがいなくなったのですか」

思わずゆりの名を口にしてしまった志乃は、あわてて口を押さえた。

長五郎はじろりと志乃の顔を見据えた。

「ほう、ゆりという女中を知っていなさるんだね。なるほど、島屋の女房の申し立てもまんざら嘘ではなさそうだ」

長五郎が腕を組んだとき、半平が奥から出てきた。長五郎の言葉を耳にしたらしく、

「島屋の女房はどんなことを言っているんでしょうか」

と訊いた。長五郎は苦い顔をして志乃と半平を交互に見た。

「島屋の女房は、自分の主人を殺したのは姿が見えなくなった女中に違いない。しかも、その女中は峠の茶店の夫婦から何事か言い含められて、きっとあのふたりに唆(そそのか)されて島

屋を殺すという大それたことをしたに決まっていると、半狂乱になって言い張ってるんだよ」

「それは言いがかりです。そんな濡れ衣は、あんまりです」

志乃が身を乗り出して言うと、長五郎は苦笑いした。

「もちろん、わたしも永尾様もお前さんたちがそんなことをするひとだとは思っていない。しかし、死んだ五兵衛さんの女房が言うことだ。ひとまず聞かないわけにはいかないのでね」

長五郎の言葉を聞いて半平は大きくうなずいた。

「わかりました。ですが、島屋様のご一行がこの茶店に立ち寄られたおり、わたしどもはあの娘とひと言も話をしてはおりません。まして唆すなどありえないことです」

きっぱり半平が言うと長五郎はほっとした顔になった。

「そうだろう。それを聞いてわたしも安心したよ。しかし、それにしてもあんたたちは島屋の女中のことをなぜ知っているのだね」

「さて、それは――」

半平は当惑して志乃の顔を見た。

九

ゆりとなぜ知り合ったかを話せば、ゆりが盗賊夜狐の一味だと長五郎に話さなければならない。そうなれば、ゆりも盗賊として捕えられることになるだろう。

半平はどう答えたものかと迷っていたが、ふと茶店の奥に目を遣って、

「湯が沸いたようでございますので」

と断りを言って奥へ向かい、答えるのを避けた。

志乃がかわりにさりげなく言った。

「島屋の女中さんは、少し前に峠を越えたことがありまして、そのときのことを覚えていた主人とわたくしが、あの娘さんではないだろうか、と話していたのを島屋のおかみさんに聞かれたのかもしれません」

「本当にそれだけかね」

長五郎は疑わしげに志乃の顔を見つめていたが、しばらくして、

「まあいい。どちらにせよ、わたしと永尾様はあまり関わりたくないと思っているので

ね」

と自分に言い聞かせるようにつぶやいた。

「それはまたどうしてでございましょうか」

志乃が控え目な素振りで訊くと、長五郎は顔をしかめた。

「考えてもごらんな。島屋五兵衛と言えば、このあたりきっての豪商だ。大名貸しもたんとしているからお武家だって頭が上がらないというひとだ。金儲けする間に随分とひとの恨みも買っているだろう。そんなひとが殺された話に関わると、どんなとばっちりを受けるかわかったもんじゃないからね」

「それはそうかもしれませんね」

長五郎の言葉に納得したように志乃はうなずいた。長五郎はさらに声をひそめて秘密めかして言った。

「それに島屋さんの財産争いのことがある。島屋さんはおかみさんに惚れていなすったようだが、ふたりの間に子供がいないので財産を狙って動き出す親戚もいるだろう。まして、島屋さんは誰かに殺された。遠からず疑うひとも出てくるはずだ。お骨が戻れば、親類縁者集まってえらい騒ぎになるにきまっている。だから、おかみさんが半狂乱になるのも無理のない話なんだよ」

「でしたら、おかみさんが島屋の財産を手に入れるのは難しいのでしょうか」

志乃はおみねの顔を思い浮かべながら訊いた。

「まあ、うるさい親戚をどうなだめるかだね。そのためには、いっときも早く島屋さんを殺した奴を捕まえなければと思っているんだろうね」

長五郎は志乃が出した茶をすすった後、茶店の奥に目を遣って淡々と言った。

「それで、すまないが、明日にでも半平さんに城下まで来てもらいたいんだよ」

「主人が参るのですか」

「志乃さんでもいいんだが、島屋のおかみさんが半平さんを呼べの一点張りらしいのだ」

おみねはなぜ、半平を呼ぼうとするのだろう、と志乃は首をかしげた。おみねが何を企んでいるのかわからないだけに、言い知れぬ不安を感じる。

「どうしても主人でないといけないのでしょうか」

志乃が重ねて訊くと、長五郎は困った顔をして首をたてに振った。

「なにせ、相手はこの近郷一の金持ちだ。岡野藩でもたいそう金を借りているそうだから、島屋さんが亡くなって、これからどうなるかわからないにしろ、藩としてもおかみさんを怒らせたくはないだろうよ。永尾様もそこのところで困っていなさる」

言われてみれば、永尾甚十郎や長五郎の立場もわからなくもない。長五郎の頼みをむげにはできない、と志乃は思った。

「主人を呼んで参ります」

志乃は長五郎に頭を下げて奥に入った。茶を淹れている半平に近づき、長五郎の話を手短に伝えた。

半平は少し考えてから、

「やむをえないな。城下に行こう」

と言った。半平の言葉を聞いて志乃は胸騒ぎがした。

「大丈夫でしょうか。あのおみねというひとが盗賊の夜狐だとすれば、どんな罠を仕掛けてくるかわかりません」

「そうかもしれないが、わたしたちがこののちもここで茶店をやっていこうと思うのであれば、金井様の面子をつぶすわけにはいかないだろうからな」

言われる通りなのは志乃にもわかっている。よそ者である志乃と半平が茶店を続けられるのは、長五郎がなにくれとなく面倒を見てくれているからだ。

もし、甚十郎や長五郎の面目が立たないようなことをすれば、悪評が立つに違いない。自分たちに茶を売ってくれる農家はすぐになくなり、寄る旅人もいなくなり、あげくの果てには茶店を畳んで、また当てどのない旅に出るしかない。

ようやくたどりついた安住の地なればこそ、この峠を離れたくはなかった。志乃が得心したのを見てとった半平は、元気づけるように笑みを浮かべた。

「大丈夫だ。夜明け前に出れば夜中には帰ってこられるだろう」

志乃はうなずきながらも、明日はひとりで茶店をやらなければならない、と思うだけで心細さが募っていくのをどうしようもできなかった。

半平は翌日の夜明け前に茶店を出ると安原宿で長五郎と落ち合い、昼過ぎに岡野城下へ入った。岡野城下には特産の和紙や蠟燭をあつかう商人が多く、遠く江戸からも買い付けに来る商人を泊めるための旅籠が道沿いに軒を連ねていた。

半平は取り調べが奉行所か番所で行われるとばかり思っていたが、案に相違しておみねが泊まっているという旅籠へ連れていかれた。

訝しげな顔をしてついてくる半平に、長五郎は苦笑しつつわけを話した。

「なにしろ、奉行所で話を聞こうとしたとき、島屋の女房は、罪人でもないのにお白洲に座らせるのか、と大変な見幕でご家老様に直に訴えたそうだ。これには永尾様も閉口して、それ以来、旅籠まで出向いてお取り調べをなさっていると聞いた。ご苦労なことだよ」

「島屋のおかみさんは、随分と権高なのでございますね」

「ああ、そうに違いないが、びっくりしたことに、あのおかみさんは島屋さんが殺された離れで寝泊まりしているそうだ。まったくもって肝が太い女だ」

長五郎が感心したように言うのを聞いて、半平は黙ってうなずいた。

旅籠に入るなり、甚十郎が帳場で待ち構えているのが目に入った。相変わらず苦虫を嚙み潰したような顔をしている。

「やっと来たか、待ちくたびれたぞ。島屋の内儀は朝から機嫌が悪くて困っておったのだ」

甚十郎は目で半平たちをうながすと立ち上がって奥へ通じる廊下を進んだ。半平たちは旅籠の番頭に会釈して、急いで甚十郎の後をついていった。

長い縁側が続き、中庭越しに渡り廊下が架かっている。

その先が離れだった。廊下を渡り終えたとき、半平は目を鋭くしてあたりを見回し、甚十郎の傍らに近寄った。

「島屋様は胸を短刀で突かれたと聞きましたが、その際、抗った様子はございましたか。また、止めは刺されておりましたでしょうか」

低い声で半平が問うと、甚十郎は前を向いたまま答えた。

「いや、はっきりそうだとわかるほど暴れた様子はなかったが、何かにひどく驚いたような死顔であったのが引っかかる。それに止めは刺されておらず、短刀は胸に刺さったまま残されておった。もっとも、見事に心ノ臓をひと突きにしておったゆえ、止めはいらなかったであろうがな」

「武家の作法ではございませんでしたか」

疑念を抱いているかのような物言いに、甚十郎は驚いたように足を止めた。

「そなた、島屋を殺したのは武家だと疑っておったのか」

「いえ、いまのお話で武家ではないとわかりましてございます」

甚十郎は半平の顔をちらりと横目で睨み、ふんと鼻を鳴らしたが、何も言わずに背を向けて離れに通じる縁側を足音を立てながら進んだ。

離れの前の縁側に控えていたふたりの女中のうち、ひとりが、甚十郎の姿を見て、

「お役人様がお出でになりました」

と障子越しに告げた。座敷から、

「お通ししなさい」

と強腰な口調の女の声がした。

甚十郎は、長五郎と半平に縁側で待つよう小声で指図してから、女中に障子を開けさせて座敷に入った。さすがにおみねは下座に控え、床の間を背にした座は空けて甚十郎を待っていた。

甚十郎はおみねの前に座るなり、

「茶店の主人を連れてきたぞ。これで文句はあるまい」

と、ぶっきら棒に言った。おみねは艶っぽく微笑んだ。

「文句など、とんでもございません。わたしは、ただ茶店のひとにちょっとしたことを訊いてみたかっただけでございます」

「はてさて、妙じゃな、先頃、茶店の主人が逃げた女中を唆して島屋を殺させたのだ、と申したではないか」

「もしかしたらそんなことがあったかもしれないと申し上げただけでございます。決めつけるのもどうかと思いましたので、あらためて茶店の主人とふたりで話をしてみたかったのです」

「ならば、そこにおるゆえ、なんなりと話せばよい」

甚十郎が不満げに言うと、おみねは口に手を当てて、くっくっと笑った。

「永尾様は気短でございますこと。さように高飛車におっしゃられては、女子は怖くて口も利けなくなります。まずは茶店の主人とふたりだけで話をさせてくださいませ」

「なんだと、わしに出て行けと申すか」

かっとなる甚十郎を物ともせず、おみねは落ち着いた物腰で、ぬけぬけと言いのけた。

「わたしも亭主を亡くしたばかりで頭に血がのぼっているのでございましょう。わけのわからないことを申し上げた気がします。こうして、茶店のご主人が見えたのですから、まず打ち明けたところを話し合ったあとでお取り調べになられた方が間違いがなくてよろしいかと存じます」

「さようなことは──」

甚十郎は顔を真っ赤にして怒鳴ろうとした。そのとき縁側に控える長五郎がさりげなく、ごほんと咳払いしてから、

「永尾様、お取り調べは後ほどでもよろしいのではございませんか。わたしが半平さんから聞いたところによりますと、根も葉もない話でございましたから」

と口を挟んだ。

甚十郎は、ううむ、とうなっておみねの顔を見据えていたが、やがて、

「ならば勝手にするがよい」

と吐き捨てるように言って立ち上がった。縁側に出た甚十郎は、頭を下げていた女中のひとりに別の部屋を用意するよう言いつけて案内させた。

長五郎は半平に目を遣ってから甚十郎に従った。半平がなおも縁側に座り続けていると、座敷の中からおみねが声をかけた。

「何をしていなさるのです。邪魔なひとがいなくなったんだ。さっさとお入りなさいな」

半平がおもむろに腰を上げて座敷に入るや縁側の女中は、すーっと障子を閉めた。

おみねは甚十郎がはずした上座にいつの間にか座っており、煙草盆を引き寄せて煙管(きせる)を手に、煙草を吸いつけようとしていた。

半平が座るのを見遣りつつ、おみねは紫煙を気持よさげにくゆらせた後、

「まったく。あんたたち夫婦は面倒だ。役人でも使わなきゃ、わたしに会いには来なかっただろうね」

とうんざりした口調で言った。

半平はおみねのあでやかな顔に目を向けて、

「わたしたち夫婦は、島屋殿が殺された件とは何の関わりもない。そのことはわかっているはずだ」

と厳しい声音で言った。おみねはにやりとした。

「そんなことは言われるまでもない、と言いたいところだが、そうでもないのさ。島屋五兵衛が殺されたのは、もとはと言えばあんたらのせいさ」

「なんだと――」

睨みつける半平を鼻先で嗤い、おみねは居丈高に言い募る。

「だって、そうじゃないか。娘のゆりはあんたたちに会ってから妙に物わかりが悪くなってね。わたしが言い付けたことにも従わなくなった。夜狐一味から抜けたいと思っているのが見てとれたよ。なんとかしなくちゃなるまい、と思っていたら、五兵衛を殺して逃げてしまったのさ」

「島屋殿を殺したのはあの娘ではない」

半平はきっぱりと言い切った。おみねは煙管をくわえたまま、妖艶な目でじろりと半平を見た。

「どうしてそんなことがわかるんですかね」

「先ほど、島屋殿は止めを刺されていなかったと聞いた。あれほど雖井蛙流の心得がある娘なら止めを刺さぬはずはない。まして短刀を相手の胸に刺したまま逃げるなど、武家の作法にはないことだ」

目を鋭くして言う半平の言葉を軽く聞き流し、おみねは煙草をふかした。

「それじゃあ、誰がやったと言うんです」

「島屋殿は抗った様子がなかった上に、何かに驚いたような死顔をしていたということだ。およそ商人は、何事にも用心するし、疑り深い。殺しに来た相手が近づくまで気がつかぬとは考えられぬ」

半平は殺されたおりの五兵衛の様子を頭に思い描きながら言った。

「ですから、よっぽど不意を突かれたんじゃないですかねえ」

片方の口の端に皮肉な笑みを浮かべたおみねがからかい半分の口振りで言うのに構わず、半平は平然として言葉を継いだ。

「よほど、そばに寄ってきても不安にならない相手だったのだろう。たとえば女房からいきなり短刀で刺されたら、あまりにも驚いて暴れる暇もなかろう」

素知らぬ振りをして、おみねは煙草盆の灰吹きに煙管をぽんと叩いて灰を落とし、くすりと笑って半平に悪戯っぽい目を向けた。

「たしかにおっしゃる通りですけど、わたしがわざわざ亭主を刃物で刺し殺したりしなきゃならないわけがどこにあるんですかね。もし、亭主を殺したいと思うなら、毒でも盛ってじわじわと殺すほうが楽じゃありませんかね」

おみねは半平を試す口振りで言った。

「それはわからぬが、姿を消した女中と関わりがあるのかもしれない。毒で殺すつもりだったのが何かの拍子に短刀を使うはめになったのではないのか」

たしかめるようにうかがい見る半平に、おみねは、口を大きく開けて笑いかけた。

「あんたの言う通りさ。もともとは毒でゆっくり始末するつもりだったのに、五兵衛の奴、わたしという女房がありながら、ゆりに手を出そうとしたのさ。あたりまえの話で、ゆりは、きっぱりと五兵衛をはねつけた。だけど、わたしは娘を自分のものにしようとした五兵衛を許せなくて刺してしまったんだよ。そこをゆりに見られてしまったのさ」

「それであの娘は姿を消したのだな」

笑いを収めたおみねはつめたい表情で、

「ゆりはひとを殺すわたしのことが嫌いでたまらなくなったのさ。だから逃げ出したんだろうけど、夜狐一味を抜ける者は殺すっていうのが掟でね。たとえ実の娘でも、一味に戻らない者は殺すしかない」

と言い放った。

十

半平はおみねの妖しいほど美しい顔をまじまじと見つめた。

ゆりは、実父の西村幸右衛門がおみねを妻にしたばかりに非業の死を遂げたことを悲しみつつも、母であるおみねから離れずに生きてきた。

しかし、夜狐一味の手荒な押し込みに手を貸すにつれて、さすがに盗賊であることに嫌気がさしていたのだろう。おみねが目の前でひとを殺すのを見て、いたたまれなくなったに違いない。

そこまで考えた半平は、はっとしておみねの顔を見直した。

「そうか、わたしを城下まで呼び出したのは、茶店でゆりを匿(かくま)っているのではないかと疑ったからなのだな」

盗賊の一味を抜け出たゆりにとって、心安んじて訪ねられる場所は峠の茶店しかないかもしれない。

「ああ、そうだよ。ゆりはあんたを狙ってしくじってから、どうもあんたに気持が傾いたみたいだ。逃げたゆりが頼るとしたら、峠の茶店だと見当をつけたのさ。だけど、あんたがいたら、とてもじゃないが取り返せないからね」

おみねがひややかな声音で言い返すと、半平は膝を乗り出した。

「茶店にあの娘を匿ったりしてはいない」

「それをわたしの手下がたしかめるまで、ここでゆっくりしていってもらいたいんだよ」

「馬鹿な――」

半平が立ち上がろうとすると、おみねは鋭い声を発した。

「お待ちなさい。伊那半平さん」

腰を浮かした半平は、ぎくりとしておみねの顔に目を向けた。

「わたしの名を知っているのか」

「驚くほどのことじゃありませんよ。わたしは隣の結城藩の城下で店を開いていた島屋の女房ですからね。結城藩のご重役方とも懇意にさせていただいています。特に勘定奉行の佐川大蔵様とは親しく話をさせていただいているのですよ。先だって、昔、佐川様にお仕えしていた伊那半平という家士のことに話が及びましてね」

おみねは猫が鼠をいたぶるような口を利いた。

半平はおみねをじっと見つめた。

「わたしが弁天峠で茶店をしていることを佐川様はご存じなのか」

「いいえ、わたしさえしゃべらなければ、知られたりはしないでしょうよ」

そうか、とつぶやいて半平は座り直した。ようやく半平を得心させたようだと、おみねは満足げにうなずいた。

「しばらくここにいてもらうしかないのがおわかりいただけたようですね。わたしの手下が、いまごろ茶店にゆりがいないかどうかたしかめに行っているはずで、頃合いを見計らって帰ってもらいますから、おとなしくしていてくださいな」

半平は観念したように目を閉じた。おみねは半平の傍らににじり寄り、耳もとで囁いた。

「なんでも伊那半平さんは、結城藩のさる大身の奥方と駆け落ちしたそうですけど、あの弁天様が武家の奥方だったひとなんですか」

目を見開いた半平は、落ち着いた声で応じた。

「わたしたちは駆け落ちなどしておらぬ。やむを得ないわけがあって、国を出ただけだ」

「そうおっしゃいましても、国を出た後で男と女の間柄になったなんて、誰も信じはしませんよ。出る前からきっと深い仲だったんでしょう」

言葉じりを甘やかな声で言い、おみねは肩をすりよせた。

「違うと言ったはずだ」

半平が言い切った瞬間、おみねは素早くたもとを探り、隠し持っていた短刀をさっと抜いた。逆手に持った短刀をおみねは半平の胸に突き立てようとした。

とっさに、半平はおみねの手をつかみ、じわりとねじあげた。うめき声を上げるおみねから短刀をもぎ取った半平は、おみねを突き放した。

「なるほど、いまの技で島屋を刺したのだな」

その言葉を聞くなり、畳につっぷしていたおみねは体を起こした。

「やっぱり、あんたは五兵衛のようなわけにはいかないね」

おみねは心底、面白がっている風に高笑いした。半平は唇を嚙みしめながらも、秘密を知るおみねの前から立ち去ることができずにいた。

半平の額から汗が滴り落ちた。


そのころ、峠の茶店に三人の男が入ってきた。

笠を手に、手甲、脚絆に草鞋履きで汗臭い薄汚れた着物を尻端折りしている。男たちは皆、屈強そうで無精ひげを生やしており、腰には鞘の塗が剝げた長脇差を差していた。

その身なりから見て、やくざ者のようだった。

三人の男は店の奥の床几に腰かけた。

志乃はいつも通り、茶を出しながらも不気味な感じを男たちから受けていた。この日、茶店を訪れる客は相次いだ。志乃はひとりで忙しく立ち働いていたが、昼下がりになって客が途絶えたとき、ふと奥の床几にまだ三人の男が座っているのに気づいた。

男たちが来てから一刻（二時間）は過ぎている。旅人は宿代がかさまないように、できるだけ道を急ぐものだが、男たちにはそんな気配はなかった。

見れば、茶を飲み干して空になった茶碗に賽子を入れて、丁半博打をやっているようだ。こんな客が来たおりには、いつも半平が追い出していた。

どうしたものかと眉をひそめながら、志乃が、ほかの客に出した茶碗を片付けていると、三人の中でもひときわ大柄で熊のような男がのそりと床几から立ち上がった。男は志乃に近寄ると、にやにや笑った。

「おい、この茶店には峠の弁天様と呼ばれる、けっこうな別嬪がいると聞いたが、あんたのことかい」

志乃は素知らぬ顔で頭を振った。

「何のことかわかりかねます。弁天堂ならすぐ近くにありますので、そちらの話ではないかと思いますが」

「ほう、そうかね」

熊のような男はなおも笑いながら近づいてきた。

身の危険を感じた志乃は、男のそばをすり抜けて店の外へ出た。旅人が通らないかと心待ちにしたが、折悪しくひとの往来は絶えている。

志乃が街道筋に目を遣っていると、熊のような男はゆっくりと店の外へ出て来て声をかけた。

「おい、旅の者が通らないんじゃ客引きのしようもないだろう。おれたちにもう一杯、茶をくれ」

底響きする声には脅している気配があった。志乃はやむなく茶店の奥に入って茶の支度をすると男たちのところに持っていった。

三人の男は無造作に茶碗を手に取った。茶を飲んだ小柄な男が、

「うめえなあ、この茶は」

と大げさにほめあげた。痩せて色黒の男が、からみつくような視線を志乃に浴びせて、

「何といっても、峠の弁天様が淹れてくれた茶だからな、うめえはずだ」

と言った。熊のような男が太い腿をぴしゃりと叩いて、

「そういうことだ」

と腹をゆすって大笑いした。気味悪く思った志乃がもう一度、外に出ようとしたとき、

店先に男が立っているのが目に入った。

「おいでなさいませ」

ほっとした志乃が急いで出ていくと、男は笑顔で頭を下げた。

「おひさしぶりでございます」

男は以前、結城城下から妻子を連れて夜逃げして峠を越えてきた吉兵衛だった。いまでは長五郎の大野屋で女房のお澄ともども働いているはずだ。吉兵衛の背後には長男の太郎吉がにこにこして立っていた。

「吉兵衛さん――」

志乃が驚きの声をあげると、吉兵衛は頭をかいた。

「旦那様が、半平さんとご城下に行くから、その間、不用心なので手伝いに行けとおっしゃいまして」

「そうだったのですか」

志乃は長五郎の心配りに感謝した。太郎吉が吉兵衛の傍らで、

「とうちゃんが峠に行くっていうからおれもついてきた。竈の火を焚くことぐらいだったらできるよ」

と白い歯を見せた。

「太郎吉さん、ありがとうございます」

志乃は微笑んで頭を下げた。三人のやくざ者が居座って気味が悪い思いをしていたが、これで安心だと思った。

ところが、熊のような男が、またのそりと出てきて、

「そうか。手伝いが来たのか。これ以上、ひとが増えたら面倒だな」

とつぶやいた。小柄な男が長脇差の柄に手をかけて言った。

「兄貴、面倒だ。さっさとやっちまおうぜ」

熊のような男はうなずいて、ゆっくりと吉兵衛に近寄った。

何者なのだ、と不審な目を向けた吉兵衛を、熊のような男はいきなりなぐりつけた。うわっと悲鳴をあげて吉兵衛はその場に倒れた。

熊のような男は、表情も変えずに吉兵衛の腹を続けて蹴りつけた。吉兵衛は土間に転がってうめいた。

「父ちゃん――」

吉兵衛に駆け寄ろうとした太郎吉の鼻先に、小柄な男が長脇差を抜き放ち、白刃を突き付けた。真っ青になって太郎吉は棒立ちになった。

熊のような男は吉兵衛の脇腹をなおも蹴りながら、志乃に顔を向けた。

「おい、この男と餓鬼を死なせたくなかったら、おれたちの言うことを聞け」

「どうしろというのですか」

緊張で一瞬、言葉に詰まったが、志乃は落ち着いた声で訊いた。熊のような男はにたりとうすら笑いを浮かべた。

「まず店仕舞いだ。床几を片付けて雨戸を閉めろ。そうすりゃ、旅の者はもうこねえだろう」

「何をするつもりなのです」

「あいつを待つんだよ」

熊のような男は無精ひげをつまみながら吉兵衛の体を蹴ってごろりと転がした。

「あいつとは誰です」

おそらくゆりのことだろうと思いつつも、訊かずにはおれなかった。

「ゆりという女だ。おれたちのお頭の娘なんだが、これが生意気なことばかり言いやがる気に入らねえ女だ。お頭を裏切ったから、殺してもいいってお許しが出たのさ」

「そのひとを殺すのですか」

志乃は息を呑んだ。

ゆりは夜狐のお仙の娘だと半平から聞いたおりに、自分の娘を盗賊の仲間に引き入れたという話だけでも信じられない思いがしたが、その娘が裏切ったからといって、すぐに殺そうとするのは、あまりに非情な仕打ちだ。

(夜狐という盗賊には、ひとの情が通っていないのだろうか)

あまりのことだと志乃は慄然とした。

熊のような男は、ほかのふたりとともに床几を店の中に運び込み、暖簾を下ろして雨戸を閉めた。吉兵衛と太郎吉は荒縄で縛り上げられ、土間の隅に転がされている。

三人の盗賊たちは志乃を囲むようにして床几に座った。痩せた男が、熊のような男に問いかけた。

「あいつが来るのをいつまで待たなきゃいけねえんです」

「さて、明日の朝までかな。それまでお頭が茶店の主人を引き留めておく手筈になっている」

熊のような男が目を光らせて答えると、小柄な男が舌なめずりした。

「それなら、あいつが来るまでこの女を慰み者にさせてもらいやすぜ」

痩せた男が、ひひっ、と笑った。

「そいつはいい、退屈しねえぞ」

熊のような男は手を上げて制した。

「まあ、日が暮れるまで待つんだ。あいつが客のふりをしてこの店に入るつもりなら、日暮れまでには来るはずだ。女を楽しむのはそれからでも遅くはねえだろう」

小柄な男はごくりと生唾を飲みこんで、志乃の方にぐいと顔を突き出した。

「そうは言っても、こんなにいい女が目の前にいるんだ。とてもじゃねえが日暮れまで待てねえな」

男たちの話を聞くうちに、志乃はぞっとしてきた。

「さような無礼は許しません。あなたがたが、わたくしの体に少しでもふれたら、舌を嚙み切って死にます」

体を硬くして志乃が強い口調で言うと、熊のような男は不機嫌な表情になった。

「舌を嚙まれたら、せっかく人質にしたのが、無駄になるぞ」

しぶしぶ痩せた男が応じた。

「それなら、ここはじっくり待つとするか」

すかさず、志乃はきっとなって言った。

「このままあのひとたちを縛っておくつもりですか。せめて子供だけでもここから出してください」

小柄な男が目を丸くした。

「へえ、こいつは驚いた。人質のくせして、注文をつけやがる。随分と気位が高え女じゃねえか」

「もとは、れっきとした侍の女房だったらしいからな。そりゃあ、おれたちみてえな盗人を屑ぐれえにしか思っちゃいねえだろう」

痩せた男が笑いながら立ち上がり、志乃に近づいて、いきなり平手打ちしようとした。とっさに志乃は男の手首をつかんだ。

「この女——」

かっとなった男はつかまれた手を振りほどき、志乃を突き飛ばした。土間に倒れた志乃を見て、太郎吉は体を起こし、

「やめろー」

と叫んだ。痩せた男は振り向いて太郎吉を睨みつけると、歩み寄っていきなり蹴り上げた。うっ、とうめいて転がった太郎吉は、それでも、やめろ、やめろ、と大声を出し続けた。

苛立った痩せた男がなおも蹴ろうとするのを、熊のような男が止めた。

「おい、そのくらいでやめとけ。餓鬼が泣き出すとうるせえ。それより、女の言う通り餓鬼をここに置いといてもしかたがねえ。外につまみ出して放してやれ」

「なんだって。そんなことすりゃ、餓鬼が麓の宿場に行ってひとを連れてくるに違えねえぜ」

小柄な男が目をむいて声を荒らげたが、熊のような男は薄笑いを浮かべてそっぽを向いた。

「なーに、大丈夫だ。誰か連れてくるころには、おれたちはあいつを始末して、ここを

おさらばしているさ」

「そう段取りよくいけばいいが」

小柄な男が首をかしげると、熊のような男はにたりとして声を低めた。

「お前も物わかりが悪いな。ぼちぼち日暮れだ。薄暗くなりゃあ山道は怖えぞ。餓鬼が宿場に向かって闇雲に突っ走れば、道をそれて途中で崖から転げ落ちることもあるんじゃねえのか」

熊のような男は意味ありげに目くばせした。

子供を外に連れ出して、崖から突き落とせと暗に言っているのだと察した小柄な男は、わかったという視線を返し、

「なるほどな。そりゃあ、ありそうなことだ」

とつぶやいた。男たちの話を聞きとがめた吉兵衛が体を起こして怒鳴った。

「待ってくれ。子供には何の罪もない。恐ろしいことはしないでくれ」

小柄な男は吉兵衛にぞっとするようなつめたい目を向けた。

「だから子供だけは放してやろうと言ってるんじゃねえか」

倒れている太郎吉のそばに行った小柄な男は、片膝をついて縄をつかみ、手荒く太郎吉を引き起こした。

「さっさとくるんだ、逃がしてやるぜ」

小柄な男は無表情に、太郎吉を引っ立てて、雨戸を開けた。土間に倒れていた志乃は、太郎吉を助けようと立ち上がり、小柄な男に体当たりした。思わず男が縄を手放したとき、志乃は叫んだ。

「太郎吉さん、逃げて。助けを呼んできて」

すばやく表へ飛び出した太郎吉は、

「わかった」

と大声で叫んで暗い街道へ走り出た。小柄な男が、あわてて後を追いかけた。

「小僧、待ちやがれ――」

小柄な男の怒鳴り声が遠ざかっていく。熊のような男がゆっくりと志乃に近づいたかと思うと、いきなり顔を平手打ちした。

よろけた志乃は頰を手で押さえながら、熊のような男を睨みつけた。

「ふてえ女だ。いくら逃がしたところで、餓鬼の足だ。すぐに捕まるのがわからねえのか」

「太郎吉さんはきっと助けを呼んできてくれます。あなた方は、逃げるならいまのうちですよ」

熊のような男はかっと口を開けて笑った。

「そううまくいくかな。あの餓鬼が助けを連れて戻れるかどうか、待ってみようじゃねえか」

志乃がどうしたらよいかと考えをめぐらせていると、熊のような男は奥に行って、ごそごそと何かを探し回っているような音を立てていたが、しばらくして焼酎が入った徳利と茶碗を手に戻ってきた。

熊のような男は床几をまたぐようにどっかと座り、茶碗に焼酎をなみなみと注いで、ひと息に飲んだ。片手で口の端をぬぐい、痩せた男にも徳利と茶碗を渡した。

痩せた男も焼酎を茶碗に注ぎ、ぐいとあおった。ふたりはともに満足げな吐息をついた。熟柿臭いにおいがあたりに漂う。

熊のような男が赤くなった顔を志乃に向け、

「どうだ。酌をしてくれたら、お前らも逃がしてやってもいいんだがな」

と誘いかけた。即座に志乃は頭を横に振った。

「何をしようと、あなた方はわたくしたちを殺すつもりなのではありませんか」

痩せた男がげらげら笑った。

「こいつは驚いた。この女はお見通しのようだ」

つられて笑いかけた熊のような男が突然、口に指を立てて、しっ、黙れと低い声で言った。痩せた男は息をひそめて表をうかがった。

雨戸の隙間から手がにゅっと出て、雨戸を押し開いた。がたりという思いがけず大きな音がした。

外はすでに暗くなっている。月明かりが薄く差し込んだ。

誰が入ってくるのかと茶店の中にいる者の間に緊張が走る。雨戸の間から太郎吉が顔をのぞかせた。熊のような男は膝を叩いた。

「おお、もう捕まえてきたのか。早かったな」

言い終わらぬうちに、ゆっくりと土間に足を踏み入れたのは、太郎吉だけだった。もう縄で縛られてはおらず、追いかけていったはずの小柄な男は入ってこなかった。

熊のような男は床几を蹴倒して立ち上がり、

「おい、奴はどうした」

と怒鳴った。太郎吉は何も答えず、黙って志乃に顔を向け、うなずいてみせた。あたかも助けを呼んできたかのような仕草だった。

「何があったんだ」

熊のような男は、わめいて太郎吉に詰め寄り、大きな手で肩をゆすぶった。

「おい、なんとか言え。言わねえとただじゃおかねえぞ」

熊のような男がこぶしを振り上げたとき、

——うわっ
という悲鳴があがった。熊のような男が振り向くと痩せた男が肩先を斬られ、血に染まって倒れていた。

裏口から入ってきたらしい、黒装束のゆりが刀を手に立っている。

「貴様、来やがったな」

熊のような男は長脇差を抜いた。ゆりは刀をゆったりと正眼に構えた。

「その子供を追いかけてきた助三は斬った。いま辰吉も斬ってそこに転がしたし、残るのはお前だけだな、伝五郎」

ゆりは落ち着いた声で言い放った。伝五郎と呼ばれた熊のような男は、長脇差の柄に唾をはきかけて湿りをくれ言い返す。

「もともと、ほかの奴は当てにはしてねえ。あんたを仕留めるのは、俺ひとりでやれると思っていたからな」

「わたしを侮っているようだな」

ゆりはじりっと間合いを詰めた。伝五郎は、ふん、と鼻の先であしらった。

「あんたは、ちょいとばっかし剣術を使えるが、いままで盗みで荒仕事をしてきたのは俺たちだ。お頭の娘だからって、大した仕事もしないで威張っているのが前から気に食わなかった」

「だったら、わたしも遠慮せずにやれる」

「ああ、やれるもんならやってみな」

伝五郎は右手にぶらりと長脇差を持つと、傍らの床几を左手でひょいとつかみ、軽々と持ち上げた。

伝五郎は薄笑いを浮かべて、

「剣術と殺し合いは違うってことを教えてやるぜ」

と言うなり、片手に持つ床几をゆりに投げつけた。ゆりが思わず飛び退った瞬間、伝五郎は別の床几を持ち上げて叩きつけた。

壁際まで下がったゆりが刀で払おうとしたとき、刃が床几に食い込んだ。伝五郎は凄まじい力で床几ごとゆりを押した。

ゆりは刀を手放して、床几をかわした。床几が土壁にぶつかった拍子に食い込んでいた刀がはずれて土間に転がった。

刀を拾おうとするゆりに、伝五郎は長脇差を突き付けた。腰を落としたゆりは土壁に沿ってそろりと身を動かした。伝五郎はいたぶるように長脇差を突き付け、じわじわとゆりとの間を詰めていく。

伝五郎に気づかれないように、志乃は土間に転がった刀にそっと手を伸ばした。伝五郎は振り向かずに、

「女、よけいな真似をすると、お前から先に叩き斬るぞ」

と脅した。志乃が手を出せずにいるのを見た太郎吉は迷わず、刀に飛びついた。刀の

柄を持った太郎吉は、思いのほか重たかったのか顔をしかめながら、

「こっちを向け。やっつけてやる」

と大声を出した。伝五郎が、わずかに振り向いて怒鳴った。

「餓鬼が、何をほざく」

その一瞬の隙を逃さず、ゆりは伝五郎に飛びかかり、手刀で長脇差を持つ手を打った。

伝五郎がうめいたときには、長脇差はゆりの手にあった。伝五郎は目をむいた。

「こいつ、ふざけた真似をしやがって」

伝五郎はゆりに飛びかかった。刹那、伝五郎は、ぐわっ、と声をあげて、どっと仰向けに倒れた。見れば、伝五郎の肩が血に染まっている。息を切らしたゆりは、血の気を失ってよろめいた。志乃は急いでゆりのそばに駆け寄り、肩を支えた。

「大丈夫ですか」

ゆりは大きく息を吐いてうなずき、かすれた声で応じた。

「この男は雷神の伝五郎という名の夜狐一味の小頭で、もとは江戸の相撲取りだったそうです。十人力だと日ごろから力自慢をしていましたが、なるほどそれだけのことはありました」

ゆりの言葉が終わらぬうちに、太郎吉は刀を放り捨て、土間の隅に倒れている吉兵衛にすがりついて泣き出した。吉兵衛は、しがみつく太郎吉に、

「お前、よくやったな。たいしたものだ」

と声をうるませた。志乃がゆりの肩を抱いたまま、

「本当に太郎吉さんが頑張ってくれたおかげで助かりました」

と言葉を添えると、太郎吉は涙にぬれた顔に笑みを浮かべた。

ゆりもしだいに落ち着いてきたのだろう、そっと志乃から離れて、

「このふたりは、もはや何もできません。急所をはずしておりますから、命は助かるでしょう。もうひとり外に怪我を負った仲間が倒れています。面倒でしょうが、役人に引き渡してください」

と告げた。志乃は驚いて問うた。

「あなたはこれからどこに行かれるのですか」

「夜狐一味はわたしを追っています。ここにいては迷惑がかかります」

ゆりは土間に落ちていた刀を拾って鞘に納めた。

「なぜ、あなたは夜狐一味に追われるようなことになったのですか」

「わたしが一味を抜けたからです。母は逃げたわたしを決して許さないでしょう。そういうひとですから」

さびしげな笑みを浮かべて、ゆりは、志乃に止める暇(いとま)も与えずに、さっと裏口から出ていった。

なす術もなく呆然として裏口を見つめていた志乃は、ふと我に返って吉兵衛の縄を解き、倒れている伝五郎と辰吉の血止めをした。

吉兵衛は太郎吉に手伝わせてふたりを縄で縛り上げた。さらに街道に倒れていた助三も見つけて茶店まで引きずってくると、血止めをして荒縄で縛って土間に転がした。そのまま寝るわけにもいかず、三人はまんじりともせず夜を明かした。

空が白み始めたころ、峠道を息せき切って、半平が戻ってきた。昨日の夕刻、城下で半平を引き留めていたおみねは頃合いだと見たのだろう、永尾甚十郎に、

「このひとが女中を唆したっていうのは、わたしの勘違いだったようですね」

と平然と言ってのけた。ようやく解き放たれた半平は、夜を徹して峠まで駆け通してきたという。

店に入ったとたんに、伝五郎とその仲間が土間に転がされているのを見た半平は、驚いた顔をした。志乃が無事でいることがわかって、ほっとした表情になったものの、ゆりが夜狐一味から守ってくれたと志乃から聞いた半平は、「そうか」とつぶやいたきり、黙りがちになった。

吉兵衛が安原宿に戻り、役人を連れてきて、伝五郎たちを引き渡したのは、この日の夕方だった。

翌日、志乃はいつも通り店を開けたが、昼過ぎになって、大勢の供にかこまれた駕籠

が通るのを見て、目を疑った。

供の女中を見て、おみねの一行だとわかった。奉行所の役人をどう言いくるめたのか、おみねは結城藩領内に戻ろうとしているようだ。

外の様子を感じたらしい半平も奥から出てきて、一行が通り過ぎるのを見つめた。茶店の前を通りかかったとき、駕籠の垂れを供の女中が上げた。

駕籠に乗ったままおみねが志乃と半平を見て、艶っぽく笑いかけた。すぐに駕籠の垂れは下ろされ、一行は静々と峠道を去っていった。

十一

半平が、永尾甚十郎から岡野城下に呼び出しを受けたのは、島屋が殺されてからひと月ほどたったころだった。

半平が元は武士で、しかも雖井蛙流平法を使うことを知っている甚十郎は、城下の神社で行われる剣術の奉納試合に出る自分の息子に稽古をつけて欲しいというのだ。

何でも息子の立ち合う相手が二刀を使う難敵だそうで、雖井蛙流の開祖深尾角馬が工夫した〈二刀くだき〉という技があると聞いた甚十郎は、半平を頼る気になったのだという。

深尾角馬は丹石流、去水流、東軍流、卜伝流、神道流、新陰流、戸田流、タイ捨流、念阿弥流などを学んだ末、これらの流儀の極意に対する〈返し技〉として雖井蛙流を創始した。角馬は日ごろから、

「名人上手のこしらえた技には必ず利があるものだ。だからといって、かなわないというわけではない。工夫次第でどんな技もしのげるからだ」

というのが口癖で、特に二刀に対しては、

「二刀というものは用に立たないものだが、初心の者は技の派手さに目を奪われて使いたがる。それだけに扱いやすい」

と明言していた。この技が〈二刀くだき〉なのだ。

茶店を訪ねてきた長五郎の話では、十日ほど城下に留まってほしいとのことだった。半平は、当初、この話を受けることをためらった。

「近頃は盗賊が多く、物騒でございますから」

夜狐一味が茶店に押し込んだばかりだ。志乃をひとりで残す決心がつきかねる口振りの半平に、長五郎は何でもないことのように、

「半平さんが城下に行っている間、志乃さんにはわたしの旅籠を手伝ってもらおうと思

っているのだよ。それならば安心して、存分に稽古をつけられるのではないかね」

と言い添えた。半平は苦笑いで応じる。

「そう言われましても、十日も茶店を休んでは旅のお方が困られますので」

「だったら、吉兵衛夫婦に茶店をやらせよう。それならいいだろう」

何がなんでも引き受けてもらわねば困ると言わんばかりの長五郎の申し出を、半平は断るわけにいかず、首を縦に振った。

このような成り行きで、二日後の朝早く吉兵衛夫婦が茶店にやってきた。吉兵衛の傍らには太郎吉と次郎助が嬉しげに笑顔で立っている。おせつもお澄に隠れるようにしてひょいと顔をのぞかせた。

吉兵衛一家は、志乃と半平の役に立とうと総出で駆けつけてくれたのだ。手短に茶店を開ける段取りを話して吉兵衛夫婦に後を任せ、志乃と半平は身支度をととのえて共に峠を下った。

日は昇っているものの、山間の道はまだ霜柱が解けずに残り、時おりふたりが踏みしだく音があたりに響いた。先を急ぐ半平と安原宿の手前で別れた志乃が大野屋に着いたとき、旅籠の前には武家の塗駕籠が止まり、騎馬の侍や足軽でごった返していた。

志乃が急いで店に入ると、帳場にいた長五郎がほっとした表情になって立ち上がり、そばに寄ってきた。

「ああ、ちょうどよかった。志乃さん、よく来てくれた。通りがかったお武家の若様の具合が悪くなられてね。ただいま原良庵(はらりようあん)先生が奥で診てくださっているのだけれど、このままご一行はお泊まりになられるかもしれないから、お世話をお願いしたいのだよ」

原良庵は安原宿の医師で志乃も会ったことがある。

うなずいた志乃は急いで足をすすぎ、板敷にあがった。土間の隅や板敷で落ち着かない面持ちの武士が数人、顔を寄せて、ひそひそと何事か話している。暗い表情で話す武士たちの様子から、若様の具合は相当に悪いのではないか、と志乃は思った。

志乃が廊下を通って中庭に面した奥座敷の縁側に出ると、障子の外に控えていた二人の女中が、待ちかねていたと言いたげな目を向けてきた。

「志乃さん、よく来てくださいました」

声をひそめて言う年かさの女中のそばに志乃はひざまずいた。

「若様のお具合はいかがですか」

年かさの女中が心配そうに頭を振った。

「わたしたちには何も知らされませんのでわかりません。いま、お医師様が診てくださっていますが、若君のおそばには御守役のお武家様とご老女様が付きっきりでお世話なさっておられまして、誰もお部屋に入ることができないのです」

「そうですか」

いましがた見てきた武士たちが難しい顔をして、声をひそめていたのと思い合わせると、若君の容態はさし迫っているのではないかと感じた志乃は、女中たちにささやくように言った。

「ひょっとして、知られたくないご事情があるのかもしれません。わたくしがここに控えますから、おふたりは下がってもよろしいですよ」

志乃の言葉に女中たちは安堵した顔でうなずき、せわしなく縁側から立ち去っていった。志乃が縁側に座って間もなく、部屋の障子が開いて、医師の原良庵が出てきた。

薬箱を携えた良庵は会釈する志乃に、何か言いたそうにしたが、思い直したように口を閉ざし、目礼して通り過ぎた。

そのまま志乃が座っていると、やがて白髪の武士が出てきた。控えている女中が代わったのに気づいた武士は、眉間にしわを寄せて近づいてきた。

「宿の者か――」

武士に訊かれて志乃は手をつかえ、頭を下げた。

「さようでございます」

丁寧に辞儀をした所作を武士は見逃さなかった。

「そなたはただの女中には見えぬが、武家の出か」

武士の眼差しの鋭さに驚きつつも、武家の出だと告げるのは避けたいと思った志乃は、

「この旅籠の手伝いをいたしております」

とだけ答えた。思案する面持ちで武士はじっと志乃を見つめた。

「何か仔細がありそうだな。まあ、わしらも似たようなものだが……」

思い迷ったように、しばらく考えこんだ武士は、

「こちらへ参れ」

と言葉を継いで、志乃を座敷にうながした。

座敷に入ると床の間の前に布団が敷かれ、八、九歳ぐらいだろうか、愛らしい少年が寝ていた。まつ毛が長く目鼻立ちのととのった顔をしている。傍らに打掛姿の老女が付き添っていた。老女とは奥向きの女中を束ねる者の呼び名で、三十二、三歳とおぼしい志乃より年下の女だった。

黒々とした髪を豊かに結いあげ、鼻筋が通り透き通るような肌合いの頬が丸みを帯びてやさしげな顔立ちをしていたが、若君の看病で疲れているのかやつれが見える。

障子を閉めた志乃は武士の後方の敷居際に座った。

「藤殿——」

武士が声をかけると、女はゆっくりと顔を上げた。障子越しの淡いひかりに、本来の美しさとはへだたっているであろう生彩を欠いた顔が浮かんだ。

「三日は寝ておられぬのではないか。さようにおそばに付きっきりでは、そなたの体に

も障りましょうぞ。この者に代わってもらってはいかがか。旅籠の女中をいたしておるとは申せ、もとは武家の出のようだ、信じられる者ではないかと思うが」

　武士がさりげなくやさしさを含んだ声音で言うと、藤と呼ばれた女はうつむいて、

「若君様のご容態がいま少し落ち着かれましたら、休ませていただきます」

　と答えた。困惑した面持ちで武士は助けを求めるような視線を志乃に向けた。志乃は手をつかえ、

「わたくしは、見ての通り旅籠の女中をしておりますふつつか者でございます。お付きのお女中衆がおられましょうから、遠慮申し上げたいと存じます」

　と控え目ながらもわきまえのある口調で応じた。武士が言いよどんで黙ったままでいると、藤が口を開いた。

「あの女中たちは、皆、江戸藩邸の息のかかった者ばかりで、若君様に何をいたすかわからぬゆえ、まかせられませぬ」

　慎み深く優美な外見に似合わず、藤は激しい言葉遣いで言った。志乃が驚きを隠せず目を瞠る傍らで武士はため息をついた。

「宿の女中であるそなたに申すはいかがなものかとは思うが、これにはいささか仔細があるのだ。わしは九州、肥前の榊藩に仕える塚本左太夫と申す。こちらは、若君萩丸様にお仕えいたす藤殿じゃ。突如、出府いたさねばならぬことが起こり、ここまで旅を急

いで参ったが、幼い若君にはいささか無理であったのであろう、熱を出されてな」

左太夫が言うと、藤はきっと眦(まなじり)を決して強い口調で返した。

「江戸藩邸より差し遣わされた者が若君様に毒を盛ったとわたくしは思っております」

「これ、藤殿、さようなことを声高に申してはならぬ」

左太夫は眉根を寄せて叱りつける物言いをした。藤は唇を噛みしめて押し黙る。

志乃はとりなすように口を挟んだ。

「いかがでございましょう。ご老女様は若君様のおそばを片時も離れたくないご様子です。控えの間に夜具をととのえ、お休みいただくのがよろしくはございませんか。ご老女様のお休みの間、若君様のおそばにはわたくしが付き添い、何かございましたらお起こしいたします。塚本様のほかにはどのようなお方もおそばに近づけないようにいたします」

左太夫は、我が意を得たりとぴしゃりと自分の膝を叩いた。

「よい思案じゃ。さっそくさようにしてもらおうか」

藤は異をとなえたそうにしたが、志乃の前で言うのが憚れるのか口をつぐんだ。

志乃は、これより夜具の支度をいたして参ります、と言って立ち上がり、藤に口をさし挟むいとまを与えず、さっと障子を閉めた。

部屋の中からは、懸命に何事かを訴える藤をなだめる左太夫の声が聞こえてきた。

　志乃は帳場で帳面づけをしている長五郎に、奥座敷の控えの間に夜具をひと重ね運ぶよう頼み、武家のご一行には何か事情がありそうなので、自分ひとりで世話をした方がいいように思うと話した。

　長五郎は呑み込み顔で大きくうなずいた。

「そんなことだろうとわたしも思っていたよ。すぐにひと重ね支度させよう。ところで、少し話しておいた方がいいと思うことがあるので、ちょっといいかね」

　長五郎は志乃をうながして奥へ通じる廊下の先にある小部屋に連れていった。薄暗い小部屋に志乃と向かい合って座った長五郎は、声を低めて言った。

「これは、良庵先生がこっそりとわたしに教えてくれたのだがね。どうも若君様を診たところ、どこが悪いということもないようなのだ。それなのに熱が出ているのが不思議だと首をひねっておられた」

「お藤様というご老女様は、誰かが若君様に毒を盛ったのではないかと疑っておられるようです」

　志乃も声を落とすと、長五郎はうなずいた。

「良庵先生もご老女様からそう言われたそうだ。しかし、毒を飲まされたのなら、その兆候があるはずで、そんなものは見当たらなかったというのが、良庵先生の診立てでね」

「それでは、いったい――」

「良庵先生は若君様の気の病ではないかとおっしゃるのだよ」

「お大名の若君様ともあろう方が気の病など起こされるとは思えませんが」

眉をひそめる志乃に、長五郎はさらに低い声で、

「それが、良庵先生は汗をかいたままにしておいてはお体に障りますと若君様の汗をぬぐって差し上げたそうだ。そのとき、気づいたそうだが、若君様が、まことは姫君様だったそうなのだよ」

と言った。

「まさか――」

志乃は息を呑んだ。姫を若君と偽って出府しなければならないとは、どういうことなのだろうか。

「信じられません。何のためにそんなことを」

「わたしにだって、わけはわからないよ。ただ、良庵先生がそのことに気づいたとき、ご老女様はすごい目で睨んだそうだ。それで、良庵先生はひと言も口を利かず、ただ熱さましの薬だけを調合して引き下がったそうだよ」

「そうだったのですか」

それだから、良庵は部屋を出てきた際、何か言いたそうな顔をしたのだな、と志乃は

思った。

「いずれにしても、よほどのご事情があるのだろうから、わたしは志乃さんにまかせるしかないと思ったんだよ」

長五郎のたっての頼みだけれど、はたして自分にできるだろうかと志乃はわずかにためらった。姫君を若君と偽ってまで出府させるのは榊藩の御世継ぎのことと関わりがあるのだろう。となると、かなりの覚悟をもって事にあたらなければならないと思える。しかし、ここまで長五郎に頼りにされたら、断るなど考えられない。しばしの後、志乃は承知しましたときっぱり応じた。

では、よろしく頼みますよ、と言い残して長五郎が小部屋から出て行ったあと、志乃は先ほど考えたことについて思いをめぐらした。

萩丸という名の若君が江戸屋敷に入るのを邪魔しようとする者が藩内にいるのだろう。それで、いま奥座敷で寝ている姫君は萩丸という若君の身代わりとなって、是が非でも江戸へ向かわねばならないのではないか。

そこまで思いいたったとき、志乃はあの老女が案じていることがわかった。姫君は若君の影武者を務めていて、命を狙われているかもしれないのだ。

奥座敷で病に臥せる何も知らされずにいるであろう、いたいけな子供の顔を思い出して、志乃は胸が詰まる思いがした。

日暮れにはまだ間があるころ、岡野城下に着いた半平は甚十郎の屋敷を訪ねた。

甚十郎は奉行所に出仕していて不在だったが、息子の敬之進(けいのしん)が迎え入れてくれた。敬之進は、甚十郎の息子にしては小柄で挙措が控え目な若者だった。年は、十七、八歳だろうか。

「このたびは父が無理なお願いをいたしまして」

敬之進は礼儀正しく詫びながら半平を客間に案内した。半平は恐縮して、

「わたしは峠で茶店をやっている者でございます。お武家様の客間に通していただける身分ではございません」

と口にしたが、敬之進は首を横に振った。

「いえ、お教えをいただきますからには、わが師でございます。客間にお通りいただくのは当然のことでございます。それにこれまでの経緯(いきさつ)を申し上げなければなりませんので」

敬之進の筋道を立てた言葉に、半平はやむなく導かれるまま客間に上った。

茶をそれぞれの膝もとに置いて女中が下がるのを待って、敬之進は丁寧な口調で話し始めた。その口振りから半平がもとは武士だったということを甚十郎から聞かされているのが察せられた。

「わたしは、城下にございます天道流の道場に通っております」

天道流と聞くなり、半平はほう、と感心した顔になった。

「古流儀でございますね」

天道流は戦国時代、小田原の北条氏康に仕えた斎藤伝鬼坊が始祖であると伝えられる流派だ。伝鬼坊は鶴岡八幡宮に百日参籠して剣と薙刀の妙技を得たという。古流儀だけに、刃筋を正しく押し切り、引き切り、突くことを心得とする豪快な太刀さばきが広く知られている。

「はい、さようでございます。日ごろは形稽古が主なのですが、腕自慢の者たちがそれでは面白くないと申して、木剣での立ち合いを近頃するようになりました」

「さようですか」

うなずきながらも、半平は敬之進の袖口から覗く手首や、首筋や頬に青い痣がうっすらと残っているのを目ざとく見つけた。おそらく木刀で立ち合った際につけられたのだろう。

先ほどからの立居を見る限り、敬之進はさほどの腕前とは思えない。

稽古熱心のあまり、生傷が絶えないのではなく、弱いがゆえに稽古相手を務めさせられているのではないか。

剣術道場ではよくあることで、腕自慢の者が気弱な者をいじめて楽しむのだ。甚十郎がわざわざ半平を呼び出して技を仕込もうとしているのには、やはりそれなりのわけがあるようだ。半平は膝を正して訊いた。

「失礼でございますが、神社の奉納試合で敬之進様が立ち合われるお相手はかなり腕の立つ方でございましょうか」

はい、と言ってうなだれた敬之進は、しばらくして顔を上げ、

「鹿野永助（かのえいすけ）というわたしと同年の男ですが、道場一の腕前とされております。岡野の小天狗という仇名がつくほど、近隣に名が知れ渡っております」

と鬱々とした顔をして言った。

「その方とどうしても立ち合わねばなりませぬか。かないそうもない相手なら避けるのが兵法の常道だと師より学びましたが、それも一手かと思います」

うかがうような眼差しで敬之進を見つめて半平は問うた。

「鹿野はなぜか、幼いころより何かにつけてわたしを目の敵にしてきました。道場の稽古ではいつものことですが、此度の奉納試合では二刀を使うとまわりに言いふらしておるのです」

「なるほど、天道流はたしか小太刀での二刀を使うておりましたな」

半平が思い出しながら言うと、敬之進はわずかに口をとがらした。

「はい、道場の先生は二刀を教えてはくださいませんでしたが、鹿野は自ら工夫したと

申しまして、それを奉納試合で披露すると大言いたしております」

「そんな方の相手を敬之進様がなさるというわけですか」

「そうなのです。いままでも道場での稽古試合の度に負かされて、さんざんみじめな思いをして参りましたから、負けるのはかまいません。しかし、二刀の技に翻弄されて、大勢のひとの前で恥をさらすのはいやなのです」

言いつつ敬之進は唇を噛んだ。これまで随分と嫌な思いをしてきたのだろう、と半平は敬之進に同情を覚えた。

「つまり、二刀の技を破ることができれば、試合に勝たなくともよいのですね」

「はい、腕前は鹿野の方が上ですから、試合で敗れてもやむを得ませんが、わたしにも意地というものがあります。やられっぱなしは口惜しいのです」

敬之進は頰を赤くして言い切った。

「わかりました」

半平は、うなずいておもむろに立ち上がり、障子を開けて、中庭に目を遣った。植え込みの木々の大半は葉を落とし、吹き寄せる風が枝先を寒々と揺らしている。庭木の手前に苔のついた大きな庭石があった。

「敬之進様、まず、あの庭石を持ち上げてみていただけますか」

「あの石をですか。二十貫はありそうですが」

敬之進はさっそく尻込みするような口調で言った。

「敬之進様、二刀を破る技を習得するのはさほど難しいことではございません。二刀を使うものは、その玄妙さに気を奪われて、おのれの力が二分されてしまう、つまりは一刀を振るうよりも弱くなっていることに気づきません。されば、迷わず、ためらわず、一刀に力を込めて打ち抜くことが〈二刀くだき〉なのです」

半平にわかりやすく言われて、敬之進は意を強くした面持ちでうなずいた。

「わかりました。やってみます」

庭に下りるなり、もろ肌脱ぎになった敬之進は腰を落として苔むした庭石に両手をかけた。気合いを入れて力を込めるが、庭石はびくともしない。

顔を真っ赤にして、何度も力を入れ直すうちに、首筋や背中に汗が浮いて滴り落ちた。どうにか持ち上げる要領を得たらしく、敬之進は庭石を辛うじて浮かしたが、それだけで力尽きたのか、手を離してしまった。庭石は敷かれた玉砂利の上に音を立てて転がった。

「それを三日間、続けてみてください。〈二刀くだき〉を教えるのは、それからです」

半平が言うと、敬之進は息を切らせながらも、はい、と少年のような声で返答した。

剣術の修行においては、最初に地道な稽古を続けさせ力をつけるよう仕向ける。地道な稽古を面倒くさがってしない者は多いが、父親の甚十郎とは違って敬之進には素直なところがあるようだ。半平は、本腰を入れて鍛えてみようと微笑を浮かべた。

十二

大野屋で病に臥せる若君を世話することになった志乃は、まず若君付きの老女である藤の信頼を得るように努めた。榊藩の一行には六人の女中がしたがっていたが、藤の顔つきからは誰も信用していないという心持ちが読み取れた。

志乃はできるだけ女中たちと顔を合わせないように心がけ、何事も塚本左太夫を通じてだけ藤に伝えた。そのように気遣いしたうえで、大野屋の板場に藤を連れていき、食膳の用意をととのえる様子などを見せた。

若君に出す食膳は誰にもふれさせずに志乃が板場から直に運び、藤の目の前で自ら毒見をした。茶や菓子を出すおりも同様に、藤の目にふれないまま若君が食べ物を口にすることはないとわかってもらった。さらに、藤が若君の体をふいたり、着替えをする際は、志乃は縁側に座り、誰も近づかないように周囲に目を配った。

気持を引き締めて昼夜となく力を尽くすうちに、藤は少しずつ志乃に気を許すようになった。朝餉(あさげ)の膳を下げて戻ってきた志乃に、藤がさり気なく話しかけてきた。

「塚本様は、そなたが武家の出だとおっしゃっておられましたが、それはまことですか」

塚本左太夫は若君の世話を志乃にまかせている間、控えの間で武士たちと何事か話しているようだ。志乃は藤に偽りを言うわけにはいかないと思った。

「お話しするのは恥ずかしゅうございます。武家に生まれはいたしましたが、事情がありまして、国を出てより、さまざまなことに巡り合い、今にいたっております」

「そうでしたか。よほどのことがあったのですね。お子はいなかったのですか」

子について訊かれるのは、何より辛かったが、志乃は正直に答えようと思った。

「国を出るとき別れたきりで、十数年、逢うことはかなっておりません。もはや母と名のるのも許されぬと思っております」

うつむいて言葉を返す志乃の声は自然に小さくなっていた。

「母と名のれないのは、辛いですね」

志乃の返答に常ならぬ世の憂いを感じたのか、藤の声音には同情が籠っていた。

志乃はふと、藤は子をなしたことがあるのではないか、わが子と会えないがゆえに、若君に一段の思いをかけて仕えているのかもしれない、と思った。

志乃が思いをめぐらしているさなかに、縁側に足音がして障子の外から、

——ご免

と左太夫が声をかけてきた。志乃が障子を開けると、左太夫は軽く会釈して部屋の中に足を踏み入れた。若君が臥せる枕元に膝行し、手をつかえて、

「若君様、お加減はいかがでございましょうや」

と重々しく問いかけた。警戒する表情を浮かべて、藤は口を開いた。

「昨日と変わらず、まだお熱は下がっておりませぬ。御出立は無理かと存じます」

藤が若君の直答を遮るように言葉を挟むと、左太夫はためらいがちに話し出した。

「さて、そのことだが。実は、国許より書状が届きました」

「何かお報せがございましたか」

緊張した面持ちで藤は眉をひそめた。

「さよう、鶴松君に江戸へお上りいただく話を国家老の杉内内膳正様が出しておるそうでございます」

左太夫は苦い顔をして重苦しげに言った。

「なんと申されましたか。萩丸様が江戸へ向かっておられますのに、鶴松様まで出府なさらずともよいではございませんか」

激しい口調で言い募る藤にもっともらしくうなずいて、左太夫はちらりと志乃に目を向けてから言葉を継いだ。

「それがどうやら、われらのなそうとしていることに杉内様は薄々、気づかれたご様子です」

藤は息を呑んだ。

「なんですと、それでは、若君様は何のためにかような辛い目に耐え忍んでおられるのでしょうか」

声を震わせる藤に左太夫は厳しい表情で応じた。

「それゆえ明日にでも出立いたさねば、杉内様の思惑通りになり、これまでの苦労がすべて水泡に帰しましょう」

「さればと申して、若君様はご本復にはいたっておりませぬ。いまご出立なされば、お体に障りましょう」

と言って藤が覗き込むようにすると、若君はうっすらと目を開けた。

「藤、もはや行かねばならぬのなら、わたくしは構わぬぞ」

若君は懸命にか細い声を出した。

「おいたわしや若君様。されど、今少しご養生なされたほうがよろしいかと存じます」

藤は困惑した表情で志乃に助けを求めるような視線を向けた。

「のう、まだお床あげはできませぬな」

同意して欲しいと目で訴えかけてくる藤を見て、志乃は思わず口を挟んだ。

「さようでございます。せめて、あと五日ほど、ご静養されてはいかがでございましょうか」

「無理だな。それでは鶴松殿の一行が国を出てしまう。もし追いつかれるようなことがあれば、わしが腹を切っても追いつかぬ」

すかさず、左太夫はにべもなく言った。

「では、せめて三日、日延べをお考えいただきとう存じます。その間に若君様に滋養のある食べ物を食していただき、お元気になられるよう努めます」

志乃が必死に頼み込むと左太夫は首をひねった。

「三日だと」

「さようでございます」

左太夫はあごに手をやってしばらく考えた末に、じろりと志乃を睨んだ。

「それ以上は待てぬ。三日の後、必ずや若君を駕籠にお乗せして江戸へ向かうぞ」

ありがたく存じます、と頭を下げる志乃の傍らで、藤は目を閉じて黙ったまま言葉を発しなかった。

左太夫が部屋を去ったあと、藤は志乃に向き直って言った。

「なぜ、三日などと口にしたのですか。いまの若君のご様子を見ておれば、とても三日でのご本復はなりがたいのはわかるはずです」

藤の目には憤りがあった。志乃は手をつかえて頭を下げた。

「差し出がましい振舞いをいたし、申しわけございません。あのように申し上げなければ塚本様にお聞き届けいただけないと思ったのでございます。それに、若君様のご容態につきましては――」

志乃が口ごもると、藤はちらりと再び目をつむって寝ている若君に目を走らせた。

「何を言いたいのですか。はっきりおっしゃい」

藤にうながされて、志乃は口を開いた。

「お医師の原良庵様は、若君様はどこといって悪いところが見当たらない、とのお診立てを言い置いて帰られたそうでございます」

「何を申す。若君様が仮病を使っていると申すのか。旅籠の女中の分際で言うにもほどがありますぞ」

居丈高な物言いをする藤を、志乃は落ち着いた眼差しで見返した。

「仮病などと申し上げているのではございません。幼き者は気がふさぐだけで、体の具合が悪くなったりいたすものではなかろうかと存じます。塚本様のお話から拝察いたしまして、御家にはよほどのご事情がおありだと存じたしだいでございます。さりながら、御家の苦難を幼い若君様に背負わせておいでのように思われてなりませぬ。それがゆえに若君様はお苦しみなのでは、と思いついたままを申し上げました。ご無礼をお許しくださいませ」

「さようなこと、そなたに関わりはあるまい」

藤はつめたい表情でそっぽをむいたが、志乃は辛抱強く話を続けた。

「若君様のお病気を治したいと思われるのでございますなら、若君様が背負っておられるお苦しみを少しでも減らしてさしあげるよう努めるのが肝要ではないか、と存じます。塚本様に申し上げた三日間とは、そのための日にちでございます」

そのようなことはできようはずがない、とつぶやいて藤はゆっくりと頭を振った。志乃は目に涙を滲ませて話した。

「かように申し上げますのは、わたくしもかつて家中の争いに巻き込まれ、わが子を残して国許を出なければならなくなったからでございます。わたくしが国許を出た後、娘はどのような思いをしたであろう、と思わぬ日はございません。あるいは、熱を出し、臥せった日もあったろうかと存じます。そのことに思いをいたせば、おのずと若君様のお苦しみを少しでも減らすことができないものかと、思ったのでございます」

志乃の言葉をうつむいて聞いていた藤は、やがてはらはらと涙をこぼした。

「そなたの言う通りですね。若君様はお苦しみです」

志乃は声をひそめた。

「わたくしごとき者が申し上げるのは憚り多いことと存じますが、若君様のためを思う一心でお訊きしたいことがございます。よろしゅうございましょうか」

藤は顔をあげてじっと志乃の目を見つめ、

「なんなりと言ってください」

と観念した面持ちでうなずいた。わずかに頭を下げて立ち上がった志乃は床に臥す若君の足もとをそっと回り、藤の傍らに座った。藤の耳元に顔を寄せ、低い声で問いかける。

「若君様は、どなた様かの身代わりで旅をしておられるのではございませぬか」

息を呑んで目を瞠った藤は、しばらく考えてから思い切ったように口を開いた。

「そうです。まことは若君様にあらず、姫君様でございます」

藤とともに志乃は目を閉じて横たわる萩丸へ目を向けた。萩丸の愛らしさは姫ならではのものだ、とあらためて思った。

半平は甚十郎の屋敷に留まって敬之進に稽古をつけていた。

中庭の苔むした石を持ち上げる鍛錬を始めて三日目に、敬之進が頭より高く上げたのを見て、

「今より〈二刀くだき〉を教えます」

と告げた。この日、甚十郎は非番で、縁側に陣取って敬之進の稽古振りを見ていたが、もろ肌脱いだ敬之進が庭石を持ち上げたときには、

――ほう

と感嘆の声をあげた。半平は甚十郎に構う様子も見せず、敬之進に話しかけた。

「試合のお相手が二刀を使うところを見たことがおありですか」

半平に問われて、

「はい、一度だけですが見ました」

とうなずいた敬之進は傍らに置いていた木刀のうちから短めの二本を選んで両手に持ち、前に進み出た。それを見て、半平は一本の木刀を手にした。

半平は木刀を正眼に構えて、

「正面から打ち込んだおりに、二刀をどう構えていたかやってみてください」

と言った。言われて敬之進がとった構えは異様なものだった。両手を横にして斜め上に木刀を振り上げた。ちょうど鳥が翼を大きく広げたような形をしている。

半平がえいっと気合いをかけて正眼から打ちかかると、敬之進は右足を大きく踏み出すと同時に、左手の木刀で打ち込まれた木刀を受け流し、右手の木刀で面を狙った。

半平がふたたび同じ打ち込みをすると、今度は体を左右逆に開いて左手の木刀で面を襲った。

半平は、これまで、と言って木刀を引き、にこりと笑った。

「なるほど、わかりました。では、これより〈二刀くだき〉をご覧に入れます」

うなずいた敬之進は緊張した表情になって両手の木刀を構え、半平と向き合った。

甚十郎は身を乗り出して、まじまじと半平の動きを見つめている。半平はゆっくりと木刀を頭上に高く大上段に振りかぶった。

その大きな構えを恐れるように敬之進は腰を落とした。

「参りますぞ」

ひと声かけて、半平は大きく右足を踏み込んだ。敬之進はとっさに二本の木刀を十字に交え、打ち込みを受けた。

だが、半平の打ち込みは凄まじく、十字に構えた二本の木刀はあっさりと弾き飛ばされて、敬之進は肩先をしたたかに打たれていた。

「ああっ」

敬之進は悲鳴をあげて左肩を押さえ、頽(くずお)れた。それを見た甚十郎が大声をあげて叱咤した。

「なんじゃ、敬之進、その様は。稽古で打たれる度に泣いておっては、武士として物の役に立たぬぞ」

半平は苦笑した。

「いや、敬之進様は懸命に努力しておられます。ただいまの打ち込みに対する受けも、試合相手の方が使われたのですね」

　敬之進は左肩を押さえながら、よろよろと立ち上がった。

「はい、さようでございます。先ほどの二刀の構えで相手と対していましたが、中でも力自慢の者がいまのように大上段から打ちかかった際、木刀を十字にして防ぎました。そのときは、相手の木刀をぴたりと挟んでじりじりと押し返しておりました。わたしには、とてもできませんでしたが」

　敬之進の話に耳を傾けていた半平は、甚十郎に顔を向けて口を開いた。

「二刀を交えた十字の防ぎには、いましがたお見せした〈二刀くだき〉にて力まかせに打ち砕くのが常道でございます。しかしながら、おそらく相手は、塡め手を使ってくるのではありますまいか」

「塡め手だと」

　声高に応じながら甚十郎は目を剝いた。

「はい、敬之進様のお話をうかがいますと、相手の方は剣術自慢でおのれの技を誇るようです。さような者は、しばしば塡め手を使います」

　半平の言葉を聞いたとたんに敬之進は得心がいったような表情になった。

「そう言えば、鹿野はいつも、わたしの裏をかきます。そして、負かしたわたしを嗤っては心地よさげにふんぞり返ります」

半平は微笑した。

「さようなひとが二刀を工夫したと言って道場で見せたのですから、隠し技があると見なすべきでしょう。おそらく〈二刀くだき〉に対しても、工夫をいたしておると思われます」

甚十郎は口をあんぐりと開けた。

「なんだと、それでは、敬之進がせっかく〈二刀くだき〉を稽古いたしても無駄だというのか」

「おそらくは」

敬之進は呆然とした顔になった。

「ではいったい、どうすればいいのでしょうか」

「罠を仕掛ける者は罠に落ちます。填め手を考えた者はそれに囚われて、天然自然の理を忘れます」

「天然自然の理だと」

甚十郎は首をかしげた。

「剣は斬るべきところを斬ればよい。ただ、それだけのことでございます」

半平は淡々と言った。

十三

若君が眠っているのを確かめてから、藤は目くばせして控えの間に話の場を移した。

「このこと、もし他言されたら、わたくしは生きておられませんし、あなたにも死んでいただくしかありません。そのことを承知で聞いてくださいますか」

　念を押す藤に志乃はうなずいた。

「武家には、決して他言してはならぬことがあるのは存じております」

　志乃が答えると、藤はため息まじりに話し始めた。

「榊藩には、ご嫡男の千之助（せんのすけ）様始め、次男の萩丸様、三男の鶴松様がおわします。ところが近頃、藩主忠徳（ただのり）公が重い病に臥せっておられるだけでも案じられますのに、千之助様が江戸の吉原で遊興にふけられ、ふとしたことで喧嘩沙汰を起こされ、町人を傷つけられたそうでございます。このため廃嫡（はいちゃく）されて、ご次男の萩丸様をご世子（せいし）にと忠徳公はお考えなのでございます」

「さようでございましたか」

内心驚いて志乃が小さく息を吐く傍らで、藤は眉をひそめて話を続けた。

「千之助様の廃嫡は幕府ご老中のご内意でもございました。早急に千之助様を廃嫡いたして、次のご世子を定めるがよいとの内々のお達しには、忠徳公ご存命の間に江戸藩邸にて対面され、直にご世子と定めるようにと記されてあったそうでございます」

「それで、急いで江戸へ向かわねばならなかったのでございますね」

「ところが、萩丸様は江戸へ発たれる前日、突如、血を吐かれて倒れられたのです。おそらく国許の側室のお子である鶴松様を御世継ぎにしようと企む者たちの仕業かと思われます。萩丸様が本復されてから、江戸藩邸に向かいたい旨を早飛脚にて報せましたところ、折り返し殿様より、それはならぬ、との書状が国許へ届けられました」

「殿様は、なにゆえならぬと仰せだったのでございましょうか」

世継ぎとなる若君に、毒を盛ろうと企む者がいるからには、用心するのは当たり前ではないかと志乃は思った。

「殿様はご自分の寿命を危ぶんでおられるのではないでしょうか。さらには千之助様が吉原で不祥事を起こして、ご老中方の耳にまで届いてしまったのですから、一日も早く、萩丸様をご世子といたさねば藩の存続が危ぶまれると思われたのでしょう」

「ご心配はもっともなことと存じます」

志乃にも世子引き継ぎをめぐる藩主の不安はわかった。本来なら世継ぎが不始末をしでかしたことで、藩は取りつぶされたかもしれないのだ。老中の気が変わらないうちに、世子を決めてしまわなければ、安心できないだろう。何としても萩丸を出府させようとしたわけがようやくわかった。

「それで、殿様は、もし萩丸様がどうしても動けぬようなら、身代わりを立てよと仰せになられたのです」

「身代わり？」

「はい、萩丸様には、実は同年にお生まれになった妹の姫君がおられます。母君は江戸藩邸の奥に仕える腰元で、殿様のお手がついて子を宿され、ひそかに国許へ戻って姫君をご出産なさいました。姫君は生まれ月も近く、お血筋ゆえか、萩丸様とよく似ておられました」

「では、あの若君様は――」

「さようです。雪姫とおっしゃる姫君様でございます。雪姫様については家中に知る者も少なく、萩丸様の身代わりとして江戸に入り、形ばかりの対面の儀をすませて、ご老中方に萩丸様を世継ぎとして認めていただこうというのが、殿のお考えだったのです」

「それで、雪姫様が若君様の身なりで江戸へ向かわれているのでございますね」

「このことを、鶴松様をご世子に望む者たちが察知したらしく、どこで雪姫様のお命が狙われるかわからないのです」

藤は事の経緯を熱心に話した。雪姫を守ろうと必死になっている心情が志乃にも伝わってくる。あるいは雪姫は萩丸が毒を盛られたことや、自分も狙われるかもしれないことを幼心にも気づいているのではないだろうか。

「雪姫様はお気の毒でございます」

志乃が思わず同情の声をもらすと、藤は袖で目頭を押さえた。

「江戸藩邸は鶴松様を押し立てようとする派閥の者たちが多く、雪姫様は江戸に行けば、ご自分も萩丸様のように毒を盛られるのではないかと恐れておいでだと思います」

雪姫が自分も命を狙われるかもしれないと思っていると聞いて、志乃は胸が痛んだ。たしかに兄の萩丸は毒を盛られて江戸出府がかなわなかったのだから、身代わりの雪姫が毒を飲まされると恐れを抱くのは無理もない。

雪姫は藩内の詳しい事情は知らないと思えるが、自分が危険な目にさらされていることだけは察しているだろう。

(おいたわしい——)

志乃は雪姫がかわいそうでならない、という思いに駆られるとともに、何としてでも守り抜かねばと心に決めた。

「わかりましてございます。雪姫様のお命、必ずお守りいたします」

志乃が勇気づけるように言うと、藤は必死の面持ちでうなずいた。

「わたくしもその覚悟でおります。しかし、味方は塚本様のほかにはいないと思わねばなりませぬ。三日がたって、この宿を出たらどうなるかと思うと案じられます」

藤は翳りを帯びた声で言った。藤の言う通り、江戸にたどり着くまでの道中は長い。毒を盛る機会はいくらでもあるだろう。

まして、雪姫は萩丸の身代わりとして出府するのだ。もし、毒を盛られようが、そのことを表立って咎めることもできず、あくまで病死を装うしかないのだ。

（どうすればいいのだろう）

志乃は思い悩んだ。こんなときに半平がそばにいてくれたら、という思いが湧いた。しかし、雪姫を狙う相手は刀を振るうわけではない。ひと知れず雪姫に毒を盛って、闇から闇に葬ろうとするだろう。

だとすると、守ることができるのは、身近にいる藤と自分だけしかいない。負けられない、と志乃は思い定めた。

その日も半平は甚十郎の屋敷の中庭で敬之進に稽古をつけていた。中庭のまわりは生垣で囲まれている。その生垣越しに通りすがりらしい三人の若侍がのぞき込んでいた。

（武芸の稽古をのぞき見するとは無礼にもほどがある）

半平は眉をひそめて、木刀を持つ手を下ろした。半平の動きに敬之進も生垣からのぞいている者たちに気づいて振り向いた。

敬之進ははっとした様子だったが、何も言わずにうつむいた。すると、三人の若侍の中でも背が高く眉が濃い男が、

「ほう、敬之進は近頃、奉納試合に備えて下人に稽古をつけてもらっていると噂に聞いたが、まことだったとはな。さような無駄なことはやめておいたらどうだ。どうせなら、わたしに手かげんしてくれ、と頭を下げて頼め。さすれば皆の前で恥をかかんですむようにしてやるぞ」

と高飛車に言った。どうやら、この男が敬之進の試合相手である鹿野永助らしい。半平は進み出て言った。

「どなたかは存じ上げませんが、他人の武術稽古をのぞき見て、いらざることを口になさるのは、いかがかと思います。お立ち去りください」

鹿野はじろりと半平を睨んだ。

「なんだと、下人の分際でわたしに説教をいたすのか」

「下人であろうが、立派なお武家であろうが、してよいことと悪いことの分別をつけるのに差はございますまい。あなた様はそれができておられぬようにお見受けいたしました」

「何を生意気な――」

かっとなった鹿野が生垣を乗り越えて中庭に入ろうとしたが、傍らの二人があわてて止めた。

「鹿野、やめておけ。相手は下人ではないか――」

「かような者と喧嘩して騒ぎになれば、鹿野の家の名折れとなろうぞ」

両脇から肩をつかまれて、鹿野はようやく思いとどまった。

「よし、わかった。この仕返しは奉納試合で敬之進にたっぷりとしてやろう」

嘯いた鹿野はにやりと笑って敬之進に目を向けた。

「そこの下人が使うのは雖井蛙流だと聞いたぞ。おそらくわたしの二刀を破るために雖井蛙流の〈二刀くだき〉を伝授してもらうつもりであろうが、さように姑息な技がわたしに通用すると思うな」

鹿野は自信ありげに言い放って言葉を続けた。

「その下人が使う雖井蛙流の開祖である鳥取藩士、深尾角馬は娘の縁談のもつれから百姓の父子を斬り捨て、切腹になったそうではないか。さように不浄な者の剣術を奉納試合で使うとはもってのほかだ」

鹿野は高笑いを残して去っていった。敬之進は鹿野の姿が見えなくなってから半平を振り向いた。

「ただいま鹿野が申されたことは、まことなのでしょうか」

奉納試合で不吉な剣術の技を使うことをためらう気持が生じたのだろう。

顔をこわばらせて敬之進は訊いた。

半平は穏やかかに微笑した。

「まことです。しかし、剣はどの流派であれ、所詮はひとを斬る技です。吉事ではないのです」

「そうではございましょうが、戦場で敵を倒すのと守るべき領民を殺めるのとでは、やはり違うと思います」

「さようですな。流祖については、わたしも伝え聞いていることしか知りません。聞いたところによりますと、流祖はひとり娘が豪農の息子と深い仲になったため、相手の男の親のもとに娘を嫁にしてもらいたいと掛け合いに参ったのだそうです。流祖としては農民に膝を屈するのは気が進まなかったでしょうが、相手からけんもほろろに断られたのですから許し難かったのだと思います。おそらく豪農には、軽格の武士の娘を嫁にしなくとも、よい縁談はたくさんあったのでしょう。流祖は相手の見下したやり方に我慢がならず、父子を斬り捨てたと聞きます」

淡々と語る半平の言葉に耳を傾けていた敬之進は、首をかしげてしばし考えた末、遠慮がちに言った。

「武士の意地はわかりますが、やはりわたしには立派な行いとは思えません」

「それはわたしも同じです。ただ、流祖にはこんな話も伝わっております」

深尾角馬は豪農父子を斬った罪で捕えられ、幽閉された。重臣たちが詮議したあげく切腹が決まった。この報せが届いたとき、角馬は、見張りの者に諸国を旅したおりの話を聞かせていた。その話がせっかく佳境に来たところだからと角馬は、切腹の見届け人を待たせて、悠々と話し続けた。

話を終えてから切腹の座についた角馬は、果てる際に体がのけぞるのはみっともないからと、足が踏ん張れないように自ら両足の親指を折った。そこまでして見事に腹を切ったという。

「切腹が見事であったから、すべてが許されると申し上げているわけではありません。かほどの覚悟を持っていたひとが、娘への思いで心の闇に踏み迷い、捨て置いていい相手を斬ってしまったのです。ひとは強くもあり、弱くもある。しかし一方で、弱くはあるが、やはり強いのではありますまいか」

「強くもあり、弱い。弱くはあるが、強くもある――」

敬之進は半平の言った言葉を繰り返した。

「さようです。剣の達人でありながら、ひととしての弱さを見せたところに学ぶところがあると思っておりますゆえ、わたしは流祖を恥じてはおりません」

半平がさりげなく言うと、敬之進は得心がいった様子で木刀を握り直して正眼に構えた。

「もうひと手お願いいたします」

半平はうなずいて、ゆっくりと木刀を構えた。敬之進に流祖の話をしたことでわずかながら胸が晴れる気がしていた。

半平自身、志乃とともに暮らしていることに後ろめたさはないものの、ひとから非難を受けるのはいたしかたないと思っていた。国を出たとき、志乃はひとの妻であった。

(わたしも流祖と同じような心の闇を抱いたときがあった)

そう思いつつ、半平は敬之進の構えを静かに見つめた。


そのころ峠の茶店では吉兵衛とお澄夫婦が忙しく働いていた。傍らで息子の太郎吉と次郎助、娘のおせつまでがわからないなりに、客に茶を運ぶなどして手伝っていた。

やがて昼下がりになって旅人の姿が途絶えたころ、東から武士の一行が峠を上ってきた。七人の武士と供の小者三人である。

七人の武士はいずれも笠をかぶり、羽織袴姿で手甲、脚絆をつけていた。茶店に目を留めた武士たちは、互いに目を見かわしてうなずき、主人らしい男が外の床几に腰かけた。他の武士はあたりを警戒するように立っている。いずれも武術に長けて屈強そうだった。

床几に座った武士はお澄が注文を訊きにいくと、

「茶をくれ、皆にもな」

と鷹揚に言った。武士は四十過ぎに見えるが、面長で鼻が高くあごが張って、ひと目で藩の重役とわかる貫禄があった。

お澄が粗相がないようにと気遣って運んだ茶碗を手に取り、口に運んだ。武士は、あたりの風景に目を遣りながら、

「時に、この茶店には峠の弁天様と呼ばれる女子がおるそうだが、そなたのことか」

と訊いた。お澄は、いいえ、滅相もございません、と急いでかぶりを振った。それは志乃のことだ、と思ったが、なぜか口にできないで黙り込んだ。傍らに子供たちもいたが、いつもなら、はしゃいでしゃべるのに、武士が怖いのか皆、押し黙っている。

武士は茶を飲み終えてから、

「主人を呼べ」

と短く言った。お澄はあわてて吉兵衛を呼びに行った。竈の前にいた吉兵衛に、武士が呼んでいる、と告げたあと、お澄は低い声で言い足した。

「この茶店に峠の弁天様と呼ばれる女子がいるはずだが、って訊かれました。何も言ってないけど、どうも志乃さんたちを目当てに来たみたいで、気味が悪くてね」

吉兵衛は腰を上げて店の方をこっそりのぞき、あっと小さく声をあげた。

「お前さん、どうしたんだい」

驚いたお澄が訊いた。吉兵衛は緊張した震える声で答えた。

「結城城下にいたころ、一度だけ運上金のことで味噌問屋仲間と勘定奉行様のお役宅に呼び出されたことがあったんだが、そのおりにあのお武家を見たんだよ。あのお武家は、結城藩勘定奉行の佐川大蔵様だ」

お澄はえっと驚いて問いかけた。

「そんなひとがなぜ志乃さんのことを訊いてきたんでしょうね」

わからないな、と首をひねりながら吉兵衛は店に出ていった。佐川大蔵の前で小腰をかがめた吉兵衛は顔をこわばらせて、

「茶店の主人で吉兵衛と申します。何か御用がおありだそうで」

と訊いた。大蔵はじろじろと吉兵衛を見た。

「違うな」

大蔵が苦笑いした。まわりを見回すと、武士たちがいつの間にか半円形に吉兵衛を取り巻いていた。しかも刀の鯉口（こいぐち）を切り、いつでも抜き打ちが仕掛けられる構えだった。

違う、という大蔵の言葉に、武士たちは刀から手を放した。吉兵衛はぞっとしながら立ちすくんだ。足が震えていた。

大蔵はさりげなく訊いた。

「この茶店は半平と志乃という夫婦者がやっていると聞いたのだが、違うのか」

吉兵衛は首をかしげながら答えた。

「わたしは安原宿の宿場役人、金井長五郎様の使用人でございます。主人の言いつけでこの茶店をまかされましたが、そのほかのことは何も存じません」

「いままで茶店をやっていた夫婦はどうしたのだ」

大蔵に重ねて訊かれて、吉兵衛は急いで首を振った。

「わたしは知りません」

大蔵は吉兵衛から目をそらして店の中を見まわした。太郎吉や次郎助、おせつがいるのに目を留め、

「そなたらは、この茶店の主人夫婦を知っておるか」

と声をかけた。口を開きかけたおせつを次郎助が押さえ、太郎吉がはっきりした声で、

「知らない。会ったこともありません」

と答えた。大蔵は子供たちの様子で納得したのか、

「そうか、あ奴め、逃げおったな」

とつぶやいて立ち上がった。供の者に茶代を払うように命じると、吉兵衛に向かって、

「わしは結城藩の者だ。わが藩の恥になることゆえ、詳しくは申せぬが、この茶店の主人であった半平はわしの家士であった。さらに志乃なる女人はさる家の奥方であったが、

ふたりは不義密通し、駆け落ちいたしたのだ。遠国に流れたあげく、行方知れずになっておると思っておったが、隣国で茶店をいたしておったとは、不埒にもほどがある」

大蔵は言葉を切って、店の中から不安げに武士たちを見つめているお澄や子供たちをゆっくりと眺め回して言葉を継いだ。

「よって、斬り捨ててくれようと参ったのだが、すでに逃げておったとは、とんだ無駄足であった。もし、ここに立ち戻ったならば、あらためて命を貰い受けに参るゆえ、覚悟いたしておけ、と伝えろ」

大蔵は言い捨てるなり、背中を向けて街道を東へ戻っていった。六人の武士たちと供の者がものものしい所作で大蔵に従っていく。

あの武士たちに取り囲まれたら、さすがの半平も命が危ないのではないか、と思いつつ吉兵衛が震えながらお澄と目を見かわしたとき、子供たちが、わっとふたりにしがみついた。

雲が流れ、日が陰ってきた。

十四

永尾敬之進が神社の奉納試合に出る日がきた。父親の甚十郎はあいにく非番ではなく、奉行所に出仕していたため、付き添いは半平ひとりだった。

神社に向かう道すがら、冬木立の間から漏れる朝の光がまぶしく感じられる。張りつめた敬之進の心持ちを解きほぐすかのような澄明な光だ。

神社の境内に入ると、見物人であふれていて、藩士の子弟だけでなく、町人たちも詰めかけていた。半平が驚いたように、

「祭礼にしてもにぎやかですね」

と言うと、敬之進は恥ずかしそうに応えた。

「城下の剣術道場がそろって競う奉納試合は町人にも人気があるようです。勝ち抜いた者はもてはやされて、若い娘から付け文をもらうこともあるそうです」

「なるほど、それで皆様、張り切っておられるのですね」

半平が目を細めて返すと、敬之進はあわてて頭を振った。

「無論、わたしはもてはやされたいがために奉納試合で勝ちたいと思っておるわけではありません」

弁明する敬之進に半平は、

「存じております」

とうなずいた。どのようなわけであれ、若者が剣術に精進するのは悪いことではない、と半平は思っていた。

それにしても、自分が敬之進と同じ年頃にどのような思いで剣術の稽古に励んでいたかと思い起こしてみると、ただひたすらに強くなり、出世がしたいとの願いゆえであった気がする。あるいは、奉納試合で勝ちを得て若い娘から付け文が届くのを望み、稽古に励む方がましであったかもしれないとも思った。

奉納試合は、城下に六カ所ある剣術道場から三人ずつ選ばれ、合わせて十八人が東西に分かれて出場する。同じ道場の者同士でも組み合わせで対戦し、勝ち抜きで最後の勝者を決めるのだ。

敬之進が幔幕で仕切られた東方の控え所に入ろうとしたとき、数人の若侍を引き連れた鹿野永助が近づいてきて、馬鹿にしたような口を利いた。

「敬之進、その下郎に雖井蛙流の〈二刀くだき〉を仕込んでもらえたか。まあ、急場しのぎに会得した技ではわたしの腕にとうてい及ぶとも思われぬがな」

見下した顔つきの鹿野を、敬之進は落ち着いた表情で見返した。

「わかっております。しかし、さような物言いをするとは、鹿野殿はよほどに雖井蛙流を恐れておいでとみえまするな」

「なんだと、不徳な流祖に始まる雖井蛙流など恐れるはずがないではないか」

「ならば、何も口にされぬ方がよろしいのではないですか。弱い犬ほどよく吠えると申しますから」

「なにを生意気な――」

鹿野は顔を強張(こわば)らせて敬之進を睨み据えたが、すぐに思い直した様子で半平に顔を向けた。

「どうやら、うまいこと敬之進を口達者に仕込んだようだが、すぐに吠え面をかかせてやるぞ」

吐き捨てるように言った鹿野は、後ろに控えていた若侍たちをうながして西方の控え所へと立ち去った。半平がにこりとして、

「敬之進様は随分と強気になられましたな」

と言うと、敬之進は苦笑いした。

「いや、そんなことはありません。鹿野殿と向かい合うと、いまでもびくついてしまいます。ですが、試合に負けた後では言いたいことも言えなくなりますので、いまのうち

に言っておこうと思いました」

「なるほど、その通りですな」

半平は敬之進を頼もしげに見た。試合を前にして、勝敗について口にできるのは、すでに心が勝負から離れ、おのれの力を尽くそうとしているからで、それに比べて鹿野永助はいまも〈二刀くだき〉にこだわり続けているのだろう、体の動きが硬くなっているのが見て取れる。

試合の行方は立ち合ってみなければわからないが、敬之進にも勝機はありそうだ、と半平は思った。

敬之進に続いて、半平も付き添い人として東方の控え所に入った。

どーん
試合の始まりを告げる太鼓が鳴った。

最初に行われた三組の試合は、あっけないほどあっさり終わった。いずれも西方が圧勝して東方を寄せ付けなかった。見物する町人の間から、

「ことしの東方はだらしがないな。西方が強いぞ」

「どうして弱い奴ばっかり東方にそろえたのかな」

などと無遠慮な声が飛び交った。

やがて敬之進の番になった。白鉢巻をして襷をかけ、袴の股立ちをとった敬之進は木刀を手に素足で試合場へ出た。

審判は、城下の剣術道場主から引退して久しい笹井慈斎だった。城下の道場主たちから尊敬を集めている愛洲陰流の慈斎は、すでに七十歳を越えていた。痩身で白髭を蓄えている。

敬之進の試合相手はやはり鹿野永助だった。二本の木刀を手に、鹿野は気負った様子で定められた場所に足を進めた。敬之進も一礼して試合場の中ほどに進んだ。白い扇子を持った慈斎の、

——始め
の声を合図に敬之進は木刀を正眼に構えた。鹿野は両手をだらりと下げ、薄笑いを浮かべているだけだ。慈斎は相手をあなどるかのような構えをする鹿野を見て眉をひそめた。

敬之進は、やあっと気合いを発して正面から打ち込んでいった。鹿野はかっ、と音を立てて左の木刀で払うと同時に右の木刀で打ちかかった。

とっさに敬之進はすくい上げるようにして打ちかかってきた木刀を払う。すかさず、鹿野は左の木刀で攻めかかる。左右交互の連続した技を打ち込まれて、敬之進は防戦一方になり退く足がもつれた。

あっ、と声をあげて敬之進が地面に転がったとき、鹿野は打ちかかろうとはしなかった。

馬鹿にしたように鼻先で笑いながら、敬之進が立つのを待っている。敬之進が無様にもがいて立ち上がる様を見て、見物している町人の間から笑い声がもれた。それを機に鹿野はにやりとして、

「おい、笑われておるぞ」

と蔑んだ。ここぞとばかりに、慈斎が鋭い声を発した。

「試合中の雑言は許さぬ」

慈斎の厳しいひと言に鹿野が口を閉じると、敬之進は立ち上がりながら、

「ひとを嗤う者は、いずれひとに嗤われますぞ」

と気負いのない口調で言い返した。

「負け惜しみを言うな」

吐き捨てるように言いのけて腰を落とした鹿野は、左右の手にある木刀を十字に交えた。二刀流の〈十字留め〉と称する受けの構えだ。

「さあ、こい――」

〈二刀くだき〉に負けない自信があるのだろう、鹿野は大声で叫んだ。誘われるまま敬之進はすり足で間合いを詰めた。

「参る」

間合いの内に入るなり、敬之進は腰をかがめ、腕を伸ばして木刀をまっすぐ前に突き出し、跳躍した。

直後にうっ、と鹿野がうめき声をあげた。敬之進の木刀は鹿野の鳩尾を突いていた。急所を突かれ、呼吸が止まった鹿野は頽れて地面に膝をつき、そのまま前のめりに倒れた。

「東の勝ちである」

慈斎が白扇を掲げて勝敗を宣すると、見物人は敬之進の鮮やかな勝ちぶりにどっと沸いた。初めは勝ったことすらわからなくて呆然としていた敬之進だが、しばらくたってから、ようやく振り向いて控え所の半平と目が合うと、にこりと白い歯を見せて笑った。

半平はうなずいた。半平は鹿野に〈二刀くだき〉への備えがあると見て、〈十字留め〉に構えた際、一カ所だけ隙ができる鳩尾への突きを敬之進に教えた。

そのおり、敬之進の足さばきでは、鹿野に突こうとする動きを覚られかねないことから、意表を突いて、跳躍しての突きを伝授したのだ。

「これは雖井蛙流にある突きなのですか」

鳩尾に突きを入れる技を教えられた敬之進が訊くと、半平は頭を振って笑った。

「いや、かような技は流儀にありませんが、蛙が池に飛び込むおりの呼吸で突くことになりますから〈蛙突き〉とでも名づけますか」

「〈蛙突き〉――」

敬之進は嬉しげに笑って、何度も稽古した。そんな敬之進に半平は、

「気をつけなければならないのは〈蛙突き〉をしくじれば地面に倒れ、相手からめった打ちにされて、みじめな思いをするかもしれません。それでもよろしいですか」

と訊いた。

敬之進は汗を流しながら、力強く答えた。

「みじめな思いはこれまでにも随分してきたから平気です。それにわたしは半平殿から教えを受けるうちに、剣とは、つまるところ勝ったうぬぼれや負けたみじめさを忘れ、ひたすら力を尽くすことだと思うようになりました。いまのわたしは、鹿野殿に勝つことより、この〈蛙突き〉をいかにうまくしてのけられるかと考えるばかりです」

敬之進はわずかな稽古の間に会得するものがあったのだ、と思うと半平は嬉しかった。

次の試合では緊張がゆるんだのか、敬之進は年少の相手にあっさり負けてしまった。

奉納試合は、敬之進の試合の後、東方が次々に勝って、東方の勝利となった。

二試合目で負けはしたものの、宿敵とも言える鹿野永助に勝ちを収めた敬之進は意気揚々と屋敷に引き揚げた。

敬之進の勝ちをともに祝わぬか、という甚十郎の誘いを遠慮して、半平はすぐに帰途についた。すでに夕刻になっていたが、夜道を駆けてでも安原宿で大野屋を手伝っている志乃とともに峠の茶店に帰りたかった。

刻々と薄暗くなっていく道を急ぐ半平が城下のはずれにさしかかったとき、四、五人の若侍が街道筋の松の陰から出て来て半平を取り囲んだ。

星明かりで、若侍たちを率いているのは鹿野永助だとうっすらわかった。半平は足を止めて落ち着いて訊いた。

「鹿野様、わたしに何か御用がおありですか」

鹿野は一歩前に出ると、憎々しげに言った。

「敬之進にあのような塡め手を教えおって、おかげでわたしは奉納試合で恥をかいたぞ」

「武道の試合に恥も外聞もありますまい。おのれの拙さを知れば修行に励むだけでございましょう」

「下郎が利いた風なことをぬかす。出過ぎたまねをした貴様を成敗してくれよう」

言うなり、鹿野がすらりと刀を抜くと、ほかの四人はいっせいに鯉口を切った。

半平は油断なくまわりに目を配りながら、落ち着いた声で応じた。

「これは乱暴ですな。わたしはあなた様の奉公人ではありませんぞ。無法に斬り捨てれば藩のお咎めを受けましょう」
「ふん、笑止なことを言う。貴様のような下郎風情を斬って、われらが咎められること
などない。無礼討ちとして、届け捨てにするまでだ」
声を荒らげる鹿野に半平は静かに言葉を返す。
「なるほど、百姓、町人を虫けらのように思っておられるようですな」
「そうに違いあるまい」
これ以上、我慢がならないという様子で鹿野は怒鳴り声をあげて斬りつけてきた。ほ
かの四人も刀を抜いて半平を取り囲んだ。
半平は斬り込みを難なくかわすと、傍らの若侍に襲い掛かり、腕をねじあげて刀をも
ぎとった。半平が刀を正眼に構えると、取り巻いていた若侍たちはぎょっとしたように
動きを止めた。
鹿野だけは、さすがに鼻息荒く間合いを詰めようとしたが、半平が、えいっ、と短く
気合いを発して刀の切っ先を突き付けると、思わず後退った。その動きに合わせて半平
はすっと前に出る。
鹿野がおびえた気配を漂わせて後退りつつ、
「何をしている。押し包んで斬るのだ」
と仲間に呼びかけた。半平は含み笑いして間合いを詰める。

「ならば、まず自分がかかってみることだ。わが身を危険にさらさなければ、誰も後に続きはせぬだろうぞ」

「雑言、許さぬ――」

鹿野は叫びながら斬りかかった。瞬間、半平は身をかわして跳躍した。白刃が光ったかと思うと、鹿野の髷が切られ、宙に飛んだ。

「ああっ」

鹿野が悲鳴をあげたときには、地面に降り立った半平は若侍たちの間を風のように駆け抜けていた。ひらりひらりと白刃を振りかざすたびに若侍たちの髷が宙に飛んだ。

ざんばら髪になった頭をうろたえて押さえる若侍たちから素早く離れた半平は、手にしていた刀を放り投げた。

「その頭ではしばらく屋敷に引き籠るしかありませぬな。さもなくば、下郎に髷を切られたと世間に知られることになりますぞ」

半平が笑って言うと、鹿野はわめいた。

「おのれ、かようなことをしおって、覚えておれ」

ほかの若侍たちも、

「許さぬぞ」

「いずれ仕返しをしてやる」

と口々に叫んだ。しかし、半平が厳しい声音で、

「覚えておいたほうがよいのは、あなたたちの方だ。この次は髷ではすみませぬ。首が宙に飛ぶことになりますぞ」

と大喝すると、若侍たちはおびえたように沈黙した。半平は踵(きびす)を返して走り出した。ようやく月が昇っていた。

十五

志乃は、雪姫を守る方策を、いまだに見つけられないまま、明日の出立を控えて、藤とともに思い悩んでいた。

志乃たちがいる部屋の隣室で伏せっている雪姫の容態は少しずつよくなってはいる。だが、この後、旅を続けられるほどではなく、少し動けばまた熱を出すに違いないと思われた。そのようにして衰弱していけば、江戸に着くころ命は危うくなるかもしれない、と志乃は苦慮していた。

夜が更けたころ、縁側に来た左太夫が、

「夜分にすまぬが、よろしいか」

　と声をかけてきた。

　明日の出立を念押しに来たのだと察した藤は、ため息をついて志乃の顔に目を向けた。

志乃はやむを得ないと思い、障子に手をかけた。

左太夫は頭を下げ、失礼いたす、と言いつつ素早く座敷に入ってきた。眉間にしわを
よせ、不機嫌な表情をしている。

　藤が吐息をもらして、左太夫に、

「明日は出立いたさねばならぬのでございますね」

　と訊いた。左太夫は顔を曇らせて、

「さて、もはや遅きに失したかもしれませぬ」

　と重い口調で言った。

　目を瞠る志乃を横目に藤が口を開いた。

「それは、いかなることでしょうか」

「国家老の杉内内膳正様の放った刺客がこの宿場に入ったようだ」

「刺客ですと？」

　藤は息を呑んだ。

「さよう、杉内様は鶴松様を江戸へ向かわせるには、まず萩丸様を亡きものにしなけれ

ばならぬと思われたのでしょう。この宿にほど近い旅籠に杉内様の家士が入ったのを見た者がおります。怪しげな浪人者を六、七人、引き連れておったそうで、おそらく宿場を出た街道にて襲うつもりではないかと」

「ならば、うかつに宿を出立できませぬな」

藤が勢い込んで言うと、左太夫は頭を横に振った。

「そうは参りませぬ。もしかすると杉内様はわれらを宿場に足止めするために、家士に浪人をつけて見張らせているのかもしれませぬ。ぐずぐずいたしておれば、鶴松様の一行が先に江戸に入らぬとも限りません。そうなっては、すべてが水泡に帰します。明日の朝には発たねばならないと存ずる」

「されど――」

藤がなおも言い募ろうと口を開きかけたとき、志乃が膝を乗り出して言葉をはさんだ。

「塚本様、お願いでございます。ご出立を明日の昼過ぎまでお待ち願えませんでしょうか」

「なにゆえじゃ」

「わたくしの夫は、元は武士で雖井蛙流平法の手練(てだれ)とひとに言われておりました。夫はただいま岡野城下に参っておりますが、明日の昼までには、この宿にわたくしを迎えに来てくれると存じます。さすれば峠まで雪姫様を護衛いたすことができると思います」

　左太夫は顔をしかめた。

「そなたの夫に守ってもらえと申すのか。われらの供にも腕の立つ者はおる。浪人の刺客ぐらい恐れはせぬぞ」

「さようだとは存じますが、恐れねばならぬのは他藩の領内で浪人たちと斬り合えば騒動になることでございます。たとえ、浪人を退けることができましても、お役人によりお取り調べを受けるのは避けられず、江戸へ向かうのが遅れましょう。わたくしの夫ならば、お取り調べを受けても何も困りはいたしませぬ」

　真剣な眼差しを向けて志乃が述べると左太夫は首をかしげた。

「そうは申しても、浪人は六、七人はおるそうだぞ。そなたの亭主殿がいかに腕に覚えがあろうと、危ういのではないか」

　志乃は微笑をうかべて答えた。

「わたくしは夫の力量のほどを存じております」

　半平へのゆるぎない信頼の言葉を聞き、左太夫は目を閉じ、しばらく考えた後、口を開いた。

「うむ、そなたの申すことはわかった」

　左太夫はそれとなくうながすような目を向けるが、藤はなおも頭を振って頑なに応じようとはしない。

「雪姫様のお加減はいまも良くはないのです。明日の昼過ぎであれ、出立いたすなど到底できませぬ」

志乃は藤に向かって手をつかえ、言葉をあらためた。

「わたくしごときが申し上げるべきことではございませぬが、もはや、事態はさし迫っておると存じます。出立なさらなければ、これまでのご苦労は無になってしまいましょう」

「とは申しても……」

どのように説いても難色を示して首肯しない藤に、志乃はさらに言葉を継いだ。

「雪姫様のご容態について申し上げるのは恐れ多いことではございますが、お許しくださいませ。姫君様でありながら、若君様の姿をしておられることに雪姫様は馴染まれず、心楽しまぬ日々を送っておられるのではないかと察せられます。それゆえ雪姫様は本来のお姿に戻られ、江戸に入られて後、お殿様とのご対面のおりのみ、若君様になり代わられてはいかがでございましょうか」

左太夫がすかさず言葉を挟んだ。

「それはならぬ。せっかく萩丸様として、ここまで参ったのだ。秘密は守っていくしかなかろう」

志乃はきっとなって左太夫を見つめた。

「秘密だと仰せでございますが、すでに刺客が放たれたのでございますから、雪姫様が若君様の身代わりをしておられることが国許に知られたのではないかと存じます。なまじ若君様の姿でおられるよりも、むしろ、雪姫様として江戸藩邸に入られた方が、難が避けられるのではないかと存じます」

左太夫はううむ、とうなってから、

「さように申しても、雪姫様は若君として道中をされておる。姫君の衣装などは持ってきておらぬぞ」

と困惑した面持ちで言った。志乃はゆっくりと頭を振って藤に顔を向けた。

「わたくしは、姫君様のお召物を藤様が内々にご持参しておられると思います」

「まさか――」

左太夫は目を瞠って藤の顔を見つめた。藤は何も言わず、志乃を見返している。志乃は穏やかな口ぶりで言った。

「雪姫様を案じられる藤様のご様子は、ご老女として忠節を尽くしているだけとは思えませぬ。雪姫様を見つめる眼差しは母上様である方のものとしか言いようがございませぬ。藤様は、まことはご側室であられるのではございませぬか。雪姫様の長旅を案じ、老女として付き添われたのであろう、と拝察いたしました」

藤は何も応えず無表情なままだ。左太夫が苛立たしげに声を高くした。

「たとえ、そうであったとして、どうだというのだ」

「母親が幼い娘と旅をいたすのです。娘が男子の姿をしているのを不憫に思い、一日も早く女子の衣装に着替えさせてやりたいと思うのが母の心ではありますまいか。それゆえ、藤様は国許を発たれるときから姫君様のご衣装を長持にひそめて出立なされたはずでございます」

志乃はきっぱりと言った。左太夫は目を瞠り、藤をまじまじと見つめた。

「まことでございますか」

藤はゆっくりと立ち上がると障子を開けて縁側を遠ざかった。志乃たちが待つうちに、しばらくして藤は静々と戻ってきた。手に漆塗りの広蓋を抱えている。

志乃と左太夫の前に広蓋を置き、藤がおもむろにかけられていた布を取ると、あでやかな緋色地に金糸、銀糸で縫い取りが施された姫君の衣装が現れた。

藤はいとおしむ仕草で緋色の着物をなでた。

「そなたの申す通りです。雪姫様は、着慣れぬ男子の衣装を身にまとわされて苦しんでおられます。わたくしは、そのことをよくわかっておりましたが、どうして差し上げることもできませんでした。しかし、ここまで道中が危うくなったのですから、せめて姫の姿に戻してやりたいと思います」

藤の言葉を聞いて、左太夫は大きくうなずいた。

「わかり申した。こうなれば、どこまでも雪姫様をお守りし、無事に江戸にたどり着けるよう尽力いたさねばなりませぬな。雪姫様に女子の姿に戻っていただいたことで、殿よりお叱りを被るのであれば、それがしが腹を切りましょう」

左太夫の言葉に藤は涙ぐんだ。

「かたじけのう存じます」

「なんの、あとは明日、頼もしき護衛が着くのを待つばかりでござる」

左太夫はからからと笑った。


翌日――

昼近くになっても、半平は安原宿に姿を見せなかった。左太夫は志乃に決然と言った。

「もはや、待てぬ。出立いたすぞ」

やむなく、志乃は帳場にいた長五郎に半平への手紙を託した。

「わたくしは、ご一行とともに峠まで参ります。その間に刺客が襲ってくるかもしれませんので主人に、一刻も早く追いつくようお伝えくださいませんか」

「半平さんはそろそろ来てもよさそうなものだが、ひょっとして永尾様に引き留められているのかもしれない。城下に使いを遣ってみてはどうだろうか」

長五郎が腕を組んでつぶやくと、志乃はため息をついた。

「いまから使いを出していただいても、姫君様のご出立には間に合いません。主人がどうにか間に合うよう祈るばかりです」

志乃は言い置いて雪姫の支度を手伝うため奥座敷に戻った。

やがて出立の刻限となり、藤と志乃にかしずかれて、緋色地の着物姿で雪姫が姿を現すと、宿の女中たちはもとより、家臣や奥女中たちも息を呑んだ。ひさしぶりに姫の姿に戻った雪姫は嬉しそうに微笑んで心なしか顔色もよくなっている。

家臣たちは雪姫が萩丸の身代わりになっているのに薄々、気づいてはいたようだが、江戸に着くまでそのことは明かされないのだろうと思っていたらしく、意外そうな面持ちで左太夫を見た。左太夫はいかめしい顔つきで、

「何をいたしておる。ご出立である。駕籠の支度をせぬか」

と叱りつけた。供の者があわてて塗駕籠を大野屋の入り口につけ、奥女中が塗駕籠の戸を開けると雪姫は腰をかがめて乗り込んだ。塗駕籠の脇に藤と志乃が付き添い、一行はゆっくりと出発していった。

長五郎は店先まで出て、一行を不安げに見送った。

半平が安原宿に着いたのは、志乃たちが出立して一刻（二時間）ほど過ぎてからだった。岡野城下を出ようとした半平は役人に追いつかれ、詮議を受けた。半平が鹿野永助

と若侍たちの髷を切った場に行き合わせた町人が、番所に報せたのだ。

辻斬りの乱暴を働いたと見て行方を追った役人は城下はずれで半平を見つけた。近くの庄屋屋敷まで半平を連れて行き、役人は取り調べを行った。半平が鹿野永助の名を口に出さなかったため、詮議は手間取った。

半平はやむなく永尾甚十郎を呼んでもらった。駆け付けた甚十郎は半平から事情を聴くと、役人に経緯を告げた。

髷を切られたのは藩の重臣の息子であることから、鹿野らの名を内密にするよう助言した。事を公にすれば重臣の怒りを買いかねないぞ、と甚十郎から脅された役人は震えあがって半平を解き放ったのだ。

半平が庄屋屋敷を出たころ、すでに空は白み始めていた。一睡もしないまま朝を迎えた半平は安原宿を目指した。

大野屋に駆け込んできた半平を見た長五郎は、土間に飛び降りた。

「半平さん、遅かったじゃないか。志乃さんが気を揉んで待っていたよ」

長五郎の言葉に半平は目を瞠った。

「志乃に何かあったのですか」

「手紙を預かっている。これを読んでくれ」

長五郎はあわてて志乃の手紙を差し出した。手紙を開いて一読した半平は、顔を上げて長五郎に訊いた。

「金井様、馬を拝借できますでしょうか」

「そうか、馬を使えば、いまからでも峠のあたりで追いつけるかもしれないな」

「はい、もし刺客が狙うとすれば、結城藩との国境に近い峠のあたりでしょう。姫君様を殺めた後、結城藩領内に逃げ込めば、追手をかわすことができますから」

半平の言葉にうなずいた長五郎は、すぐに馬を用意させた。支度を待つ間に、半平は大野屋が盗賊に備えて置いている六尺棒を手にした。それを見た長五郎が、

「半平さん、わたしは刀を持っているが、それを持っていかないか」

と勧めたが、半平は首を横に振った。

「わたしはもう武士ではありません。ただの茶店の主人が使うのは、六尺棒がふさわしいと思います」

しばらくして店の前に連れてこられた馬に、半平は六尺棒を片手にひらりとまたがった。その姿を長五郎はほれぼれと見上げた。

町人の身なりをしているが、馬上の半平には戦場へ向かう武士の風格が漂っていた。

「これで志乃に追いつけそうです」

自らに言い聞かせるようにうなずいた半平は、勢いよく馬腹を蹴った。嘶いた馬は、土を蹴立てて走り出した。

長五郎は、半平が乗った馬が遠ざかるのを気がかりな思いで見送った。ふと空を見上げると、鉛色の雲が低く垂れ込めて今にも降り出しそうだった。

（いかんな。峠は雪になるかもしれん）

長五郎は眉をひそめた。

十六

雪姫の一行が峠にさしかかったころ、雲が空を覆い、冷え込みが厳しくなっていた。

志乃は左太夫に近づいて、

「冷えて参りました。雪まじりの雨が降り出せば、雪姫様のお体に障るやもしれません。ほどなくわたくしどもの峠の茶店に着くと存じます。しばらく店でお休みになられてはいかがでございましょうか」

と勧めた。左太夫は空を見上げて、少し迷った顔をして考え込んでいたが、やがてうなずいた。

「そういたすとするか。どうやら安原宿から刺客がつけて参った気配もないゆえな」

左太夫の言葉を聞いて、藤はほっとしたように、塗駕籠の中の雪姫に、

「さぞかしお疲れでございましょう。間もなくお休みになれますゆえ、今少しのご辛抱を」

と声をかけた。中から、はい、と母に甘えるかのような雪姫の声が返ってきた。一行が茶店に近づくと、吉兵衛とお澄が出てきた。

駕籠の脇に志乃が付き添っているのを見て、吉兵衛は目を丸くした。志乃は吉兵衛とお澄に近寄り、小声で言った。

「榊藩の姫君様がお休みになられます。粗相のないようにお願いします」

吉兵衛とお澄は驚いて顔を見合わせた。大名家の姫君が茶店で休むなど思いも寄らないことだった。

ふたりがまごまごしているうちに、雪姫は駕籠から降りて茶店に入ってきた。手伝おうと吉兵衛にまとわりついていた太郎吉と次郎助は、はなやかな緋の着物を着て、髷を結いあげた雪姫を目にして、

「きれいだなあ」

「お人形さんみたいだ」

と見とれた。お澄が、これっ、とふたりを叱っている間におせつが雪姫に近づき、ぺこりと頭を下げ、

「いらっしゃいませ」

とかわいらしい声で言った。にっこり笑った雪姫の表情は明るく、宿にいたときの、青ざめてやつれた様子は影をひそめていた。

志乃は、雪姫と藤を奥の床几に案内し、外の床几に座ってもらった左太夫たちに茶を出すようお澄に頼んだ。雪姫と藤に志乃が茶を勧めたとき、外をのぞいていた吉兵衛があわてた素振りで告げた。

「これはいけない、志乃さん、氷雨が降り出しました」

吉兵衛が言い終わらないうちに、氷雨は勢いを増し、茶店の屋根や壁を叩きだした。

「皆様、こちらへ」

志乃は左太夫や女中衆を店の中へ招じ入れたが、供の武士や中間たちは震えながら軒下に佇むしかなかった。

低い雲に覆われ、絶え間なく降る氷雨で見通しが悪くなったとき、空に時節はずれの稲妻が走った。閃光がひらめいたかと思うと、轟音が響いて落雷した。

女中たちは悲鳴をあげ、武士たちもたじろいで軒下から土間に移ってきた。そのとき、左太夫が床几から立ち上がり、

「怪しげな者がおるぞ。油断いたすな」

と声を高くした。武士たちはぎょっとして街道に目を向けた。笠をかぶり、蓑をつけ

た六人の男たちが濡れながらこちらに向かってくる。

軒下に出た左太夫は、雨の音にかき消されない大声で言った。

「貴様ら、何者だ。この茶店はわれらが借り切っておる。疾(と)く立ち去れ」

男たちは無言で近づいてくる。蓑の下から刀の柄がのぞいていた。左太夫は男たちをじっと睨みつけた。

「よもや杉内内膳正が放った刺客ではあるまいな」

左太夫が言うと男たちは一斉に笠をとり、蓑も脱いで放り投げた。浪人の風体をしている男たちは刀の柄に手をかけた。

「やはりそうか。わしらを待ち伏せしていたのだな」

左太夫は怒鳴りつつ柄袋を素早くはずして刀に手をかけた。ほかの武士たちも左太夫にならって身構える。

稲妻が光った。凄まじい落雷の音が響くと同時に浪人たちは刀を抜いた。白刃が不気味に光る。

志乃は雪姫と藤の前に立ち、後ろ手にかばいつつ、女中たちに呼びかけた。

「雪姫様をお守りするのです」

女中たちが懐剣に手をかけながら、雪姫と藤を守り囲んだ。左太夫は刀を抜いて、

「油断いたすな」

と厳しい声で言った。武士たちが刀を抜いて氷雨の中に踏み出して行き、浪人たちと斬り合いになった。

白刃がきらめき、泥を撥ねあげて武士と浪人たちは斬り合った。浪人たちは真剣の斬り合いに慣れているらしく、じわじわと供の武士たちを圧倒していく。それを見て左太夫が、

「何をしておる。斬って捨てぃ」

と叱咤しながら自ら浪人たちに立ち向かっていった。茶店の中が手薄になったのを感じた志乃は、

「雪姫様、こちらへ」

と雪姫と藤を奥へ導こうとした。裏口からふたりを逃がそうと考えたのだが、そのとき、竈の前にいたお澄が悲鳴をあげた。

裏口から笠をかぶった武士が押し入ってきた。浪人の身なりをしていないから、杉内内膳正に命じられて追ってきた討手に違いない、と志乃は思った。

志乃は雪姫と藤を守ろうと前に出た。しかし、武士は落ち着き払った物腰で笠を取るなり、刀の鯉口を切って、

「女、のけ――」

と低い声で言った。眉が太い精悍な顔立ちをした三十過ぎの男だった。藤が一歩前に

出て、

「こちらにおわすは雪姫様なるぞ。そなたが狙っておる萩丸様ではない」

と告げた。

「同じことだ。武士は顔色も変えず、にやりと笑った。

武士は腰を落として身構えた。わしはそなたらを江戸に向かわせるなと命じられただけだ」

志乃はさっと振り向いて店先の様子をうかがい見たが、左太夫たちが浪人たちと斬り合いを続けていて、逃げ道はなかった。

身を挺して雪姫をかばうしかない、と志乃が覚悟した瞬間、あたりが真っ白に光ったかと思うと、どーんと衝撃が走り、雷鳴が響き渡った。

志乃たちに斬りかかろうとしていた武士が轟音に驚いて店先に目を向けた一瞬の隙を突いて、志乃は武士に体当たりした。

「何をする」

とっさに武士はわめいて志乃を振り払おうとした。だが、しがみついた志乃は、

「雪姫様、早く――」

と手を放さず叫んだ。藤が雪姫の手を引いて裏口へ向かった。

「放さぬか」

志乃を土間に突き飛ばし、雪姫を追った武士の動きがぴたりと止まった。どうしたの

か、と土間に倒れた志乃が目を向けると、武士の前に六尺棒が突き出されていた。後退りする武士の向こうから半平の顔が覗いた。半平は六尺棒を武士に突きつけながら、

「志乃、大事ないか」

と声をかけた。志乃は起き上がり、

「表で浪人たちが榊藩の方々と斬り合っております」

と必死の面持ちで半平に告げた。半平は落ち着いて答える。

「わかっておる。安原宿から馬を飛ばして来たが、斬り合っておるのが見えたゆえ、馬から下りて裏口にまわったのだ。すぐに片づけるゆえ、安心いたせ」

半平が言い終える前に武士は刀を抜いた。

「町人づれが、何をほざく」

武士が踏み込んで斬りかかろうとしたとき、目の前から六尺棒は消えていた。半平は六尺棒を引くと同時に武士の鳩尾に当身を打った。武士はうめいて頽れた。

半平は、土間の隅で震えている吉兵衛に顔を向けた。

「こ奴を縄で縛ってくれ」

吉兵衛がうなずくと、半平は六尺棒を手に店先へ向かった。

左太夫や供の武士たちは街道に出て降りしきる氷雨の中、浪人たちと斬り合っている。武士の中にはすでに手傷を負い、追い詰められている者もいた。

半平は茶店から走り出て、ひとりの浪人の足を払った。泥の中に転がった浪人が、

「何者だ」

と叫んだときには、半平は跳躍して、左太夫に斬りかかっていた浪人の頭を六尺棒で殴りつけていた。浪人がゆっくりと倒れた。

「新手のこいつから、斬れ」

浪人たちの頭らしい男が叫んだ。足を払われた浪人も立ちあがり、五人の浪人が半平に斬りつけてきた。

半平は六尺棒を頭上で風車のように振り回した。雨滴が弾かれて飛び散り、目くらましになった。浪人のひとりが気合いを発して半平に突きかかった。

さらりとかわした半平は六尺棒で浪人の首筋をしたたかに打ち据えた。浪人は水しぶきをあげて泥の中に倒れた。

「こ奴——」

と叫びながら横合いから別の浪人が袈裟掛けに斬りつけてきた。

半平の六尺棒が唸りをあげて跳ねあがった。浪人の刀を払い、鳩尾を突いた。よろめいた浪人は後退り、膝をついて倒れた。

残る三人の浪人が半平を取り巻いた。

「よいか、三方から押し包んで斬るぞ」

頭らしい男が声をかけた。おうっ、とふたりが応じて、じりじりと間合いを詰める。浪人たちの額には雨に濡れた髪がべたりと貼り付き、滴がしたたっている。

半平は腰を落とし六尺棒を下段に構えた。六尺棒の先端を泥の中にさりげなく突っ込んでいる。

「斬れ――」

頭分の浪人が怒鳴って斬りかかった瞬間、半平は六尺棒を撥ね上げた。六尺棒の先端についていた泥が頭分の浪人の目に飛んだ。さらに隣にいた浪人も顔に泥を浴びせられて、

「おのれー」

とわめきながら、刀を振り回した。半平は腰をかがめ、くるりと向き直って後ろから斬りかかってくる浪人の足を払った。

仰向けに倒れた浪人を半平は打ち据えた。そのとき、目に入った泥をぬぐった頭分の浪人が斬りつけてきたが、半平が体をかわすと前のめりになった。

半平は頭分の浪人の後頭部を素早く打った。浪人は泥の中に突っ伏した。最後の浪人は顔が泥で汚れ、なおも目が開けられないようだ。

浪人は足探りで右往左往して、刀を振り回しながら、

「寄るな、寄るなっ」

と必死に叫んだ。半平は静かに近づき、

「仲間は皆、倒れたぞ。このまま逃げれば見逃してやってもよい」

と告げた。浪人はどきりとした顔をして刀を下げ、

「まことか」

と訊いた。その瞬間、半平の六尺棒が浪人の鳩尾を突いた。浪人は悶絶して倒れた。

半平は氷雨が降り続く中に立ったまま、倒れた浪人たちの様子を油断なくうかがった。

濡れそぼった左太夫は茶店の軒下で半平が浪人たちを次々と倒していくのを驚愕の目で見つめていた。傍らに志乃が出て来ると、

「そなたが申しておった雖井蛙流の手練だという亭主とはあの男か」

「さようでございます。半平と申します」

志乃は誇らしげな声で答えた。

「なるほど、そなたの申した通りの腕前だ。感じ入ったぞ」

志乃は軽く頭を下げてから、声をひそめた。

「あの浪人たちを指図していたと思われる武士が裏口から押し入って、雪姫様を殺めようといたしましたが、主人が取り押さえてございます」

「なに、それはかたじけない」

慌てて茶店の奥へ行こうとした左太夫を追ってきた榊藩の武士のひとりが訊いた。

「塚本様、あの浪人どもをいかがいたしますか」

「放っておけ。食い詰め浪人どもだ。気が付けば勝手に逃げていくであろう」

振り向きもせず言い捨てた左太夫は、茶店の奥に入った。土間の隅に羽織袴姿の武士が縄で縛られているのを見て、

「ほう、御書院番の住谷新三郎ではないか。なるほど、杉内ご家老の命を受けて刺客になったのは、そなたであったか」

とにやりとした。縛られている武士は少し前に気がついていたらしく、目を開けて、じろりと左太夫を睨んだ。

「塚本殿、萩丸様の身代わりに雪姫様を江戸にお連れするとは、よう考えつかれましたな。されど、すでに杉内様もこのことは知っておられますぞ。いまさら江戸へ参られても無駄でござる」

「さようであろうか。殿のお考えひとつでどうとでもなることだ。雪姫様が江戸へ参られることは無駄ではない、とわしは考えておるぞ」

左太夫が応じると、雪姫を抱きしめてかばっていた藤が口を開いた。

「塚本殿、それはまことでございますか」

左太夫はにっこり笑ってうなずいた。

「われらは幸いにも杉内ご家老の刺客である住谷を捕えてございます。このような生き証人がおるからには、杉内ご家老の謀は明らかでございましょう。されば、刺客に狙われた萩丸様に代わり、雪姫様がご名代を務められるのは、至極、当然のことだと存じます」

生き証人だと言われて、顔が青ざめた住谷新三郎は、がくりと肩を落とした。そこへ半平が入ってきて、

「浪人たちは息を吹き返すと、皆、逃げていきましたが、よろしかったでしょうか」

と訊いた。左太夫は半平に顔を向けて大きくうなずいた。

「無論じゃ。それにしても、あの浪人らは、いずれも腕に覚えがある者たちと見たが、それをただひとりで退けるとは恐るべき腕前だな」

「さほどではございません。雨で道がぬかるんでおりましたゆえ、あの者たちは足をとられて思うように動けなかっただけではございますまいか」

半平は左太夫の褒め言葉をさりげなく流した。その控え目な受け答えに左太夫は目を細めた。

「あれだけの腕前だ。茶店の主人にしておくのは惜しい。どうだ、わしが推挙するゆえ、わが藩に仕えぬか」

半平は眉をひそめて、

「滅相もございません。わたしはただの茶店の主人でございます。武家奉公などとてもできません」

と頭を振った。しかし、左太夫は引き下がらなかった。志乃に顔を向けて重ねて説いた。

「亭主殿はかように言うておるが、そなたからも勧めてくれぬか。これほどの働きをしてくれたのだ、必ずや殿は召し抱えたいと思し召すであろうぞ」

「さて、それは——」

志乃が困惑した表情で左太夫を見返すと、藤が口を挟んだ。

「そなたの夫が来てくれなければ、雪姫様は刺客に殺められておりました。わが藩に仕えて、これより雪姫様を守っていただきたいとわたくしも切に思います」

藤が心から言ってくれている言葉だと、志乃の胸に深く響いた。しかし、左太夫の申し出に応じるわけにはいかない。

それも自分が因なのだと、悲しく思いながら、志乃は答えた。

「お言葉、まことにありがたくは存じますがわたくしどもには事情がございますので……」

左太夫は何事か察したらしくため息をついた。

「そうか、事情があるのか。そうでなければ、半平殿がかような山間に埋もれているはずもないな」

山間に埋もれているという言葉が、またもや志乃の胸を刺した。

左太夫は供の武士たちに怪我の手当をさせてから、雨が小降りになるのを待ち、住谷新三郎を引っ立てて出発することにした。一行が発つ前に藤は名残惜しげな様子で志乃のそばに近寄り、

「まことに世話になりました。雪姫様の危ういところを助けてもらい、何と礼を申してよいのか言葉が見つかりません」

と頭を下げた。丁重に礼を言われて戸惑った志乃は、

「もったいのうございます。宿の者としてあたり前のことをさせていただいただけでございます」

と口ごもりつつ言葉を返した。だが、藤は頭をゆっくり横に振った。

「いいえ、住谷新三郎が裏口から押し入ってきたおり、そなたは命がけで雪姫様を守ろうとしてくれました。あれは、娘を守る母の心がさせた行いだとわたくしには感じられました。そなたは自分の娘を守るつもりで雪姫様を守ったのではありませんか」

答えられず黙ってうつむいた志乃を、やさしい眼差しで見つめた藤はうなずいて言葉を継いだ。

「やはり、そうなのですね。わたくしは、側室の名をいただいてはおりますが、奥に仕

えていたおりに、たまたま殿のお目に留まり、子を生すことができただけでございます。母であるわたくしが殿と薄い縁であるがゆえに、雪姫様には寂しい思いをさせていると申し訳なく存じております。そなたもひとに言えぬ辛さを抱えているのですね」

藤の言葉が胸に沁みて、志乃は言葉もなく黙ってうつむいていたが、ふと顔を上げた。塗駕籠に乗り込もうとしている雪姫が、おせつや太郎吉、次郎助に声をかけている光景が目に入った。おせつが、雪姫に向かって笑いかけながら、

「お姫様、またおいでくださいませ」

と言うと、雪姫はにこりと笑った。

「ええ、国許へ戻るときは、きっとこの茶店に寄ります」

おせつたちは、わっと歓声をあげた。太郎吉が、

「ここの団子はうまいんですよ」

と自慢げに言った。雪姫が楽しげに顔をほころばせて、

「では、ぜひにも、食しに参らねばなりませんね」

と答えると、次郎助は喜んでつけくわえた。

「大福もおいしいです」

雪姫は微笑してうなずくと、袂を返して駕籠に乗った。左太夫が、

——ご出立である

と大きな声で告げた。

藤が駕籠の脇に付き添い、一行は粛然と進んでいった。

冷たい雨はいつの間にかあがっていた。


雪姫の一行を見送った後、志乃は吉兵衛とお澄夫婦に茶店を預かってもらった礼を言った。するとお澄と目を見交わして、吉兵衛が口を開いた。

「実は先日、結城藩勘定奉行の佐川大蔵様がこの茶店にやって来たんですよ」

「佐川様が――」

志乃ははっとして半平を見た。半平は目を鋭くして訊いた。

「わたしたちのことを佐川様は何か言っていましたか」

吉兵衛はごくりとつばを飲み込んで答えた。

「はい、志乃さんは昔、結城藩のさる家の奥方だったが、佐川様の家士だった半平さんと不義密通して駆け落ちしたのだ、こんなところで茶店をしているとは気づかなかった、とおっしゃっていました」

息を吞む半平の傍らで志乃は眉をひそめて訊いた。

「ほかには何か言っておられませんでしたか」

緊張した吉兵衛は唇を湿してから口を開いた。

「おふたりを斬るつもりで参られたそうで、いないと知ると引き揚げられましたが、去り際に、もし、ここに立ち戻ったならば、あらためて命を貰い受けに参るゆえ、覚悟いたしておけ、と伝えるよう言われました」

横合いからお澄が青ざめた顔で告げた。

「そのお武家様は六人のご家来を連れておいででしたが、皆、体が大きくて強そうなひとばかりでした」

太郎吉がそばに来て、甲高い声で、

「皆、恐ろしく強そうだった。おれたち、斬られるんじゃないかって怖かった」

と言った。次郎助とおせつもそれぞれ、

「おっかなかった」

「またあのひとたちが来たらいやだ」

と訴えた。

「そうでしたか」

志乃は顔を強張らせて半平を見た。

「佐川様は昔から家来に剣の達者を召し抱えられてきた。わたしを斬ろうというのだから、連れてきたのは選りすぐりの者に違いないだろう」

半平は冷静な言葉つきで応じた。

「そのような者たちが襲ってきたら、わたくしたちはどうなるのでしょうか」

志乃が気がかりでならないという面持ちで言うと半平は苦笑した。

「やってみなければわからぬが、盗賊や食い詰め浪人を相手にしたようなわけにはいくまいな」

吉兵衛が恐る恐る口を挟んだ。

「差し出がましいことですが、この茶店はしばらくわたしどもにまかされて、どこかに姿を隠されてはいかがでしょうか」

お澄もうなずいて言い添えた。

「そうなさった方がいいです。命あっての物種でございます」

志乃は戸惑いつつ半平に目を向けた。半平は覚悟を定めたのか、落ち着いた口調で言った。

「ご心配くださり、ありがとうございます。わたしどもは国を出てから流れ歩いた末に、ようやくこの茶店で心安らかに暮らすことができるようになりました。わたしはここの女房との暮らしを守りたいと思います」

吉兵衛とお澄は心もとない様子で顔を見合わせた。太郎吉が心配でたまらないという顔をして口を開いた。

「でも、相手がすごく強くて人数も多かったら、たとえ半平さんでもやられちゃうかもしれないよ」

半平はにこりとして太郎吉の頭をなでた。

「ひとが敵にやられるのは、怖気づいて逃げようとしたときだ。守るべきもののために敵に立ち向かう者は、簡単にはやられないものだ」

半平の言葉を聞いて、志乃は胸の奥が静まるのを感じた。国を出てから、ずっとひとの目を恐れて逃げてきた。だが、もう逃げたくはない。

この峠の茶店で暮らして初めてそう思えた。ここには、自分たちが命をかけてでも守らなければならない、何かがあるのだ。

志乃は店の外に目を遣った。ようやく止んでいた雪まじりの雨が、またしとしとと降り出した。雪姫たちの一行が冷たい雨で難渋するのではないか、と案じられた。

思いを馳せるうちに、半平と初めて会った日も雨が降っていたことがあざやかに志乃の脳裏に甦(よみがえ)ってきた。

十五年前の夏——

結城藩馬廻り役、百五十石の家に生まれた志乃は、十七歳のときに嫁いだ。

相手は代々、家老職を務めてきた重臣の息子の天野宮内だった。城内で花見の宴が開かれたおり、宮内が志乃を見初めて、ぜひ、妻に迎えたいと望んだのだ。周囲からは随分と羨ましがられた縁談だった。

志乃は、嫁して一年後に、娘を産んだ。次には男子を生すことをまわりから望まれながら二年が過ぎていた。

この日、志乃は天野の親戚に届け物をした後、婚家の菩提寺まで足をのばし、先年亡くなった義父の法事について住職に相談した。その際、親戚から預かった品を少しでも早く持って帰らせるため、供の女中を先に戻した。

菩提寺での話を終えた志乃は、ひとりで帰路についた。町屋筋に沿って武家地へと続く近道を通ろうと鎮守の森を抜けようとしたとき、折悪しくにわかに雨が降り出した。

時おり稲妻が光り、雷鳴がごろごろと遠くから響いた。

志乃は雨を避けようと道沿いに立つ阿弥陀堂の軒下に入った。懐紙で鬢についた雨滴をぬぐっていると、激しくなった雨の中を、ひとりの武士が軒下に飛び込んできた。

二十四、五歳であろうか、若い武士は阿弥陀堂の軒下に年若の武家の妻女が佇んでいるのに気づいて、戸惑った表情を浮かべた。だが、さすがにもう一度、大雨の中に出ていく気にはなれないらしく、どうしたものかと迷う様子だった。志乃は思わず、

「どうぞ、雨宿りなさってくださいませ。わたくしはこちらにおりますので」

とできるだけ端に寄りながら声をかけた。武士は顔を赤らめ、

「かたじけない。それがしは勘定方佐川大蔵様の家士にて伊那半平と申す」

と告げた。志乃は名のるわけにもいかないと思い、

「書院番の天野の家の者でございます」

とだけ言った。しかし、名のらなくても、美貌が家中で評判になっている志乃だと半平は察したらしい。

「これは、ご無礼つかまつりました」

やはりわずかの間でも軒下をともに過ごしてはまずいと思ったらしい半平が、雨の中に出て行こうとしたとき、稲光が空を走った。

同時に凄まじい轟音とともに阿弥陀堂のそば近くに立つ杉に落雷した。めりめりと音を立てて杉の幹が裂けた。大きな枝が阿弥陀堂の傍らにずしんと地響きを立てて落ちた。さらに続けざまに稲妻が光った。

あっと悲鳴をあげた志乃が階に頽れた。おりから突風が吹き下ろし、雨が横殴りに降ってきた。

「どうなさいました」

軒下にいたままではずぶ濡れになると案じた半平は、気を失った志乃を阿弥陀堂に抱え入れた。堂の床に横たえた志乃になおも手を添えるのは憚られるため、半平は格子扉に身を寄せた。

また落雷の音が響いた。志乃ははっと気を取り戻した。そして自分が阿弥陀堂の中に

横たわっていることに気づいて胸元を押さえた。格子扉の傍にいた半平が手をつかえて、

「落雷で気を失われました。雨が吹きつけて参りましたので、堂の中にお連れいたしましたが、決して不埒な真似はいたしておりません」

と床板に額をこすりつけるほど、頭を下げた。志乃はその実直な姿にふとおかしみを感じて、

「わかっております。あなたはさような方ではございません」

と言った。半平はほっとしたように顔を上げた。

床板に頭をこすりつけたからか、埃(ほこり)で額が真っ黒に汚れていた。その顔を見た志乃はぷっと吹き出して、懐紙を取り出した。

「お顔が汚れました。お拭きください」

と言いながら、懐紙を渡すと、半平は驚いた表情になったが、すぐに志乃から懐紙を受け取り、懸命に顔をぬぐった。

その様子がおかしく、志乃が笑いかけたとき、半平は顔を拭く手を止めて、さっと格子扉に身を寄せて外をうかがった。

「どうなさいました」

志乃は思わず半平のそばに寄り、扉越しに外を見た。

杉林に沿った道でふたりの武士が向かい合っていた。ひとりの武士が何事かわめいた

かと思うと、刀を抜いて相手に斬りかかった。

相手の男はこれを避けると、退いた。刀の柄に手はかけなかった。すると杉林から五、六人の男が走り出て、斬りかかった男を取り囲んで刀を抜いた。

男は囲まれたことを知ると、

「罠にはめたな。汚いぞ――」

と叫び、その声が志乃たちがいる阿弥陀堂まで届いた。

稲光がした。

半平は刀に手をかけ、

「いかん。助けねば――」

と格子扉を開けて飛び出そうとした。その半平の手を志乃は押さえた。手を重ねられた半平はぎょっとして足を止めた。

志乃は目を瞠って格子の間から男たちを見つめている。

雷鳴が響いた。

武士を囲んでいた男たちは一斉に斬りつけた。

武士は血に染まって倒れた。

最初に斬りかかられた相手の男は倒れた武士を無表情に見下ろしていた。志乃は体が震えた。武士を罠にかけ、斬殺させた男は志乃の夫、

——天野宮内
だった。志乃はなおも半平の手を押さえている。
阿弥陀堂の中は蒸し暑く、外では途切れずに雷鳴が響いていた。

十七

雨があがった後、志乃は半平に送られて屋敷に戻った。

会ったばかりの男に付き添われるのはいかがかと思ったが、先ほど見たばかりの無残な光景が志乃の目に焼き付いていた。

どう見ても、夫の宮内が敵対する藩士を誘き出し、謀殺したとしか思えない。

家中の派閥争いで対立する藩士が斬り合いに及んだという血腥い話は聞いたことがあったが、志乃の父は穏やかな能吏というだけのひとで派閥争いなどには一切、関わりを持たなかった。

それだけに志乃も、家中の抗争などというものは、どこか遠くで行われているのだ、と思い込んでいた。しかし、阿弥陀堂で目撃した光景はまさに藩内での争いのただならない厳しさそのものだった。

しかも、ひとりの藩士を死に追いやったのは、紛れもなく志乃の夫だった。

宮内は屋敷にいるときは、志乃に慈しみ深く接してくれる。自ら望んだ妻であり、身分の違いで志乃が苦しい思いをすることもあるだろうという気遣いがあった。

志乃は宮内をやさしいひとだと思っていただけに、いましがた見た非情な横顔に衝撃を受けていた。

武門であるからには、ときにはひとを斬ることもある、と承知していたが、志乃が思い描いていた武士の戦いとは、正々堂々たるもので、多人数でひとりを押し包むようにして殺す陰湿なものではなかった。

呆然としたまま屋敷への道を行く志乃に少し離れて付き従うように歩きながら、半平が声をかけた。

「先ほど、阿弥陀堂にてご覧になったことはお忘れになった方がようございます。奥方様は何もご覧になっていないのです」

諭すように言う半平の言葉を耳にして志乃は振り向かずに応えた。

「されど、見たものを見ないと言ってしまえば、夫に偽りを申すことになります」

口にしてから志乃ははっとした。

男を殺す指図をしていたのが宮内だと半平が知っているとは限らない。よけいなこと

を言ってしまったのだろうか、と困惑した。そんな志乃の戸惑いをすぐに察したように、半平は、

「それがしは天野宮内様のお顔は存じ上げております。されど、見たことはすべて忘れることにいたしました。奥方様もさようになすってください。さもなければ、それがしも派閥争いの一端を垣間見た者として、そのままではすまなくなりますから」

と言った。

言われてみれば、宮内がひとを殺させたところを見たと志乃が言えば、一緒にいた半平を派閥争いの渦の中に巻き込むことになるのだ。

志乃にとっては、夫に偽りを言うかどうかというぐらいのことだが、半平にとっては生死につながるかもしれない。

「わかりました。見たことは忘れましょう」

志乃が言うと半平はほっとした声で応えた。

「それがよろしゅうございます。それがしも命拾いいたします」

なにげない半平の言葉を聞きながら、半平が心配しているのは、自分のことよりも志乃の身の上だということが伝わってきた。

屋敷の近くまで来たとき、半平が声を低めて、

「それではこれにて、決して振り向いてはなりませんぞ」

と告げた。志乃が振り向いて挨拶などすれば、どこでひとが見ていないとも限らない、という半平の慮りだった。

志乃はうなずいて歩き続けた。半平が踵を返して歩み去る足音が聞こえてきた。十歩ほどいって、志乃はたまらなくなり、振り向いた。すでに半平の後ろ姿は遠ざかっていた。

志乃は半平の背中に向かって頭を下げた。

たまたま、雨宿りで出会っただけの縁だったが、ひとが殺されるところを初めて見た志乃は半平が傍らにいなければ錯乱していたかもしれない。

半平の落ち着いた物腰や声音がおびえた志乃を支えてくれた。

そう思うと頭を下げずにはいられなかった。さらに言えば、勘定方佐川大蔵の家士という軽い身分でありながら、武士としての気骨を持っていると感じられる半平の姿を目に留めておきたい、という思いがあった。

わずかな間ではあったが、半平と話をしていると、胸の内が明るくなるように感じられた。もう二度と会うこともない男だとは思うが、

(あのようなひともいるのだ)

となぜかしら志乃には印象深く思われたのだ。

志乃は屋敷に向かって、歩き出した。

屋敷に戻った志乃は心配していた女中たちに、

「雨宿りをしていました」

と告げただけで、それ以上のことは語らなかった。

夕刻になって宮内が戻ってきたときも、普段と変わらぬ応対をした。ただ、玄関で宮内の両刀を預かったときだけは、さすがに髪の毛がそそけ立つ思いがしたが、表情を消して夫に悟られないようにした。

この夜、宮内はいつもと変わらぬ様子で夕餉を取ると、その後は書斎にこもって夜が更けるまで書類を見ていた。志乃は縫い物などをして時を過ごしたが、頃合いを見て茶を出した。

宮内はそれまで見ていた書類を閉じ、きょう、志乃が菩提寺である大聖寺(だいしょうじ)に赴いて住職と父の法事について話したことを訊ねた。

志乃が住職から聞いたことを話すのを、宮内は茶を飲みながら聞いている。いつもと変わらぬ夫婦の会話のように思えたが、不意に宮内が、

「昼間、雨が降ったな。寺からの帰りに濡れなかったか」

と訊いた。志乃はどきりとしながらも、

「途中で降り出しましたので、引き返しまして、お寺の門でしばらく雨宿りいたしまし

た」

阿弥陀堂ではなく、寺に戻って雨宿りしたとすらすら言えるのが、自分でも不思議だった。宮内はうなずいて、

「それは重畳(ちょうじょう)であった。わたしが城から下がるときには、雨はやんでおったが、道がぬかるんで難渋した」

とだけ言った。自分は城にいて、雨にあわなかった、とそれとなく伝えたようにも思える。

「さようでございましたか」

志乃はさりげなく応じて、下がろうとした。すると、宮内は、

「きょうは、ちと遅くにひとが訪ねてくることになっておる。客ではないゆえ、茶などは無用だ。そなたは先に寝ていてくれ」

と告げた。すでに夜は更けている。さらに遅くにひとが訪ねてくるのか、と志乃は驚いた。

だが、御用に関わりがあることについては訊かぬよう、日ごろから言いつけられているだけに志乃は問い返すこともなく、頭を下げて書斎を出た。

宮内から今夜、寝所に来るように言われなかったことに、わずかにほっとする思いがあった。

宮内のもとに行けば、昼間、見た光景が脳裏に浮かび、思わず震えてしまうだろう。それを悟られたくなかったが、安堵すると同時に、ちらりと半平の顔が思い浮かんだのはなぜなのかわからなかった。

この夜、玄関からひとが訪ねてきた気配はなかった。おそらく裏門から家士に案内されて、何者かが来たのであろう。

宮内の部屋は明け方近くまで、灯りがともり、声を低めたひとの話し声が続いた。それが、結城藩で起きている暗闘に関わる話し合いであることは明らかだった。

十日が過ぎた。

この間に、志乃は先日、雨の日に斬られた武士が勘定方組頭の小野忠之進だと知った。忠之進はかねてから宮内とそりが合わず、競っている岩見辰右衛門の懐刀などと言われている男だった。

その忠之進が何者ともわからぬ相手に斬殺されたことは藩内に衝撃を与えているらしい。志乃は家士からそんなことを聞いて、顔に動揺が表れぬよう、必死で堪えた。

忠之進の暗殺は宮内にとって、なさねばならなかったことのはずだ。ただの派閥抗争で夫がひとを殺すとはとても思えない。

(何か理由がおありになるはず)

そう思いながらも、確かめる術がなく、まして宮内に訊くわけにもいかないもどかしさがあった。

もし宮内のしたことが、私怨による暗殺であるなら、いずれは咎められることになるかもしれない。そのおりには、志乃とまだ三歳の娘千春も運命をともにしなければならない。

それならば、宮内に真相を聞いておきたいと思うのだが、問おうと思うたびに、ためらい、思い止まってしまうのは、身分の軽い家から重臣の家に嫁した引け目があるからかもしれない。

宮内に妻として心置きなく話すということが、かつてなかったのだ、とあらためて知った。

このまま何も知らずに過ごしていくのが、自分にはふさわしいのかとも思うが、それでは、ただの人形のような生き様になってしまう、と志乃は無念だった。

幼い千春の愛らしい顔を見るにつけ、母である自分が夫のなしたことも知らず、ただ日々を過ごすだけの女人であっていいのだろうか、とも思う。

思い悩むうち、志乃はまた、大聖寺に行くよう宮内から言いつけられた。法事について再度、住職と話してきて欲しいということだった。

志乃は宮内に命じられた翌日の昼下がり、女中をひとり供にして大聖寺へと向かった。

その途中、思わず知らず、阿弥陀堂沿いの道に出ていた。

斬り合いがあった場所から目をそむけて通り過ぎ、大聖寺に着いた。玄関先で小僧に住職への面会を求めると、ちょうど勤行の時刻だということで、本堂へ案内された。

住職の仙正和尚が仏壇の本尊に向かって読経し、時おり、傍らの木魚をぽくぽくと叩いていた。住職の後ろに武家の奥方らしい白髪の女人ふたりが座って、手を合わせている。

志乃は会釈して本堂の隅に控えようとしたが、広縁に近い柱のそばに半平が座っているのに気づいた。

半平も志乃だとわかった様子で目礼してきた。志乃はさりげなく頭を下げたが、胸の内は動揺していた。何よりも半平ならば、あの日、なぜ小野忠之進が殺されたのか、そのわけを藩内の噂などで耳にしているはずだ、と思った。

目の前で藩士が殺されるのを見たのだ。暗殺の背景について知ろうとしたはずだし、噂する者があれば訊き出そうとしたに違いない。

なんとか話ができないかと思ったが、供をしている女中や僧たちの手前、半平に声をかけるわけにもいかず、どうしたものかと思い悩むうちに読経が終わった。

仙正和尚の勤行のおりに物故者への読経をしにきたらしい武家の女人たちは丁寧に頭を下げた。

仙正和尚からふた言、三言、声をかけられた女人たちは笑顔で応対した後、辞去していった。半平は女人たちに従って本堂を出て行くとき、通りすがりに、志乃に再び目礼した。

志乃は思わず声をかけそうになったが、やはりまわりの目が気になって思いとどまった。本堂から去る半平の背中に目をやりながら、志乃はため息をついた。

勤行を終えた仙正和尚と話した後、志乃は大聖寺を後にした。思いをめぐらしながら、阿弥陀堂の前を通り過ぎたとき、そばの大きな松の木を見上げるようにして武士が佇んでいる姿が見えた。志乃ははっとした。

半平だった。

志乃は女中に大聖寺へ戻らねばならない用事を思い出したから、先に帰るよう言いつけた。

女中が不審にも思わず、屋敷への道をたどるのを見定めた志乃はいったん、大聖寺への道を少し戻ってから、あらためて阿弥陀堂に近づいた。

半平は同じ姿勢で松の木を見上げている。志乃が、

「もし――」

と声をかけると、半平は振り向かず、松の枝に目を遣ったまま言った。

「ひと目がありますゆえ、面と向かってお話をいたすわけには参りません。主家の奥方

様がご親戚にまわられるということで、先に帰るよう命じられましたので、ここでお待ちしておりました。おそらく、先日の一件について、それがしにお尋ねになりたいのではございませんか」

志乃は阿弥陀堂に向かって手を合わせつつ、

「さようでございます。あなたは見たことは忘れよ、と申されましたが、それではやはり心が落ち着きません。何が起きたのか、知りたいのです」

と答えた。

「それは無理からぬことと存じます。それがしが知っていることだけはお話しいたしましょう」

半平は松を見上げたまま言葉を継いだ。

「小野忠之進様が天野様と競っておられる岩見辰右衛門様の派閥におられたことはご存じでしょうか。小野様は岩見様の懐刀などと言われておりましたが、有体(ありてい)に言えば、岩見様の派閥でいる金を勘定方の立場を利用して、公金からひねり出していたらしいのです」

半平は言葉を切って、なにげなくあたりを見まわした。

「ところが、そのことを天野様に察知され、糾問されていたようです。されど、小野様もさる者で、逆に天野様の派閥の金について調べ上げ、商人からの賂(まいない)があるとして暴こうとしていたようです」

志乃は息を呑んだ。半平が話しているのは、どす黒い派閥抗争だった。夫の宮内がその中にいるのかと暗澹たる思いがした。

「それがしが知り得たのは、そこまでです。なぜ、小野様が斬られることになったのか、様々なやり取りのあげくだとは思いますが、わかりません。ただし、小野様が亡くなられたことによって、双方の派閥はこれ以上、事を荒立てまいとする暗黙の了解のようなものがあるようです。たぶん、天野様と岩見様にとって小野様は厄介者になっていたのでしょう。間もなく、小野様の一件は忘れられていくのではありますまいか」

言い終えると、半平は歩み去っていった。志乃も遠ざかる半平の気配を感じながら、その後ろ姿に目を遣ろうとはしなかった。

ただ、半平が大聖寺の本堂でわずかに顔を合わせただけなのに、志乃の内心を察してくれたのが不思議だった。

半平は初めて会ったときと同じような温かさを志乃の胸の内に残したのだ。

十八

半平の言葉通り、小野忠之進の暗殺についてはその後、表立って取沙汰されることはなく、過去のものとなっていった。

ところが、三月ほどたったある日の夕刻、下城した宮内が志乃を居室に呼んだ。

志乃が部屋に行くと、宮内は苦い顔で書状を読んでいた。志乃が座ると書状から目を上げて口を開いた。

「世の中にはまことに妄言を申す輩（やから）がおるものだ」

宮内は志乃の膝前に書状を放り出すように置いた。志乃が何ごとだろうと思いながら、読んでみると、思いがけないことが書いてあった。

小野忠之進の暗殺は宮内が行ったものであり、なぜ小野を殺したかと言えば、小野と宮内の妻が不義密通を働いたからだ、というものだった。

志乃は息が詰まるほど驚いた。

「わたくしは小野様には一度もお会いしたことがございません。恐ろしい濡れ衣でございます」

志乃は震える声で訴えた。

「そなたと小野が一面識もないことはわかっておる。これは、わたしを陥れようと誰ぞが企んだ策略なのだ」

「策略でございますか」

宮内が疑っていないとわかってほっとしながら訊いた。

「そうだ。有体に申せば小野はわたしと岩見辰右衛門の派閥の争いで死んだ。小野を斬ったのはわたしの派閥の者だ。だが、それが公に糾弾されないのは、小野が公金を横領して派閥にまわしていたからだ。岩見は小野が斬られた一件で動くことはできぬ」

宮内の言葉を志乃は身を硬くして聞いていた。宮内が派閥の抗争について志乃に話すのは、初めてだった。志乃は見慣れた温厚な夫ではなく、冷徹でときに非情になって藩政を動かしている男としての宮内の顔を見た。

「それゆえ、小野の一件は終わったものと思っておったが、妙なことになりおった。そなたが小野と密通いたしたなどとは夢思わぬ。だが、かような妄言をまいている者がいるのは確かだ。何かの狙いがあるに違いない。そなたには何か心当たりはないか」

宮内に訊かれて志乃は頭を大きく横に振った。

「滅相もないことでございます。わたくしには何が起きているのか、まったくわかりません」

「そうであろうな」

宮内は眉をひそめて腕を組み、考え込んだ。しばらくして、鋭い目を向けた。

「そう言えば、小野が斬られた日、そなたは大聖寺に参っておったな。小野の斬られた場所は大聖寺からの帰り道だと思うが」

さりげなく訊かれて、志乃は不安に思いながらもできるだけ平静に答えた。

「あの日は雨で帰るのが遅れましたが、途中では何も気づきませんでした」

「ふむ、帰途はどの道をとったのだ」

宮内からさらに訊かれて、誤魔化すわけにもいかないと思って志乃は答えた。

「鎮守の森を抜けて帰りました」

宮内はなおも志乃を見据えて言葉を続けた。

「では阿弥陀堂のあたりを通ったのだな」

「さようでございます」

答える志乃の声は震えていた。

「小野は阿弥陀堂にほど近いあたりで斬られたのだ。帰る途中で異変には気づかなかったのか。あるいは、誰ぞを見かけなかったか」

「いいえ、何も気づきませんでした」

志乃は言葉を発しながらもしだいに追い詰められていく怖さを感じた。ひょっとしたら、あのおり、半平のほかにも、志乃が雨宿りをしているのを見た者がいるのかもしれない。

その者が何かを企んで志乃の名を出したとしたら。思いがけない罠が仕掛けられているのかもしれない。

正直に阿弥陀堂で雨宿りしていたおりに小野忠之進が斬られるところを見たと言えばどうなるのだろうかと思いをめぐらした。すべてを打ち明けてしまおうと思いを定めようとしたが、ためらいが生じた。

宮内はたとえ妻であったとしても、小野忠之進の暗殺を自らが行ったと知られたくないのではないか。もし、小野の暗殺を見たと告げれば、夫にとって邪魔者になってしまうのが恐ろしかった。

身分違いの家から嫁いでいる負い目がある志乃には、宮内に胸の内をありのままに打ち明けることができなかった。

志乃がうつむいて、何も言えずにいると、宮内はひややかな声で言った。

「いずれにしても、あの日、阿弥陀堂のあたりでそなたを見た者がいるのだ。それを利用して、わたしを陥れるために使う腹であろう」

「岩見様がさようなことまでなさるのでございますか」

志乃は信じ難い思いで訊いた。宮内は少しためらってから、

「どうやら、この話は勘定方の佐川大蔵が流しているようだ」

「佐川様がどうしてさようなことをされるのでしょうか」

佐川大蔵と聞いて、志乃ははっとした。半平が佐川大蔵の家士だと名のっていたのを思い出したからだ。

「わからぬが、いままで佐川はわたしにも岩見にもつこうとはしなかった。ところがここに来て、どうやら岩見につく腹を固めたようだ。ひょっとすると、小野の一件でわたしを攻めて、岩見の派閥に入る手土産にするつもりかもしれぬ」

宮内の推察は志乃の胸に重くのしかかった。

佐川の家士である半平は小野忠之進が暗殺されるところを見ている。ということは、宮内が暗殺を指図したところをはっきり目にしたのだ。

半平がそのことを佐川に告げたとすれば、宮内は暗殺の首謀者として窮地に陥ることになるに違いない。

そんなことはないと思いたいが、あるいは半平は志乃のことも佐川に漏らしたのだろうか。

「旦那様――」

志乃がすべてを言おうとしたのを制して、宮内は口を開いた。

「そなたはしばらく、病気療養ということで宮下村の三右衛門殿のもとに行っておるがよい」

宮下村は国境に近い村で庄屋の三右衛門は裕福な豪農であり、天野家の親戚でもあった。宮下村の屋敷には志乃も親戚の集まりで訪れたことがある。

「わたくしは宮下村へ参らねばなりませぬか」

志乃は訝しく思いながら訊いた。

「わからぬか。おそらく佐川はそなたを利用して何かを仕掛けようとしておるのだ。そなたが城下にいては、つけ入る隙を与えることにもなりかねん。しばらく城下を離れて様子を見た方がよいのだ」

宮内は冷徹な口調で言ってのけた。

たしかに宮内の言う通り、志乃と小野忠之進の密通などありもしないことを広めようとしている裏には、次の仕掛けがあるようにも思える。ひょっとしたら、志乃が小野忠之進の暗殺を見たことを知る者がいて、その事実を暴こうとしているのかもしれない。

宮内が言うように身を隠した方がいいのかもしれないが、志乃が屋敷から姿を消せば世間はどう思うだろうか。

不義密通の噂をたてられた志乃が親戚の庄屋屋敷に移ったとあれば、噂が真実だということになる恐れがある気がした。

「わたくしが宮下村に行けば、あらぬ噂をまことのように思うひとが出て参るやもしれませぬ」

志乃が不安を訴えると宮内は笑った。

「夫であるわたしが根も葉もないことだとわかっておるのだから案ずることはない。それよりも謀を仕掛けてきておる者の狙いはそなたから弁明を引き出して、その中で何かを言わせようとしておるのかもしれぬ」

宮内の言葉を聞いて、志乃はぞっとした。

もし、志乃が自らの潔白を証明しようとすれば、小野忠之進の暗殺を目撃したことを話さねばならなくなるのだ。

それが狙いだとすれば、宮内の言うように身を隠していた方がいいのかもしれない。

だが、そうなると娘の千春はどうしたらいいのだろうか。

「千春を連れて参りましてもよろしゅうございますか」

「それはならぬ。病の母が幼子を連れて参るのはおかしかろう」

ひと言ではねつけた宮内はなだめるように言い添えた。

「さほど、長い話ではない。そなたが身を隠してつけ入る隙を与えなければ、佐川とて諦めるしかない。半年もすれば、藩内の動きも変わっているだろう」

「半年も千春と会えぬのは辛(つろ)うございます」

「ならば、女中に申し付けて、母親の見舞いということで千春を宮下村に遣わすゆえ、案じるな」

宮内に強く言われれば、志乃も従うしかなかった。ため息をつきつつ、

「承知いたしました」

と、志乃は応えた。

志乃が女中ひとりを供にして宮下村へ向かったのは五日後だった。

その間、母親が屋敷からしばらくいなくなると知ってむずかる千春をなだめ、三右衛門の屋敷で暮らすための衣類などの荷を支度した。

屋敷を出るとき、千春は玄関で、

――母様

と声をあげて泣きながら後追いをしようとして、女中に抱き留められた。志乃はたまらなくなって玄関に戻り、できるだけ早く戻りますから、と言って、

「寂しい思いをさせてごめんなさい」

と謝りながら抱きしめた。

「病が癒えたら、すぐに戻ってきますから」

涙が出そうになるのを堪えながら志乃は言ってきかせた。なおも、泣き続ける千春に

後ろ髪を引かれる思いで志乃は屋敷を出た。

宮下村までは六里ほどである。さらに山を越えた街道は、弁天峠へと続いている。志乃は青空の下、緑濃い山並みを眺めながら宮下村の三右衛門の屋敷に着いた。

三右衛門は六十を過ぎた小太りの温厚な男で、志乃を温かく迎えてくれた。

この日から志乃は宮下村で心細い思いの暮らしを送ることになった。ひと月たち、ふた月たっても、いっこうに千春が見舞いに来ることはなかった。

宮内に手紙を書いても、

――いま少し辛抱せよ
との返事が返ってくるだけだった。たまりかねた志乃は三右衛門に、どうなっているのだろう、と訊いた。

三右衛門は困った表情をして、

「さて、わたしにはご家中のことはわかりませぬが、どうやらまた斬られた方がいるようです」

小野忠之進に続いて、暗殺された者がいるという話に志乃は衝撃を受けた。

「どなたが斬られたのですか」

「なんでも書院番の酒井(さかい)藤兵衛(とうべえ)という方だそうでございます」

志乃は、あっと思った。

酒井藤兵衛という名には聞き覚えがあった。宮内が屋敷で親しい藩士を集めて酒宴を開いたおり、来ていた客のひとりだ。酒宴だけではなく、夜分ひとりで宮内を訪ねてきて、何事かひそひそと話していたこともある。

今にして思えば、宮内の派閥に属する藩士だったのだろう。その酒井藤兵衛が殺されたということは、派閥の暗闘は激しさを増しているに違いない。

こうなってみると、夫が小野忠之進を自ら指図して斬ったのは、大きな失策だったのではないか、と志乃は考えをめぐらした。

相手の派閥の者を殺すために、自ら乗り出したことが表沙汰になれば、宮内もただではすまないに違いない。

怜悧（れいり）な宮内がなぜ、そんなことをしてしまったのか、と思うが、小野忠之進を斬っても、岩見派の動きを抑え込めるという自信があったのだろう。しかし、佐川大蔵が岩見派についたことで流れが変わったのだ。

宮内は小野忠之進暗殺の一件が暴かれるのを恐れて、志乃を宮下村に遠ざけながらも、派閥に属する酒井藤兵衛を殺された。いまや防戦一方なのではあるまいか。

そんなことを考えていると、千春が宮下村を訪れることはないのだ、と志乃は悟った。

（千春に会いたい）

母としての思いが募った志乃は、ある日の夕刻、三右衛門の屋敷を出た。

城下の天野屋敷に帰ろうと思った。屋敷に着くのは夜中になるだろうが、千春にひと目会って、朝になってから宮下村に戻ればよいと思った。

三右衛門や女中にそのことを話せば止められるに決まっているので、こっそりと屋敷の裏口から出た。

すでに日が暮れかけ、あたりは薄暗くなっている。

志乃は急ぎ足で城下を目指した。やがて宮下村のはずれに来たとき、突然、道にばらばらっと数人の武士が出てきた。どの武士も頭巾をかぶって顔を隠している。

志乃は驚いて、思わず後退りした。だが、後ろも武士によって囲まれていた。武士のひとりがゆっくりと近づいて、

「天野宮内の奥方でござるな。われらと同道いたしてもらおうか」

と低い声で言った。

「なぜ、あなた方と参らねばならぬのですか」

志乃が鋭く問い返すと、武士たちは嗤った。声をかけた武士が手をのばして志乃の肩をつかもうとした。

「いいから来い」

志乃は武士の手を払った。

「無礼者――」

志乃が叫ぶと、武士は、面倒だ、身動きできぬように捕まえて連れて参るぞ、とまわりの者たちに言った。

——おう

と声をあげて志乃につかみかかろうとしたが、その瞬間、武士達が弾き飛ばされるように倒れた。

「貴様、何をする」

武士のひとりがあっけにとられたように叫んだ。頭巾をかぶった武士のひとりが志乃につかみかかろうとした者たちをつかまえて、投げ飛ばし、当身で気絶させたのだ。

「それがし、奥方様をお助けいたさねばならぬ義理がござる」

志乃を助けた武士は頭巾を脱いだ。その顔を見て、志乃は息を呑んだ。

半平だった。

十九

「伊那半平、どういうつもりだ」

頭巾をかぶった大柄の武士が怒鳴った。

「それがし、天野様の奥方をお助けいたさねばならぬ義理がござる」

「なんだと」

武士たちは、素早く半平を取り巻くと、いっせいに刀を抜いた。半平は刀の鯉口に指をかけたままで、

「それがしの雖井蛙流の腕はご存じのはず、皆さま、無駄に命を落とさぬがよろしゅうございますぞ」

とひややかに言ってのけた。

「何を言うか。雑言許さぬぞ」

武士たちは怒号して刀を抜くと斬りかかってきた。

半平は影のように動いた。

峰打ちで別の武士を打ち据え、さらに、きらり、きらりと白刃が光るたびに武士たちが倒れていく。

瞬く間に武士たちを倒した半平は志乃に向かって、

「庄屋屋敷に戻られれば、また狙われることになりましょう。城下のお屋敷に戻られるがよろしかろうと存じます」

と言った。志乃は、はい、とうなずき半平に寄り添った。半平は倒れている武士たち

をちらりと見たうえで、

「参りましょう」

と、志乃をうながした。


志乃と半平が城下に入ったのは夜も更けたころだ。屋敷の門前に立った半平が、

「奥方様のお戻りでございます。開門願います」

と声をかけると、屋敷内でひとが何事か言い交わす気配がした後、家僕が恐る恐る門を開けた。志乃が門に近寄った。

「わたくしが宮下村より戻ったと旦那様にお伝えください」

志乃に言われて驚いた家僕は門を開けて志乃と半平を中に入れ、玄関先で待たせて、

「旦那様におうかがいして参ります」

と告げて奥へ入った。しばらくして宮内が手燭を持って出て来た。玄関先に立つ志乃に厳しい目を向ける。

「宮下村の三右衛門の屋敷におれと命じたはずだ。なぜ、戻ったのだ」

「申し訳ございません。千春の顔をひと目見たくなり、戻ったのでございます。夜が明ける前に戻りますゆえ、千春に会わせてくださいませ」

志乃が懸命に言うと宮内は苦々しげに答えた。

「そなたは、病で宮下村に参っていると藩庁にも届けておるのだ。さような勝手をいたしては申し開きができぬことになる」

宮内は冷徹に言ってのけた後、玄関脇に片膝をついて控える半平に目を向けた。

「その男は何者だ」

問われて志乃は困惑しながら答えた。

「宮下村から城下へ戻ろうとする途中、怪しげな頭巾の武士たちに襲われました。そのおり、この方に助けていただき、屋敷まで送っていただいたのです」

宮内は訝しそうに首をかしげた。

「暴漢に襲われただと」

「はい、わけも申さず、同道せよと迫ってきたのでございます。そのおり、この方が暴漢たちを倒して助けてくださいました」

志乃の話に耳を傾けていた宮内は半平に顔を向けた。

「そなた家中の者か」

半平は少しためらってから答えた。

「勘定方佐川大蔵様の家士にて伊那半平と申します」

「佐川の家士だと」

宮内は目を丸くしてから、くっくっと笑った。

「これは面白くなってきた。佐川の家士がわたしの妻を救ったとはどういうことだ。襲った者たちこそ佐川の配下ではないのか」

宮内に鋭い目を向けられて半平は目を伏せた。

「申し上げられません」

「言わずともわかっておる。佐川め、わたしの妻を派閥の者にわざと襲わせ、救ったと見せて屋敷に送り届けて、咎め立てるつもりなのだ」

宮内は皮肉な目で半平を見据えた。

「いえ、決してさようなわけではございません」

「ならば、なぜ佐川の家士がわが妻を助けるのだ。そなた志乃とどのような関わりがあるというのだ」

問い重ねられて半平は返事に窮した。小野忠之進の暗殺を志乃とともに目撃したとは言えなかった。

半平が答えられずにいるのを見て志乃は心を定めた。

「申し訳ございません。これまでかくしておりましたが、実は小野忠之進様が斬られたとき、わたくしは阿弥陀堂で雨宿りをいたしておりました。伊那様も同じように雨宿りをいたしておられ、一部始終を見てしまったのでございます」

志乃が思い切って言うと、宮内は氷のようなつめたい表情になった。

「あのおり、阿弥陀堂の軒下に人影はなかったぞ」

図らずも宮内が小野忠之進を斬った場所にいたことを認める言い方になった。だが、宮内は志乃がどう思おうが意に介しないようだ。

「阿弥陀堂の中におりましたので」

志乃は震え声で答えた。宮内が半平に向けた疑いを晴らしたいと思って言い出したことが、新たな疑いを呼び起こしそうなのに不安を覚えていた。

宮内は志乃と半平を交互に見ながら、

「あの狭い阿弥陀堂に男と女がひそんでおったとはな」

と意味ありげに言った。

半平がたまりかねたように身を乗り出した。

「申し上げます。あのおり、落雷で奥方様が気を失われましたゆえ、阿弥陀堂にて介抱いたしたのでございます。やましいことは何もございません」

半平が言い募ると宮内は笑った。

「なるほど、そうであろうな。しかし、それだけの縁でありながら、今宵、志乃を助けたのはいかなるわけだ。志乃をさらおうとしたのは、おそらくそなたの主人佐川大蔵の命を受けた者たちであろう。そなたは雨宿りで介抱したというだけの縁の女子を助けるために主人に背いたのか」

宮内に言われてみれば、志乃にも半平がなぜ自分を助けてくれたのかはわからなかった。志乃は半平を見て、

「伊那様、何があったのでございますか」

と訊いた。

半平は眉をひそめ、困惑した顔になったが、いきなり両手をついて土下座した。

「申し訳ございません。小野様の一件に奥方様を巻き込んでしまったのは、それがしの失策でございます」

宮内は面白げに半平を見つめた。

「失策だと、どういうことだ」

「それがし、小野様がなぜ斬られたのかが気にかかり、同僚などに訊いて調べておりました。そのことが、主の耳にも入っていたようでございます」

「なるほどな」

宮内の目が光った。

「その後、主の母上様と奥方様のお供にて大聖寺に参りました際、ちょうど奥方様と行

き合いました。奥方様も小野様のことで案じられている様子がうかがえましたので、大聖寺から帰られる途中の奥方様をお待ちして、それがしが知っていることをお話しいたしたのです。その様子を主の奥方様の供の女中が見ておったようでございます」

半平が一気に言うと、宮内は大きくうなずいた。

「なるほど、それで読めた。佐川は志乃が小野の一件で何事か知っていると思い、あらぬ噂を流して、鎌をかけたというわけだな」

「さようでございます。奥方様には一点のやましいところもございません。すべてはそれがしの迂闊さゆえでございます」

半平は平伏して言った。宮内は眉をひそめてしばらく考えた後、口を開いた。

「あいわかった。そなたは迂闊と言うよりも親切に過ぎるようじゃ。あるいは志乃のためを思わねばかようなことにならなかったのかもしれぬぞ」

「まことに申し訳ございません」

顔を伏せたままの半平から目をそらせた宮内は志乃に向かって言った。

「ともあれ、そなたは、今夜は宮下村へ戻れ」

「怪しい者どもがまだ見張っておるかもしれませぬが」

暴漢におそわれたばかりだというのに、屋敷に留めてかばおうともしない夫の非情さに驚きつつ、志乃は言った。

「案じるな。その親切な男が送ってくれるであろう」

宮内は言い捨てると背を向けて奥へと入っていった。志乃はたまりかねて、

――旦那様
と声をかけたが、宮内は振り向かない。傍らの家僕が気の毒そうに志乃を見つめるばかりだ。

半平が立ち上がり、

「止むを得ませぬ。宮下村に戻りましょう」

と低い声で言った。

志乃は唇を嚙んでうなずいた。ふたりが門をくぐって外へ出たとき、屋敷の中は静まり返って物音ひとつしなかった。

月が皓々（こうこう）と照っていた。

志乃は宮下村に戻ることにして、夜道を半平とともにたどった。

「奥方様、お急ぎください」

半平が歩きながら何度となく言った。

「先ほどの者たちが、また狙って参るのでしょうか」

「いえ、もはや、あの者たちはあきらめたと存じます」

「それならば、どうして——」

志乃が不審に思って問いかけた。半平は口ごもりながら答えた。

「新たな討手が追って参るかもしれません」

「新たな討手？」

「さようです。奥方様が生きていては困る方からの討手です」

「それは誰なのです」

志乃が訊ねても半平は答えず、黙々と足を急がせた。志乃は不安な思いに包まれながらも、半平を信じる気持が強まった。だが、女の足である。半平がかばいながら進んでくれても遅れがちになった。

宮下村が近づくと、半平はほっとしたように志乃に声をかけた。

「間もなくでございますぞ」

だが、宮下村に入ろうとしたおり、頭巾の武士たちに襲われた。

「何者だ」

半平は刀を抜いて斬り結んだ。やがて、ひとりの頭巾が切り飛ばされた。月光に浮かび上がった顔を見て、志乃は息を呑んだ。

「林田(はやしだ)様——」

武士は宮内の派閥に属する林田鉄馬(てつま)だった。屋敷を訪ねてきたおりには志乃とも親しく言葉をかわす若者だった。

「どうして、林田様がわたくしを」

志乃が問いかけると、鉄馬は苦しげに、

「天野様の命でございます。奥方様は知ってはならぬことを知られたのです」

「なんという酷いことを」

志乃の頬を涙が伝った。もう、これで千春に会うことはできないのかと思うと身を斬られる思いだった。ふらふらと鉄馬の前に出て、

「旦那様の思し召しなら、この命は差し上げましょう。千春のことを頼みますとお伝えください」

と言った。もはや、これまでと観念して死ぬつもりになっていた。

「許されい」

鉄馬が刀を振り上げたとき、半平が飛び込んできた。鉄馬の脇腹を切り裂き、志乃の手をつかんだ。

「死んではなりませぬ。生きるのです。生きれば、また娘御にも会えますぞ」

半平に励まされて、志乃ははっとした。

かような理不尽なことで死にたくはないと思った。まして、ここで死ねば、世間でどのように言われるかわからない。不義密通を働いたとして宮内に成敗されたと言われる

のではないか。

母親がそんな死に方をしたと長じた千春が知ればどれほど悲しむことになるか。死ぬわけにはいかない、と思った。

「半平殿、わたくしは生きとうございます」

志乃が言うと半平は大きく頭を振った。

「それがし、命に代えてお守りいたす」

半平は襲ってくる武士たちを斬り伏せると、志乃の手を引いて宮下村を抜けて、山道に入り、弁天峠を越えた。

二十

志乃は降り続く雨を見つめながら、半平とともに弁天峠を越えた日のことを思い出していた。あのときはまだ、いずれ国許に戻る機会はめぐってくるのではないか、と思っていた。

しかし、諸国を流れ歩き、暮らしの辛酸をなめるにつれ、希望は失われていった。風の噂で宮内が岩見辰右衛門との派閥争いに勝ち、筆頭家老に上り詰めたと聞いた。

それならば、なおのこと、宮内が藩士を暗殺するところを見た志乃が国許に戻れるはずはなかった。

娘の千春に会いたいという思いは胸から消えることはなかった。それだけに、あらぬ疑いをかけられたまま死ぬわけにはいかない、と思えば生き続けるしかなかった。

そんな思いを抱き、肩を寄せ合って生きるうちに、半平との間に男女の情が通い合うのは自然なことだった。

志乃にしてみれば、初めて会ったときから、半平とは何かの縁で結ばれていたとしか思えない。

旅の空でたがいに病となり、看病し合ううちに、おたがいが離れて生きていくことなど考えられなくなっていた。

山奥のさびれた温泉宿に身を寄せたとき、どちらからともなく、寄り添い、夫婦として生きていくことを心に決めたのだ。

しかし、その後も日々の食事も満足にできぬ旅が続き、弁天峠で茶店を開く親切な老夫婦に助けられてようやく安住の地を得た。国許に近かったが、そのことを案じるより、故郷に近いことで安らぎを得たかった。その後、老夫婦を看取り、ふたりは茶店の主人夫婦として暮らしてきた。

志乃は傍らの半平に顔を向けて、

「いつも雨が降っていたような気がします」

と言った。半平はうなずいた。

「そうだな、あれからいままで雨が降り続いていたのだろうか」

「いいえ、この茶店をするようになってから、たとえ、雨の日でもわたくしの心は晴れております」

志乃は微笑んで言った。思えば宮内のもとにいたときには、娘を得た喜びはあったものの、そのほかの暮らしは格式に縛られ、窮屈でひととしての心持ちを失いかけていたような気がする。

それを思えば、いまがどれほど幸せであることか。

「わたくしはこの暮らしを失いたくはありません」

志乃がきっぱりと言うと、半平の顔に笑みが浮かんだ。

「わたしも同じだ」

半平は力強く答えた。たとえ佐川大蔵の討手がやってこようとも、志乃と茶店を守ってみせるという決意が漲(みなぎ)っていた。

三月が過ぎ、春になった。

弁天峠の茶店は相変わらず、旅人でにぎわっていた。

その後、結城藩から討手らしい者がやってくることはなく、志乃と半平はほっとした思いで日々を過ごしていた。

そんなある日、金井長五郎が峠を上ってきた。床几に腰を下ろすなり長五郎は、春の日差しで喉が渇いたらしく、

「茶をくれないか」

とあえぐように言った。志乃が茶と水で濡らした手ぬぐいを持っていくと、長五郎は手ぬぐいで顔の汗をぬぐった。

「ああ、これは助かるな」

長五郎は大仰につぶやいてから、茶碗をとり、ごくりと飲んだ。そして、半平さんにも聞いてもらいたい話があるので、呼んでおくれ、と言った。

志乃に呼ばれて半平が店先に出てくると、長五郎はあたりを見まわしてから声をひそめた。

「これはお奉行所からのお達しなのだが、結城藩では、近頃、天野宮内様という筆頭家老がお咎めを受け、閉門蟄居の身となる御家騒動があったらしい」

宮内が失脚したと聞かされて、志乃は目を瞠った。

結城藩から来た吉兵衛に近頃、宮内の権勢に翳りが見え、岩見辰右衛門と佐川大蔵が

力を伸ばしているらしいことは聞いていた。だが、あの辣腕家の宮内が閉門蟄居にまで追い込まれることになるとは思わなかった。

「どうやら天野様という家老が商人から賄賂をとっていたのがわかったということらしいが、なにそんなことはどこの藩でもあることだ。おそらく表沙汰にならない争いがあってのことだろう。よその御家のことだからどうでもいいようなものだが、そうもいかないらしい」

「何かあるのでしょうか」

志乃が訊くと長五郎は重々しくうなずいた。

「天野様と親しい岡野藩の重臣は多いらしいのだ。それで、天野様から助けを求められれば何とかしようという動きがある。だが、そんなことになっては困ると結城藩から申し入れがあったらしい。結城藩のことにかまうな、手出しは無用だ、ということだな。天野様と争ってきた岩見様という結城藩の重臣の方が岡野藩にも手を伸ばして、天野様の動きを封じ込めにかかっているというわけだ」

「そういうことなのですか」

志乃はため息をついた。かつて、命を狙われたとはいえ、夫として日々を過ごした宮内が苦境にあると聞けば胸がふさがれる思いがした。

「そこで、結城藩から怪しい者が峠を越えてきたら、安原宿で足止めして城下に入れないということのようだ」

「さようでございますか」

志乃はうなずいてから、半平に目を遣った。半平は無表情に聞いていたが、ふと思いついたように口を開いた。

「もし、天野様が岡野藩にひとを送り込むとしたら、お侍でしょうか」

半平に訊かれて長五郎は首をひねった。

「さあ、どうだろう。なんでも、天野様の派閥のひとたちは根こそぎ処分されたそうで、岡野城下まで来れるひとがいるだろうか」

「そうでございますね」

志乃は林田鉄馬らかつて宮内の派閥に属していた者たちの顔を思い浮かべた。あのころから歳月がたっているだけに、誰が派閥に残っているかわからないし、残らず処分されているとあれば動ける者はいないような気がした。

志乃がため息をつくと、長五郎は、

「そうだ。もう一件、伝えておかなければいけないことがある。結城藩の城下では近頃、大店（おおだな）が三軒、続けざまに盗人にやられたそうだよ。どの店でもひとは殺されなかったが、合わせて二千両もの大金が奪われたそうだよ」

「それは——」

「あの夜狐一味の仕業に違いないと永尾様はおっしゃっている。奴らは結城藩の城下にひそんで盗みの機会をうかがっていたんだろう。これだけの大仕事をしたからには、隣国に逃げるに違いない。だから、そっちの方も気をつけていてくれとの仰せだよ」

長五郎は、なんとも面倒な話だ、と苦笑した。

夜狐と名のる盗賊一味を率いていた女、お仙やその娘のゆりの顔を志乃は思い出した。

（あのふたりとまた出会うことになるのだろうか）

志乃が思いをめぐらしていると、長五郎は、茶代を置いて、

「じゃあ、頼んだよ」

と言い残して峠を下りていった。

この日、日が暮れて店を閉めた志乃と半平は蠟燭の灯をともして遅めの夕餉をとった。

峠はいつものように鳥の鳴き声しか聞こえず、静かだった。いつもは何とも思わない静かさだが、宮内が失脚して閉門蟄居の身の上だと知らされると、寂しい思いが湧いてくるのを抑えられない。

何より、父親が苦境に落ちて、千春はどのような思いでいるだろうか、と志乃は娘の身の上を案じた。

食事の後、半平はいつも通り、茶碗に一杯だけ焼酎を飲んだ。肴（さかな）もなにも食べないで

ただ、飲むだけである。

志乃が結城藩での騒動について語りかけようとしたとき、茶碗を持った半平の手がぴたりと止まった。

宙を見据える半平の目が鋭くなった。何かあったのだと察した志乃が、

「盗賊でしょうか」

と訊くと、半平はゆっくりと首を横に振った。茶碗を板敷に置いた半平は音も立てずに立ち上がった。

蠟燭を手にすると、土間に下りて、裏口の戸のしんばり棒をとると、少し後ろに下がって、

「用があるなら、入れ」

と声をかけた。すると、がたりと音をさせて板戸が開いた。

「夜分に申し訳ございません」

入ってきたのは羽織袴の旅姿をした前髪立ちの若い武士だった。

「おひさしぶりにございます」

白い歯を見せて笑いかけたのは男装をしたゆりだった。半平は油断することなく、

「ひとりではないな」

と言った。

ゆりはうなずいて、はい、と答えると裏口の外に立っていた人影に向かって声をかけた。

「お入りなさい」

声に応じて入ってきたのは、まだ十七、八歳に見える笠と杖を手にして白い手甲脚絆をした武家の娘だった。

色白でととのった顔立ちだ。その顔を見て志乃は思わず立ち上がった。毎晩のように夢に見てきた娘の成長した姿そのままだった。

志乃は土間に下りると、娘の顔をあらためて見つめ、

「千春ですか」

と訊いた。

「はい、千春でございます。母上様――」

娘は目に涙を浮かべて志乃を見つめ返して言った。

茶店の外で梟が鳴いている。

二十一

　十五年ぶりに会った我が子は美しい娘に成長していた。

　志乃は胸が詰まって、何も言えずにいたが、おずおずと手を差し伸べた。幼いころ見捨てるようにして国を出た母を娘が許してくれるかどうか、志乃にはわからなかった。

ただ、無事に育ってくれたことを喜ぶ気持でいっぱいだった。

　──母上
　千春が手にしていた笠と杖を捨て、志乃の胸に飛び込むようにして抱きついてきた。

志乃はしっかりと受け止め、

「千春、母を許してください」

　と涙声で言った。千春は頭を振った。

「わかっております。父上がすべてを話してくださいました。母上はわたくしを捨てたのではなく、やむなく国を出られたと」

　志乃は目を瞠った。

千春が母を怨んではいない、とわかったのは嬉しかったが、宮内がすべてを話したとはどういうことなのだろう。

半平が志乃の肩にそっと手を置いた。

「ゆっくりと話を聞いた方がいいようだ」

傍らのゆりがうなずいた。

「わたしからも申し上げねばならないことがございます」

志乃は胸が高鳴るのを抑えつつ、千春に板敷に上がるように言った。千春とゆりが板敷に座ると、志乃と半平は並んで向かい合った。

蠟燭の灯りが四人を薄闇に浮き上がらせる。

「わたしは半平と申します。あるいは父上からお聞きかもしれませんが、いまは千春殿の母上と夫婦となっております」

半平が膝を正し、落ち着いた言葉つきで話すと、千春はわずかに戸惑いの色を見せながらもけなげに応えた。

「はい、父上からうかがいました。伊那様は母上を助けてくださいましたのに、よんどころない事情で、国を出られたと聞いております」

千春の言葉に志乃はほっとした表情になって口を開いた。

「わたしは国を出たとき、すべてをあきらめました。半平殿と夫婦となったからには、天野様からどのように謗られ、あるいはお手討ちになろうとも仕方がないと思い、十五年の歳月を過ごしてきました。それでも、もう一度、あなたに会いたいという思いだけは抱き続けてきました」

千春は志乃に心のこもった目を向けた。

「父上は悔いておられます。すべては自分が出世を望み、おのれを見失っていたから起こったことだと」

半平は膝を乗り出した。

「天野様はどのように仰せなのでしょうか。お聞かせください」

千春はうなずいて語り始めた。

わたくしは幼いころより、母上は病にて亡くなられたとまわりの者に聞かされて育ちました。

甘えたい年頃に、すがりつける母がいない寂しさを抱えておりましたが、ある時、庭で女中と下男がひそひそと話しているのを聞いたのです。

ふたりは、母上のことを話しておりましたが、しきりに、

――お気の毒なこと、いまは国を出られてどこにおられるやら

と繰り返しておりました。ふたりの話の中身は、幼いわたくしには、ほとんどわから

ないことでしたが、母上が生きておられる、ということだけはわかりました。

わたくしは嬉しさのあまり、父上に女中と下男が話していたことを言ってしまい、

「母上は生きておられるのでしょうか」

と訊いたのです。すると父上は恐い顔をされて、頭を横に振り、何も言われませんでした。そして、しばらくすると、庭で話していた女中と下男は屋敷からいなくなったのです。

母上のことは話してはいけないのだとわたくしにもわかりました。しかし母上は亡くなられてはいない、生きておられるのだ、ということが、なぜかはっきりとわたくしにはわかりました。

それからは、屋敷の者や親戚にさりげなく母上のことを訊くようになりました。皆、母上が国を出られたことは話してくれませんでしたが、お人柄や、悲しい事情があったらしいことだけは、それとなく話してくれました。

それから、わたくしは母上のことを心の裡に思い描くようになりました。そうするうちに、優しく、美しい母上のお顔が脳裏に浮かぶようになりました。

わたくしは、母上が家を出られ、さらに国を出られたのには、何か深いわけがあるに違いないと思いました。

そんなおり、わたくしは、菩提寺である大聖寺で上品なおばあ様に出会いました。わ

たくしがお祖父様のお墓参りをいたしておりましたところ、おばあ様が「もしや天野家の千春様でございましょうか」と声をかけてこられました。

わたくしがさようです、と答えますと、おばあ様は供の女中を気にして声をひそめられ、「母上を恨んでおいででしょうか」とやさしく訊ねられました。

そのとき、このおばあ様がわたくしにとって母方の祖母なのだ、となぜかしらはっきりとわかりました。わたくしが「いいえ、お恨みしてはおりませぬ。きっと何かわけがおありだったのだと思います」と答えると、おばあ様は涙を流されて、「そうなのですよ。よんどころない事情があって、あなたの母上は国を出られたのです。きっと、いつかお父上様が話してくださいます。それまで母上様を信じて我慢なすってください」と言ってくださいました。おばあ様は別れ際にご自分が母上の母親で、千代という名だと打ち明けてくださいました。

わたくしはそれから、ときおり、おばあ様と文のやり取りをして、いっそう母上を信じるようになり、いつかお会いできる日がくる、その日のためにしっかりと生きなければと思って参りました。

そんなわたくしに父上様は何もおっしゃいませんでしたが、家老となられ、忙しい日々を送られていましたから、仕方のないことだと思って参りました。

そして、今年の正月になって父上様はとうとうわたくしに母上のことを話してくださいました。それは正月の年始のお客様に岡野藩家老の酒井兵部様とご子息の小四郎様がお見えになった日のことでした。

わたくしは父上様の言い付けでおふたりに茶を点てたのですが、酒井兵部様は物静かでやさしげなお方で小四郎様は頼もしいお人柄のように見受けました。

おふたりが帰られた後、父上様はわたくしを部屋にお呼びになり、きょう、酒井兵部様と小四郎様に来ていただいたのは、わたくしとの見合いのためであった、と言われたのです。

わたくしは思いがけないことに驚きましたが、父上様は小四郎様は酒井様のご次男ゆえ、我が家に婿に来ていただくことができる、わたくしと祝言を挙げさせたうえで家督を譲り、家老の職も引き継ぎたいと仰せになりました。

わたくしは、ただただ恥ずかしく、うつむいておりましたが、父上様はさらに、いま、ご自分は家中での争いで追い詰められ、失脚を余儀なくされようとしている、と意外なことを話されたのです。

酒井小四郎様を婿に迎えるのは、結城藩とは親戚筋でもある岡野藩を後ろ盾にして、頽勢を挽回するためだ、と言われたのです。家中の争いなどわたくしはまったく存じませんでしたから、驚くばかりでした。

父上様は疲れたご様子で「かような争い事をいたしておるわしを醜いと思うであろう

な」とも言われました。わたくしが決してさようなことはございません、と申し上げたところ、父上様は初めて母上の話をしてくださったのです。

母上は家中での争いでひとが斬られるところをご覧になったこと、そしてそのひとを斬らせたのが父上様であったことをわたくしは知りました。

母上は家中での争いに巻き込まれ、よんどころなく国を出られたと父上様は話してくださいました。そのおりに伊那半平様という若い藩士の方が母上を守って、ともに国を出られたとのことでした。

父上様は初め、母上と伊那様の仲を疑っておられたそうですが、歳月が過ぎるにつれ、おふたりの心がはっきりと見えてくるようになったそうです。

父上様は「わしは家中の争いに勝とうとするあまり、ひとを信じる心を失っていた。しかし、家老として政(まつりごと)に携わるようになって、ひとの心を慮る大切さをしだいに知るようになった。そうすると志乃と伊那半平の心もわかるようになった。いまではふたりに申し訳ないことをしたと思っている」と話してくださいました。

さらに「すべてはわしの不徳のいたすところ、わしがわが妻さえ信じられなかったがために志乃に辛い思いをさせたのだ」と言われたのです。

千春は話し終えて、志乃の顔を見つめた。志乃は袖で涙をぬぐった。

「そうだったのですか。天野様はわたくしの心をおわかりくださったのですね。ありがたく、嬉しいことです。さらに千春殿はわたくしの母にも会われたとか、ひとの縁は切ろうとしても切れないものなのですね」

志乃は母の千代を脳裏に思い浮かべながら言った。国を出て以来、実家の母と会うよしもなく、音信もしないままで過ぎて、不孝を重ねてきた、と思っていた。

半平が膝を乗り出して、千春を見つめた。

「天野様の仰せ、まことにもったいなきことだと思いますが、千春殿がこの茶店にお見えになったのは事情があるのではございませんか」

千春は、はい、とうなずいてからゆりと顔を見合わせた。ゆりが半平に向き直り口を開いた。

「わたしは母に追われて結城藩領内にひそんでおりましたが、夜狐一味の追跡の手が伸びてきたので、峠を越えようとしたところ、千春様が三人の武士に襲われ、供の者が討たれたところに行き合ったので、お助けいたし、ここにお連れしました。千春様のお話では結城藩家中の騒動のため、岡野城下に向かわれているようです」

ゆりが述べると、半平はうなずいた。千春は考えをめぐらす様子だったが、しばらくして話し始めた。

「父上様はいま閉門蟄居の身でございます。永年、父上様と派閥争いをされていた岩見辰右衛門様と佐川大蔵様が藩政を動かすようになられたのです。しかし、ふたりは商人と結託し、賄賂をとり、金の力で派閥を大きくしたとのことです」

千春の言葉を聞いて半平は目を光らせた。

「わたしはかつて佐川様にお仕えいたしておりましたから、そのあたりのことは察しがつきます」

「ならば、おわかりいただけるのではないかと思います。父上様は岩見様と佐川様が藩を危うくすると思い、岡野藩の酒井兵部様に助けを求めようとされ、これまでに三度、家士を酒井様への使者に立てられました。ですが、ことごとく途中で行方知れずになったのでございます。おそらく佐川様の手の者が殺めたのだと思われます。そこで、わたくしが許嫁（いいなずけ）の酒井小四郎様を訪ねるという名目で使者になったのです」

志乃は千春をしみじみとした思いで見つめた。

「あなたは、その若さで父上様のために命懸けの使いを務めておられるのですね」

千春はかわいらしい微笑みを浮かべた。

「父上様はわたくしを使者として屋敷を出すときに、もし、途中で困難にあったら、峠の茶店を頼れ、そこに母上と半平様がいると教えてくださいました」

志乃は息を呑んだ。

「父上様はわたくしがこの茶店にいることをご存じだったのですか」

「はい、数年前から知っていたそうです」

半平は膝の上にこぶしを置いて、うめいた。

「そうか、天野様はわたしたちの居場所を知りながら、討手を向けることもなく、見逃してくださっていたのか」

志乃も顔を手でおおった。

「天野様に背いたのも同然のわたくしにさような慮りをしてくださっているとは、露ほども存じ上げませんでした。申し訳ないことです」

「父上様は、おやさしき方なのだと思います」

千春は嬉しげに言い添えた。半平はうなずきながら、ゆりに顔を向けた。

「千春殿を襲った武士たちはどうした。斬ったのか」

ゆりはゆっくりと頭を振った。

「いえ、いずれも峰打ちにいたしましたゆえ、すでに気がつき、城下に戻って加勢を呼んでくるかもしれません」

「そうか、ならば追手はわたしがここで食い止めよう」

半平が言うと、ゆりは眉をひそめた。

「わたしが倒したほどの者たちでしたら、どれほど人数が増えようと半平殿が食い止めるに手間はかかりますまい。ただ、その者たちとともに、夜狐一味が襲ってくるやもしれません」

「夜狐一味が結城藩の御家騒動に関わりがあるというのか」

半平は首をかしげて訊いた。ゆりは恥ずかしげにうつむいた。

「わたしの母は島屋を乗っ取るために佐川大蔵に近づき、庇護を得ておりました。ですが、そろそろ結城城下を立ち退く潮時と思ったらしく、大店を三軒続けざまに襲って二千両を奪ったそうです。いま岡野藩領内に逃げ込む算段をしておるところかと思いますが、おそらく佐川大蔵の手先となって千春殿を追う名目で峠越えを図るのではないでしょうか。それが、母のいつものやり方ですから」

志乃は肩を落としたゆりに同情の目を向けた。

「あなたも母御のことでご苦労なすっているのですね」

「さて、実の母子(おやこ)ですから、苦労は宿命だと思いますが、母の悪行は悲しゅうございます」

ゆりは何かに耐えるように唇を嚙みしめた。半平は冷徹な眼差しをゆりに向ける。

「武士なれば、襲ってくるとしても刀を武器とするだけであろうが、夜狐一味はそうではあるまいな」

ゆりは顔をあげて言った。

「夜狐一味ならば、鉄砲を使いますし、井戸に毒を投じ、家屋に火を放つことも平気でやります。とてもひとりで迎え撃つのは無理でございましょう」

「ならば、どうするか」

半平は志乃に顔を向けた。志乃は思い詰めた表情で答えた。

「わたくしは千春殿に使者のお役目を果たさせてやりたいと思います。それが、わたくしたちを見逃してくださった天野様へのご恩報じでもあるかと思います」

「無論のことだ」

力強く半平は頭を縦に振った。

二十二

半平は、考えた末、千春とともに志乃とゆりを安原宿に行かせることにした。だが、ゆりは顔色を変えて言い募った。

「それはいけませぬ。半平殿がおひとりで迎え撃たれるのは、危のうございます。わたしもここに残ります」

「それでは千春殿が岡野城下までの途中で襲われたときに守る者がおらぬ。安原宿に行き、金井長五郎様に夜狐一味が現れそうだから加勢の人数を寄越すように言ってくれればよい。それに――」

半平は顔をそむけて言葉を継いだ。

「そなたがここに残れば母と娘が争うことになる。さようなことはよくない」

ゆりは、はっとした表情をした。

「それではわたしのことを思い遣って、半平殿ひとりで残られるというのですか」

「安原宿から加勢の人数が来るまでの間のことだ。佐川様の追手や夜狐一味もさほどに早く姿は現さないだろう」

半平はさりげなく言い切って、早く安原宿に向かうように、と志乃をうながした。志乃はゆりに顔を向けた。

「ゆりさん、ここは主人にまかせてくださいませんか。わたくしたちは国を出てから何度も危ない目や苦しい目にあってきました。その都度、ふたりで力を合わせて乗り切ってきたのです。今度も同じです、きっと乗り越えられると思います」

志乃の言葉に、ゆりはかすかにうなずき、千春は涙ぐんだ。

「おふたりは困難の中でまことの夫婦になられたのでございますね」

志乃は千春に向かって頭を下げた。

「わたくしはあなたの母としてだけ生きるべきであったのかもしれません。ですが、わたくしが生きる道は半平殿とともにあったのだと思います」

「いいえ、わたくしは母上が自らを見失わずに生きられたのだと知って嬉しゅうございます。わたくしも酒井小四郎様とともに生きる道を歩めたら、と思っております」

千春が声を詰まらせながら言うと、志乃は黙したまま微笑んだ。


半平に急かされて志乃と千春、ゆりは間も無く茶店を出た。半平はひと目につくことを恐れて提灯を三人に持たせなかった。

「幸い、月明かりがある。道は志乃がよく知っているから、迷うこともないだろう」

半平に言われて、志乃はうなずいた。

「大丈夫です」

志乃は娘を何としても守ろうとする気概が胸に湧くのを感じた。

それは榊藩の藤がわが娘である雪姫を守ろうと必死の思いで討手に立ち向かったのと同じ心持ちなのだろうと思った。

志乃たちが店を出て月明かりを頼りに道をたどり始めるのを見送った半平は、茶店に戻ると、奥の井戸から水を桶に汲んだ。

店にあった五つの桶に水を汲み終えると、さらに土間から十枚の莚(むしろ)を井戸の傍に運んだ。井戸の水を汲むと莚にかけて、たっぷりと水を含ませた。

それらの支度を終えた後、半平は六尺棒を手に茶店のまわりを見てまわった。

峠の朝は早い。すでに空が白み始めていた。

（志乃たちは無事に安原宿に着けただろうか）

半平は念じる思いだった。安原宿に着きさえすれば、長五郎の助けが得られるし、岡野城下では永尾甚十郎を頼ることができるはずだ。

半平は暁の空に向かって志乃たちが何ごともなく安原宿に着けるように、と祈った。

そのとき、何かが宙を飛ぶ音が聞こえた。振り向くと茶店の茅葺（かやぶき）屋根に火矢が二本突き刺さっている。

「やはり、火をかけてきたか」

半平は六尺棒を放り出すと走って茶店のまわりに置いた水桶を取ると、屋根に向かって水をぶちまけた。

屋根に突き刺さった火矢の炎が消えたと思ったら、また矢音が響いて板戸に火矢が突き立った。半平は水を含んだ莚を火矢に叩きつけた。

火を消し止めたと思う間もなく、次々に火矢が飛んでくる。半平はその都度、走って水をかけ、莚を叩きつけて消し止めた。

さすがに火矢が止まったと思うと、夜明け前の薄闇の中から、くっくっと女の笑い声が聞こえた。

「夜狐のお仙か」

大声で半平が呼びかけると、薄闇の中から滲むように人影が現れた。黒い頭巾をかぶり、黒装束に、腰に刀を差しているが、体つきはまさしく女だった。

「ひさしぶりだねえ。元気にしていたようじゃないか」

かつて島屋の女房、おみねとして半平の前に現れた夜狐のお仙に紛れもなかった。

「どうした。火矢はもうないのか」

半平が地面に放り捨てていた六尺棒に近づきながら、うかがうように言うと、お仙はゆっくりと近づきながら答えた。

「そう、しゃかりきになって火を消されちゃあ、やるだけ無駄ってもんだからね」

「ならば、どうする。尋常に立ち合うつもりか」

お仙はまた、くっくっと笑った。

「馬鹿をお言いじゃないよ。わたしたちは体面を気にして鯱張ってるお侍とは違うんだ。情け無用、恥知らずのやり方が身上だよ。殺したきゃ、どんなやり方でもやるに決まっているだろう」

少しも悪びれずにお仙は言ってのけた。

「ならばこい」

言い放った瞬間、半平は地面から六尺棒を拾い上げて構えた。だが、お仙はあわてる様子もなく平然と半平を見つめている。

「殺す前にひとつ訊いておきたいことがあるんだけどねえ」

お仙はゆったりとした口調で言った。半平は油断なく六尺棒を構えたまま応じた。

「何が訊きたいのだ」

「わたしの娘のゆりが天野宮内の娘を助けて、この茶店に逃げ込んだだろう」

「知っているから襲ってきたのではないのか」

半平が鋭く言い返すと、お仙は笑って答えた。

「その通りさ。だけど、ゆりはどうやら、天野宮内の娘と安原宿に向かったみたいだね」

「それがどうした」

お仙はなおも悠然として言葉を継いだ。

「それが不思議なのさ。ゆりはどうやら、あんたに惚れていたようだ。それなのに、わたしが襲ってくると知っていながら、なぜあんたをひとりで残したのかと思ってね」

「わたしが行けと言ったからだろう」

半平は素気なく答えた。お仙はじっと半平を見つめた。

「わたしたちのやり方を知っているゆりがいた方がいいとわかっていたはずだよ。それなのに、なぜ、ゆりを行かせたのかを知りたいのさ」

「千春殿を守ってもらいたいからだが、付け加えれば、母と娘が争うのは見たくなかった」

お仙はしばらく黙ってから、さらに問うた。

「どうして、見たくないんだね」

「知らぬ。見たくないものは、見たくない。それだけのことだ」

半平は六尺棒を構えたまま、じりりと前に出た。お仙がかかってこないのなら、先に打ちかかるつもりになっていた。

「母と娘を争わせたくないか。なんとまあ、殊勝な男だこと」

お仙はすっと後ろに下がりながら、

「やっておしまい」

と甲高い声で命じた。

薄闇の中から白い物が次々と半平に投じられた。半平の六尺棒がこれを叩き落とす。

すると粉がぱっと宙に散った。

「しまった。目つぶしか」

半平に投じられたのは、卵の殻の中に灰や唐辛子の粉末などを詰めた目つぶしだった。

半平は目を手で覆い、六尺棒を振るったが、目つぶしは避けきれず、次々に肩や頭に当たり、もはや目を開けていられなくなった。

「おのれ卑怯な」

半平がうめくと、お仙の声がした。

「卑怯は盗賊の表芸さ。ひとりでわたしたちに勝てると思ったのが運のつきだよ」

もはや、半平の目が見えないと見たのだろう、足音を忍ばせた盗賊たちが斬りかかってくる気配がした。

半平は六尺棒を目の前で斜めに構え、斬りかかってくる刃風に応じて振るった。

半平の正面から斬りかかった男は胴を横に払われてうめき声とともに倒れた。左右から同時に斬りかかる男たちを風車のように回った六尺棒が打ち据えた。

さらに後ろから斬りかかった男を半平は振り向きもせずに六尺棒で突いた。

一瞬で男たちがなぎ倒されると、お仙の笑い声がした。

「目つぶしをくらったっていうのに、たいしたもんだね。まるで目が見えるみたいじゃないか」

お仙の声がゆっくりと近づいてくる。自ら半平を斬るつもりになったらしい。半平は前から押し寄せる強い殺気に眉をひそめた。

お仙が駆け寄り、袈裟掛けに斬りつけた。半平の六尺棒が刀を弾いた。お仙は踏み込んで続けざまに斬りつけてくる。

一瞬の暇も与えない、押し寄せる波のような剣だった。半平は思わず下がって間合いを取りつつ六尺棒を槍のように構えた。

「いまの技は雖井蛙流だな。西村幸右衛門殿に仕込まれたのか」

半平が言うと、お仙は一瞬、黙ったが、やがて嘲るように言った。

「そうだよ。とんだ、お人よしでね。わたしには何でもしてくれた」

「そなたをいとおしいと思えばこそ、西村殿は技を伝えたのだ。それを盗賊として遣うとは恥を知れ」

「そんなものを知らないから盗賊になったのさ」

「ならば、生きておっても、世のためにはならぬな」

「だったら、どうする」

お仙の声をめがけて半平が突きかかろうとしたとき、
ずだーん
と鉄砲の音が鳴り響いた。

半平は弾き飛ばされるように倒れた。その瞬間、半平は女の匂いを嗅いだ。

二十三

志乃と千春、ゆりが安原宿に着いたときには、すでに夜が明けていた。宿場は朝靄（あさもや）に白く覆われていた。

長五郎の旅籠、大野屋は早立ちの客がいるため、すでに雨戸が開けられ、笠をかぶり、着物を尻端折りした手甲脚絆姿の旅人が出かけようとしていた。

志乃は土間に入ると、帳場にいた長五郎の側近くにより、

「お頼みしたいことがあって参りました」

と告げた。長五郎は朝早く志乃が現れたことに驚いて目を丸くした。だが、志乃の背後に武士の身なりをした女と武家娘が立っているのを見て長五郎は、

「話を聞こう。上がりなさい」

とうながした。志乃は千春たちとともに、奥座敷に上がった。

向かい合って座った長五郎に、志乃はまず、盗賊夜狐一味がまた茶店を襲いそうだ、と話した。

長五郎は真剣な表情で聞くと、手を叩いて女中を呼び、

「吉兵衛を呼んでくれ」

と言った。間もなく吉兵衛がやってくると、長五郎は、夜狐一味が現れそうだと告げて、

「半平さんが危ないかもしれない。番所に行って、ひとをできるだけ大勢、集めて峠の茶店まで行ってくれ」

と言い付けた。吉兵衛は緊張した様子で、

「すぐに行きます」

と答えると、志乃に頭を下げてから出ていった。

長五郎は志乃に顔を向けて、

「さて、夜狐一味への手配りはしたが、まだほかにも頼みたいことがあるようだね」

と訊いた。

志乃はうなずいて、後ろの千春を振り向いてから、

「この方は結城藩の御家老天野宮内様の娘御で、千春様と申され、わたくしにとって、大切な方です。千春様は岡野城下に参り、御家老酒井兵部様のご子息で許嫁の小四郎様にお会いにならねばならないのです。わたくしは何としても千春様を酒井様のもとへお届けせねばならないのです。なにとぞ、お力添えください」

志乃の懸命な言葉に長五郎は気圧されたように黙ったが、やがて口を開いた。

「天野様と言えば、結城藩の御家騒動で閉門蟄居の身となられた方じゃないか。その方の娘様が国を出るなどお許しがあるはずはないね」

長五郎が確かめるように言うと、志乃はうなずいて手をつかえた。

「大名家にはそれぞれ御家の事情というものがございます。先日、ここにお泊まりになられた榊藩の雪姫様のことでもおわかりかと存じます。たとえ、そのときはお咎めがあるようなことでも、正義であることがわかれば、あらためてお許しが出ると存じます。どうか、ここは目をつぶってくださいませ」

志乃に言われて、長五郎は苦笑した。

「志乃さんにそう言われては、わたしには二の句が継げない。だが、志乃さんがそこまでしなければならないのは、なぜなのか話してもらうわけにはいかないか」

長五郎に問われて、志乃は手をつかえたまま少し考えたが、やがてきっぱりと言った。

「申し訳ございません。それはお話しするわけにはいかないのでございます」

志乃が返事を拒むと、長五郎は顔を曇らせた。

「そうなると、いくら志乃さんの頼みでも引き受けるのは難しい。何といっても、お隣の藩でのもめ事だ。すでに結城藩から峠を越えてくる者には詮議を厳しくするようにお達しがあったことは伝えたはずだよ。宿場役人風情が御家騒動に関わったら、後で大事になるからね」

長五郎がひややかに言うと、千春が志乃に小声で、

「母上、お頼みするからには、わたくしのことをお話しいたすしかないのではありませんか」

と言った。結城藩の家老の娘だという千春が志乃に、

――母上

と呼びかけたのを聞いて長五郎はぎょっとした。

志乃は千春を振り向いた。

「千春様、そのようなことを申されてはなりませぬ。あなた様はこれから岡野藩のご家老のご次男様と祝言をあげられ、やがては結城藩家老の奥方となられるのです。そのような方の母親が峠の茶店の女であるなどということはあってはならぬのです。二度と口にされてはなりません」

志乃の厳しい言葉を聞いて、千春は打ちひしがれた。

その様子を見た長五郎はあわてて、

「よしわかった。事情はもはや聞くにおよばない。志乃さんの頼みを引き受けようじゃないか」

と告げた。

「お助けいただけますか」

志乃が顔を輝かせると、長五郎は笑顔で答えた。

「志乃さんと半平さんにはこれまでに何度も助けていただいた。お返しはいつかしなければと思っておりました」

志乃はほっとして千春とゆりと顔を見合わせた。ゆりは喜んで言った。

「これで、もはや岡野城下に行くだけですね」

すると長五郎が手を上げて制した。

「いや、それはどうかわかりませんよ。なんでも岡野城下では、藩の若侍のうちから腕の立つ方々を選りすぐって、城下への出入りを見張らせておるそうです。この若侍の方々は怪しい者は斬り捨てることを許されているという噂です。城下に入り込むことは簡単じゃありませんよ」

岡野城下の入り口には新たに見張り番所が設けられ、そこに若侍たちが詰めて旅人に目を光らせているのだという。

「岡野城下に入って町奉行所の永尾甚十郎様のもとに参れば、後は何とかしていただけると思いますが、それまでが大変です」

長五郎が眉をひそめて言うと、ゆりは頰を紅潮させて、

「そのような者たちが邪魔するのであれば斬り破るまでです」

と声を高めた。

志乃は頭を横に振った。

「さように喧嘩腰になられてはいけません。岡野城下で血を見るようなことになれば、結城藩を立て直そうとされている天野様のご苦労を無にすることにもなります。岡野城下に騒ぎを起こさず、入る算段を考えねばなりません」

志乃の言葉に長五郎もうなずいた。

「そうですな。何か工夫をいたしませんと、いまの武家のお姿で城下に入ろうとすれば、すぐに見咎められてしまいます」

志乃はしばらく考えてから、

「武家の姿でなければ、城下の見張りの目をかいくぐることができるのではないでしょうか」

と言った。

長五郎は首をかしげた。

「とは言っても、武家の御姫様がいきなり町娘の姿をされてもすぐには馴染みませんし、見咎められるのではありませんか」

「いえ、同じ町人でも大店の内儀なら、それなりの格式がありますし、側につかえる女中衆も礼儀作法を心得ていて当たり前です」

志乃は考えをめぐらしながら、意味ありげにゆりを見た。

ゆりはあっと息を呑んだ。

「まさか、島屋のような商人の一家になりすますつもりですか」

「はい、島屋のおみね様のなさり様はとくと拝見しました。わたくしにもできないことではないように思います」

志乃が楽しげに言うのを聞いて、長五郎は大きく吐息をついた。

「志乃さんは途方もないことを言う。島屋のような大店の内儀ということになれば、衣装や駕籠も用意しなければならないし、大変ですよ」

志乃は長五郎に目を向けた。

「とは言ってもできないことではないと思いますし、岡野城下に騒ぎを起こさずに入るにはそれしかないのではありませんか」

すがるように言われて長五郎は、また吐息をついた。

「わかりました。それらしい衣装と駕籠、それに手形も用意させましょう。そして駕籠脇にはわたしがついて行きます。そうすれば途中でお役人に改められても、何とか言い逃れができるでしょうから」

長五郎の言葉に志乃はにこりと微笑んだ。

「金井様、まことにありがとう存じます」

志乃の様子にはすでに、大店の内儀らしい貫禄が漂い始めていた。千春は志乃が言い出したことが、そのまま行われるらしいことに驚いた。

「母上は大胆なことをなされます」

千春が思わずつぶやいた言葉を長五郎は聞こえない振りをして、素知らぬ顔で受け流した。

長五郎は素早く段取りをつけて、その日の昼過ぎには、女物の駕籠、大店の内儀や女中らしく見える衣装をそろえた。

志乃が髪を新たに結い、着替えると、牡丹の花を思わせる美しさだった。

千春とゆりも女中らしい着物に着替え、大野屋の女中や下男たちも供に加わることになった。

長五郎が羽織袴姿で駕籠脇に立つと、いかにも大店の一行らしく見えた。

志乃は悠然と駕籠に乗り込み、長五郎に声をかけた。

「参りましょうか」

長五郎はうなずいて、駕籠かきに、

「さあ、行くぞ」

と緊張した声で告げた。

駕籠が動き出すと、千春とゆりや女中たちがこれに続き、さらに男衆たちが荷をかついで従った。

志乃の一行はゆっくりと安原宿を出て、岡野城下へと向かって行った。

二十四

半平が気づいて目を開いたとき、すでに朝になっていた。茶店の板敷に敷かれた布団に半平は横たわっていた。

額には濡れた手ぬぐいがのっている。

頭に鋭い痛みが走った。はっとして体を起こすと、傍らには島屋の女房だったときと同じ贅沢な着物姿のお仙がいた。

半平はお仙を睨んだ。

「鉄砲が撃たれたとき、お前はわたしに体当たりして、弾を避けさせたな。殺せたはずなのに、殺さなかったのはなぜなのだ。しかもこのように介抱までしてくれるとはわからぬな」

お仙は艶然と笑った。

「なに、わたしの気まぐれですよ。確かに鉄砲で殺すこともできたんだが、その前に目つぶしを食らわせてもあんたは負けなかった。それに感心しちまってね」

「だから助けたというのか」

半平は顔をしかめた。

「まあ、もったいない気がしたのさ。あんたみたいな男を殺しちまうのが」

お仙は平然と言ってのけた。

「わからぬな。盗みに押し入った店で情け容赦なくひとを殺す凶賊、夜狐のお仙ともあろう者がなぜ、そんな仏心を起こしたのだ」

半平が見つめると、お仙は、くっくと含み笑いをした。

「まあ、世間じゃそう言われていますけど、わたしなりの決め事がありましてね。つまりは、あんたを殺すのはわたしの決め事からはずれているのさ」

お仙は煙管を取り出すと煙草盆で火をつけた。半平はその様子を見ながら問うた。

「決め事とは何なのだ」

「わたしは、見境なしにひとを殺しているわけじゃない。命を奪うのは、女に酷いことをした奴ですよ」

お仙は煙草の煙を吐いて言った。

「女に酷いことをした奴とはどういうことだ」

　半平は首をかしげた。

「たとえば、わたしは岡野城下で稲葉屋という材木商に盗みに入って、主人夫婦を殺しましたが、この夫婦がそろいもそろって性悪でね、奉公人の女を手籠めにするわ、わずかな借金の取り立てで母親と娘をそろって女郎屋に売り飛ばすなんてことをかねがね平気でやってましたのさ。どれほど大勢の女が酷い目にあわされたことか。島屋の五兵衛だって同じ事さ」

　お仙の目には憎悪が浮かんでいた。半平は淡々と言った。

「なるほど、そのような者は悪行の報いを受けるべきだとわたしも思う。しかし、それはお上がすることだ、お前が殺していいというものではないだろう」

　お仙は半平に笑顔を向けた。

「あんたは随分とひとがいいねえ。お上ってのは金を持ってる奴の味方なんだよ。そんな奴らはどれほど悪行を重ねても報いを受けるなんてことはないのさ」

　何も言うことができずに半平は黙り込んだ。

　お仙は煙管をくわえて、そっぽを向き、

「こんな話をすればお察しだろうが、わたしは子供のころから男にひどい目にあわされてきた。だから、何をやっても、その仕返しとしか思えなくてね、悪いなんて気はこれっぽっちもしないよ」

とひややかな口調で言った。

「そうか、ではお前のことを思ってくれた西村殿を死なせたことも、少しも悪いとは思わなかったというのか」

半平は憐れむようにお仙を見た。お仙はじろりと半平を睨んだ。

「あの人のことは言ってもらいたくないね。わたしは虎の性だけど、相手に真心があれば猫になるのさ。あの人を死なせようなんて金輪際、思っちゃいなかった」

お仙の声音には悲痛なものがあった。

「だが、そうなってしまったのだ。因果応報だ。悪行は不幸な成り行きを呼ぶのだ。お前が女に酷いことをした者を殺しても誰も幸せにはならん」

諭すように半平が言うと、お仙はせせら笑った。

「辛気臭い説教なんか聞きたくはないね。それより、せっかく教えてやろうと思ったことがあったのに、聞かないでいいのかね」

「何を教えるのだ」

半平は不安を覚えてお仙を見つめた。お仙は煙管の灰を煙草盆の灰吹きで落としてから、顔を寄せてきた。

鉄砲から救われたときに嗅いだ匂いがした。

「いいかい。天野宮内の娘は岡野藩の酒井兵部とかいう家老を訪ねていったんだろう。だけど、佐川大蔵はそれに備えて手を打っているのさ」

「まさか、千春殿が来るのを待ち構えているというのか」

「そうだよ。佐川と通じている岡野藩の侍が城下への見張り番所を拵えているらしい。天野の娘が城下に姿を見せたら、すぐに捕えて斬ろうという腹さ」

お仙は吐き捨てるように言った。

「馬鹿な、武士ならばともかく女人が入るのを見咎めることができるとは思えんぞ」

「さて、そこだよ。佐川は以前、天野の屋敷に仕えていたけど、行いが悪くて追い出された弥吉という中間を飼っているのさ。この弥吉を岡野藩の佐川と親しい重臣のところにやって、結城藩から来る旅人の顔を改めさせているのさ」

「そのような奴がいたのか」

「いままで天野の家士が岡野城下に入ろうとして捕えられたのは、弥吉に顔を知られていたからだよ。だから、娘なら使いの者だとわからないと思っても同じことなのさ」

「そうか――」

半平は愕然とした。

志乃は岡野城下に入るに当たって、工夫をするだろうが、千春の顔を知る者がいてはどんなに細工をしても逃れようがない。

「こうしてはおれぬ」

半平が立ち上がろうとすると、お仙が肩に手をかけて引き留めた。

「お待ちよ。まだ、話は半分しか終わっちゃいないよ」

「半分だと？」

半平は驚いて腰を下ろした。

千春の顔を知っている者が待ちかまえているということのほかにどんな話があるのだろう、と思った。

お仙は半平にしなだれかかりながら、

「天野の娘を追ってきたのが、わたしたちだけだったのを妙だとは思わないのかい」

言われてみれば、千春を追ってくるはずの結城藩士はいまだに姿を見せていない。お仙たちだけに後を追わせて佐川大蔵は何を考えているのか。

半平は考えをめぐらせて、はっとした。

「もしや、天野様を――」

お仙はにやりと笑った。

「ようやくわかったらしいね。そうさ、佐川は閉門蟄居している天野を殺しちまおうって考えているのさ。天野さえいなけりゃ、岡野藩の家老に使いの者が会ったって、いまさらどうにもできゃしないからね」

「おのれ卑劣な」

半平は歯嚙みした。お仙はつめたい目で半平を見た。

「そうかねえ。天野だって昔、邪魔な藩士を殺したらしいじゃないか。あんたが言うように因果応報ってやつじゃないのかね。悪行は不幸な成り行きを呼ぶって言ったのは、あんただよ」

半平はため息をついた。

「そうかもしれない。しかし、わたしは天野様から居場所を知りながら見逃していただくという恩を受けた。恩を受ければ報いなければならぬとわたしは思っている」

「とは言ってもあんたの体はひとつだよ。岡野城下に向かったあんたの女房を助けようと思えば天野は見捨てなきゃいけない。天野を助けようとすれば、女房は見殺しにするしかないね。いったい、どうするんだい」

お仙はいたぶるように言った。半平は額に汗を浮かべて考えた。天野を救わねばならないと思ったが、志乃を見捨てることなどできはしない。

しかし、天野を見殺しにすれば、生涯、悔いが残るだろう。どうすべきなのか、思い迷った。

お仙は意地悪気な笑いを浮かべて囁いた。

「どうだい、わたしが助けてやろうか」

「お前が助けるとはどういうことだ」

半平は訝しそうにお仙を見た。お仙はなおも体を寄せてきて、半平の耳もとで甘い声で囁いた。

「わたしは結城城下に戻るわけにはいかないが、岡野城下に入るのは簡単なことさ。わたしが行ってあんたの女房と千春っていう娘を助けてやるよ」

「そんなことができるのか」

「わたしは夜狐のお仙だよ。悪い奴がどんな手を使うかお見通しさ。わたしが行けば、あんたの女房は助けられるよ」

お仙は半平の首筋をしなやかな白い指でなでた。半平はうかがうように訊いた。

「盗賊のお前がただで人助けをするとは思えぬ。何が目当てだ」

お仙は半平の胸に顔を寄せた。

「あんたが欲しいね。わたしをあんたの女にしてくれたら、女房を助けるってのはどうだい」

半平はにべもなく言った。

「断る。そんなことはできん」

「へえ、女房の命がかかっていてもかい」

「できないことは、できん」

半平はきっぱりと答えた。お仙は笑い出して、

「この、石頭、頑固者――」

とつぶやいた。

半平は立ち上がった。

「わたしは、天野様を助けにいく」

お仙は半平を見上げてからかうように訊いた。

「じゃあ、女房はどうなってもいいんだね」

「そんなことはない。だが、志乃がここにいれば、天野様を助けに行ってくれ、というだろう。わたしは志乃の願いをかなえてやりたい」

「だけど、佐川は剣術の達者な奴をそろえているよ。いくらあんたでも無事には戻れない。十中八九は死ぬだろうよ」

お仙は冷然と言ってのけた。

「それもわかっている。だが、わたしが天野様を見捨てれば、千春殿はわたしを恨み、さらには志乃を恨むことになるだろう。千春殿は志乃の娘だ。母にとって娘に憎まれるほど辛いことはあるまい。わたしはさような思いを志乃にさせたくないのだ。それに志乃ならば切り抜けると信じている」

お仙は笑いを消して半平を見つめた。

「母親にとって娘に憎まれるほど辛いことはない、とは言ってくれるじゃないか」

お仙は立ち上がると、背を向けて土間に下りた。

「さっさと行きな。たぶん、あんたとわたしはもう二度と会うことはないよ。わたしは昔から勘がよくてね。こんな勘はめったにはずさないよ」

お仙は振り向かずに言い残すと、裏口から出ていった。外からお仙の高笑いが聞こえてくる。

半平は簞笥を引いて奥にしまっていた刀袋を取り上げた。袋から愛刀を出してひさしぶりに腰に差した。

土間に下りて腰を落とし、居合を試みた。

一瞬で白刃が光り、鞘に納まった。もう一度、居合で宙を斬った。

ひゅっ
ひゅっ
と白刃が光るたびに体の中に眠っていた武士の魂が甦ってくる気がした。しかし、それは困難をともにして生きてきた志乃から遠ざかることでもあった。

(わたしはやはり、武士であることを捨てられなかったのか)

半平は悲しく思った。

——志乃

半平は志乃の顔を脳裏に浮かべながら、外へでた。

空には鉛色の雲が出てきていた。

雨になるかもしれない。そう思った一瞬後、半平は結城藩に向かって峠を越えるべく走り出していた。


吉兵衛が番所の下役たちとともに茶店に着いたのは昼近くになってのことだった。

すでに、しとしとと雨が降り始めていた。

吉兵衛は、

「半平さん」

と声をかけながら、茶店に駆け込んだ。しかし、茶店の中には誰もいない。あわてて奥に駆けこんだが、そこにも人影はなく、ひっそりと静まっていた。

「どこに行ったのだろう」

吉兵衛はつぶやいた後、半平とは二度と会えないのではないか、という不安がこみ上げてきて足が震えた。

雨はなおも降り続いている。

二十五

志乃が乗った駕籠に、ゆりや千春、長五郎と大野屋の女中や男衆を供にした一行が岡野城下に入ったのは夕刻のことだった。

すでに薄暗くなった城下の入り口に板葺の見張り番所があった。

日頃は番人ひとりぐらいがいるのだろうが、見ると若侍が五、六人詰めて街道から城下に入ってくる者をあらためている。ものものしい警戒ぶりだったが、長五郎は平然として近づくと、若侍のひとりに声をかけた。

「安原宿から参りました大野屋と申します。さる大店のお内儀のお供をしてお奉行所の永尾甚十郎様をお訪ねするところでございます」

志乃は駕籠から降りて若侍たちに頭を下げた。立派な身なりの志乃の美しさに若侍たちは気圧されたようになった。

若侍のひとりが、

「よし、通れ――」

と言いかけたが、後ろから、別の若侍が声をかけた。

「おい、待て」

長五郎と向かい合っていた若侍は後ろを振り向いた。

「なんですか、鹿野さん」

後ろの若侍はゆっくりと出てきた。まだ若いのに頭巾をかぶって頭を覆っている。長五郎が怪訝な目を向けると、出て来た若侍は口を開いた。

「わたしは鹿野永助という。そなたたちは永尾甚十郎様を訪ねるというが、まことか」

「はい、さようでございます。わたしは安原宿にて宿場役人をいたしておりますので、かねてから永尾様と親しくさせていただいております」

「そうか、なるほどな」

鹿野は胡散臭げに志乃を見つめていたが、

「奉行所の役人を大店の内儀が訪ねるとは、何やら面妖だな。いまからひとを遣って永尾の家の者を呼んでこさせるゆえ待っておれ」

と言った。長五郎は眉をひそめて何か言いかけたが、志乃が背後から、

「永尾様の家の方においでいただくのは、申し訳ございませんが、その方がご詮議も早く終えられるかと存じます」

と言った。長五郎は渋々、うなずいて応えた。

「お待ちいたします」

鹿野は鼻で嗤っただけで返事もしない。供の中にいる千春やゆりを眺めている。

長五郎はさりげなく志乃に、

「相手は役人というわけではないんだ。届け捨てにして通り過ぎてもいいんじゃないのかね」

と訊いた。志乃は袖で口元を押さえ、低い声で言った。

「いまのお侍は若いのに頭巾をかぶっています。半平さんが永尾様のご子息に剣を教えたおり、乱暴な若侍の髷を斬り落としたと言っていました。たぶん、あの方のことでしょう。そうだとすると、わたしたちより、永尾様のご子息に意地悪をしたいだけでしょうから」

「なるほどね」

長五郎は苦笑して志乃の傍から離れた。

間もなく番所の前に永尾敬之進がやってきた。長五郎とは顔見知りらしく目で挨拶したが、志乃を見て戸惑ったような顔をした。

長五郎がさりげなく、

「こちらは、敬之進様もご存じの弁天屋半平様のお内儀です。本日は永尾様にご挨拶に来られました」

と、半平の名を大きく言って紹介した。敬之進は目を白黒させながらも、半平に関わりのある女人だと察したらしく、

「父は御用で出ておりますが、弁天屋様のことは聞いております。父が戻りますまで屋敷でお待ちください」

と言った。鹿野が敬之進に歩み寄り、

「おい、それはまことのことか」

といきなり問い質した。

「鹿野殿、まこととはどういうことですか」

敬之進がむっとして言うと、鹿野はせせら笑った。

「いまこの城下には結城藩の失脚した家老からの密使が入り込もうとしておる。他家の騒動にわが藩が巻き込まれるようなことがあってはならぬゆえ、われらがかように見張っておるのだ。もし、胡乱(うろん)な者が城下に入る手助けをお主がすれば、藩からお咎めを受けるぞ」

「さて、どうでしょうか」

敬之進は毅然として向かい合った。鹿野は額に青筋を立てた。

「貴様、奉納試合でまぐれ勝ちをしたからといって、のぼせるなよ」

「奉納試合のことなど、何の関わりもございません。ただ、鹿野殿たちがされている見

張りは一部の重臣方が命じられたことでご家老酒井兵部様は、皆様の出過ぎた真似を案じておられるそうではありませんか」

きっぱりと敬之進が言うと鹿野だけでなく、ほかの若侍たちも色めきたって敬之進を取り囲んだ。

「世迷い言を言うな」

「われらはお家安泰のためにしておるのだぞ」

「忠義のわれらを悪しざまに言うとは許し難い」

若侍たちが口々に言い募ると敬之進の顔色は青くなった。それでも何事か言い返そうとするのに、志乃が口を挟んだ。

「皆様、お待ちくださいませ、わたくしどものことでさように言い争われては申し訳なく存じます。いかがでしょうか、わたくしはこの見張り番所に残って永尾甚十郎様をお待ちしますゆえ、長五郎さん始め供の者たちは通していただけませぬか。この見張り番所に人数が大勢いてはひと目にも立ち、あらぬ噂になると存じます」

噛んで含めるような志乃の言葉に鹿野と若侍たちは顔を見合わせた。千春が心配そうに前に出て何か言おうとしたが、ゆりが袖を引っ張って止めた。

志乃はちらりと千春を見て、自分が見張り番所で人質になっている間に酒井兵部と会うようにと目で伝えた。千春は唇を噛み、かすかにうなずいた。

しばらくして鹿野が仏頂面をして言った。

「なるほど、内儀の言うのも、もっともだ。他の者は通ってよい。されど、内儀は永尾甚十郎殿が迎えにくるまで、ここに留め置くぞ」

志乃はうなずいて、長五郎に目配せして言った。

「では、長五郎さん、永尾様によしなにお伝えください」

長五郎は深々とうなずいた。

「わかりました。永尾様にすぐに来ていただくようにいたしましょう」

鹿野たちが見据える中、長五郎は千春やゆりとともに女中や男衆を引き連れて見張り番所から遠ざかっていった。

志乃は番所の板敷で待つように言われた。黙って番所に入り座っていると、鹿野が向かい合って座った。

鹿野はじろじろと無遠慮な眼差しで志乃を見つめていたが、やがて傍らの若侍に、

「弥吉を呼んでこい」

と言った。若侍は一瞬、怪訝な顔をしたが、問い返さずに番所を出ていった。間もなく痩せて顔色が悪い町人を連れて戻ってきた。町人は三十半ばで総髪をして単衣の着物を尻端折りして毛脛を出している。鹿野はこの町人に顔を向けて、

「弥吉、この女は安原宿の大店の内儀だそうだが、見覚えはないか」

弥吉は板敷に上がって座ると、首をかしげて志乃を見た。

「さあ、知らない女でございます――」

と言いかけたが、息を呑んだ。

「奥方様――」

いきなり呼びかけられて、志乃ははっとした。番所に入ってきたときから、どこかで見た顔のような気がすると思っていたが、十五年前、出た天野屋敷の中間のひとりだと思い当たった。

(どうして、この男がここにいるのか)

訝しがったが、素性がばれては、千春に危害がおよぶ。驚きを表情にださず、

「なぜ、そんな呼び方をするのですか」

と素知らぬ風で答えた。弥吉は疑わしげにじろじろと志乃の顔を見た。

「しかし、よく似ていらっしゃいます」

弥吉は首をひねった。だが、志乃も十五年前、国を出たときから比べれば、ふくよかになり艶麗な美しさが増している。鹿野が怪訝な顔をして訊いた。

「おい、どうしたのだ」

弥吉は困った顔になって答えた。

「いえ、このひとが十五年前に屋敷を出られて行方が知れなくなった奥方様にそっくりだったもので驚きました」

「ほう、天野宮内の奥方は失踪されたのか」

「はい、若い侍と駆け落ちしたのだという噂でございました」

「ほう、それはまた淫婦だな」

鹿野はつぶやいて志乃を見た。志乃は微笑んだ。

「いくら似ているとは申しても、さような方と間違われては迷惑でございます」

と言った。鹿野はうなずいて、

「そうであろうな」

と言いながら、突然、手をのばして志乃の胸をさわろうとした。

「何をする。無礼者——」

とっさに志乃は鹿野の手を払い、声を高くした。鹿野は払われた手をなでながら、

「いまの致しようは商家の内儀ではなく、武家の妻女のものだな。この弥吉は結城藩の元家老、天野宮内の屋敷の中間だったが、行いが悪くて追い出された男だ。いまは結城藩から来る旅人の顔を改めさせている。弥吉が覚えていた通り、天野の奥方であったとすれば、なにやら怪しいな」

と言って、にやりと笑った。志乃は落ち着いて答える。

「ただいまのようなことをされれば、女はお武家であれ町人の女房であれ、同じように
いたします。それをご存じないのは、失礼ながらあなた様がまだお若いゆえではないか
と存じます」

「ほう、わしが女子(おなご)を知らぬと言いたいのか」

鹿野はゆっくりと立ち上がって志乃を見下ろした。

「ならば、そなたに女子とはどういうものか、教えてもらってもいいのだぞ」

鹿野が一歩前に出て、志乃は緊張した。そのとき、

「鹿野殿、女人を脅すのはそれぐらいになされ」

と男の声がした。

志乃が番所の戸口に目を向けると、永尾甚十郎が悠然と入ってきた。

「永尾様――」

志乃がほっとして声をかけると、甚十郎は重々しくうなずいた。

「わしを訪ねてきた女人がおると聞いて驚いたが、なるほど志乃殿であったか」

鹿野は疑わしげに訊いた。

「永尾殿はまことにこの女をご存じか」

「いかにも、かねてから昵懇(じっこん)にさせていただいておる。お世話になったことも度々ござ
るよ」

甚十郎の悪びれない言葉にまわりの若侍は顔を見合わせた。それでも鹿野は弥吉に目を遣って、

「この男の申すところによれば、この女子は十五年前に国を出た結城藩の天野宮内の奥方に似ているとのことでござる」

甚十郎は大仰に何度もうなずいてみせた。

「なるほど、さようでござるか。世にはよく似た者が三人はおると申しますからな」

あくまで似ているだけだ、と言い張った甚十郎は志乃を振り向いた。

「さあ、疑いは晴れたゆえ、参るといたそうか」

志乃はうなずいて立ち上がり、

「失礼いたします」

と告げて、甚十郎に従って番所を出た。

志乃の後ろ姿を鹿野と弥吉は執拗に見つめている。

二十六

半平は結城藩領内に入ると、百姓家に立ち寄り、笠を購った。さらに莚を分けてもらい、これで刀をぐるりと巻いた。

笠を目深にかぶり、莚を小脇に抱えて城下への道をたどった。

十五年ぶりの結城城下は町家の並びや武家地の屋敷もさほど変わってはおらず、やすやすと天野屋敷に近づくことができた。

さりげなく門前を通り過ぎ、門に二本の竹が斜めに組まれ、門番がひとり立っているのを目に収めた。

しばらく歩調を変えずに進み、辻に来たところで、ちらりと振り向くと、数人の羽織袴の武士が門脇の潜り戸から入っていくのが見えた。その中に佐川大蔵の姿があるのを半平は見逃さなかった。

(佐川が屋敷に赴くからには、天野様はまだ無事なのであろう)

半平はほっとする思いで辻を曲がると数町ほど歩いてから引き返し、今度は天野屋敷の裏手へと出た。

辻からのぞいてみると裏門にも門番が立っている。厳重なことだと思いつつ、半平はあたりをうかがった。

猫が築地塀の上をゆっくりと歩いているのが見えた。

半平は門番が屋敷に入るのを見定めてから、築地塀に駆け寄り、片手をかけて、ひらりと跳躍した。

一瞬、築地塀にのった半平はすぐに身を翻して敷地に飛び降り、庭木の陰に身をひそめた。邸の中に忍び込むのは夜を待つつもりで庭木の根もとにうずくまった。

そのころ屋敷の奥座敷で天野宮内と佐川大蔵が向かい合って座っていた。

宮内は無表情なまま、大蔵の羽織の紐あたりに目を遣っている。大蔵は苛立たしげに咳払いした。

「さてさて、天野殿ともあろう方が潔うないのう。それとも、まだ岡野藩の酒井兵部殿から救いの手が参ると望みを抱いておられるのか」

大蔵が嘲笑うように言っても、宮内は眉ひとつ動かさず、口を開かない。大蔵は苦い顔になった。

「天野殿は失脚され、すでに閉門蟄居の身だ。いまさらどうなるものでもない。しかし、天野殿が腹を切らねば、これまで天野派であった者たちが身動きできず、迷惑いたす。それがおわかりにならぬか」

大蔵が厳しい口調で言うと、宮内の頬がかすかにゆるんだ。大蔵はその表情を見逃さず、声を荒らげた。

「ほう、お笑いになるか。死ぬのが恐ろしくて切腹もできぬ臆病者が誰を笑うのか解せませぬな」

宮内は目を細めて大蔵の顔を見つめた。

「わしが笑うたのは、お主のことだ」

寂びた声で宮内は言った。大蔵は目を光らせて、膝を乗り出した。

「それがしを笑うたとは聞き捨てなりませぬぞ。なにがおかしゅうござるか」

「お主を見ておると昔のわしを思い出しておかしくなる」

「昔の天野殿を?」

虚を衝かれた大蔵は首をかしげた。

「そうだ。藩政をこの手に握ろうとあくせくしておった。そのためには、どのような非情なことでも行ってみせると意気込んでおった。いま思えば馬鹿な話だ」

宮内は庭に目を向けながらつぶやくように言った。大蔵はつめたく笑った。

「さような繰り言を申されるとは、藩を動かし、辣腕で知られた天野宮内殿ともあろう方も老いられましたな」

宮内は大蔵の顔をまじまじと見つめた。

「なに、お主にもいずれわかる。政にあくせくする者はボウフラのようなものだ。泥水を飲んで浮き沈みしておる。いま、お主は浮いておるつもりだろうが、やがて沈むときがくる。それもさほど遠いことではあるまい」

辛辣な宮内の言葉を聞き流すかのように、大蔵は薄笑いを浮かべた。

「引かれ者の小唄でござるな。もはや二度と浮かぶことのない身である天野殿からさような話をされても痛くもかゆくもござらん」

「ならば、なぜ、しげしげとわしを訪ねて腹を切れと迫るのだ。まことに藩政を牛耳(ぎゅうじ)ったのであれば、わしなど放っておいてよいはずだ。家中をまとめきれぬゆえ、わしが生きていては恐ろしいのであろう。ならば切腹を迫るより、刺客を放ったらどうだ」

宮内は挑発するように言ってのける。大蔵はしばらく黙っていたが、不意に立ち上がって、

「いまの雑言、覚えておこう」

と吐き捨てるように言った。大蔵は背を向けて座敷を出ていこうとした。その背に向かって宮内は声を発した。

「時に、お主、島屋の内儀と懇ろだということだがまことか。それから身辺に盗賊の如

き者を近づけ使っているという噂もあるな」

「さようなことは知りませぬな」

大蔵は振り向きもせずに言った。宮内はうなずいた。

「そうか、されど、政を行う者にとって悪い噂は命取りになりかねぬ。用心いたすことだな。正しき道を歩まねばどこにもたどりつけず、何も得ることができぬ」

大蔵はじろりと宮内を睨んだ。

「世迷い言はそれぐらいになされ。先ほど、天野殿は切腹を迫らず、刺客を放てと言われた。お言葉に従って進ぜる」

からからと笑いながら大蔵は座敷を出て行った。座ったまま身じろぎもしない宮内は、ふと、

「愚か者め」

とつぶやいた。

そのころ志乃は甚十郎の屋敷の門をくぐっていた。

志乃が甚十郎とともに奥座敷に入ると、千春とゆりが長五郎と話し合っていた。そばに敬之進もひかえて話に耳を傾けている。

志乃を見て、皆、ほっとした顔をした。長五郎が甚十郎に志乃たちが岡野城下に来た

わけを改めて話した。

甚十郎は、ほう、ほうと興味深げに聞いていたが、やがて千春が酒井兵部に会わねばならない、と聞いて難しい顔になった。

「それは難事だ。酒井様は殿の信頼厚く、重臣一の力を持っておられるが、人柄が清廉なだけに派閥というものを持たない。結城藩の岩見辰右衛門、佐川大蔵という重臣と結んだ者たちが、酒井様のまわりを取り囲んで天野様の使者は近づけぬようにしているだろう」

千春が膝を乗り出した。

「わたくしは酒井様のご子息小四郎様の許嫁でございます。小四郎様にお会いできればご助力いただけると思います」

「さようか」

甚十郎は腕を組んで考えた後、敬之進に顔を向けた。

「そなた、藩校で酒井小四郎殿に会ったことはあるか」

敬之進はうなずいた。

「論語の素読のおりにご一緒いたしたことがございます。酒井様はやさしい方で後輩のわたしにもよく声をかけてくださいました」

「そうか。ならば、そなたがまず酒井屋敷に参り、小四郎殿をお連れしろ。そこから先はまた考えればよい」

甚十郎は言い切って同意を求めるように志乃に顔を向けた。志乃はうなずいてから、千春に向かって、

「弥吉という中間がいたのを覚えていますか」

と訊いた。千春は驚いて青ざめた。

「はい、素行が悪い中間がいたので、父上が放逐された、と聞きました。その中間が弥吉という名でございました」

「その弥吉が父上の使いとなった者たちを捕える手先となっているようです」

「あの弥吉が――」

千春の顔が青ざめた。

「岡野城下にはいるときは、女中の姿をしていたので紛れて弥吉の目にもとまらなかったようです。しかし、弥吉はあなたの顔がわかるでしょうね」

「はい、近寄って来られたら逃れようがありません」

そうですか、とつぶやいた志乃は甚十郎を振り向いた。

「弥吉の目を逃れる工夫をしなければいけないと思いますが、まずは酒井小四郎様をお連れくださいませ」

甚十郎は首を大きく縦に振った。敬之進に向かって、

「さっそく行って参れ。急げよ」

と言い付けた。

敬之進は緊張した表情で出かけていった。

志乃は畳に目を落として、小四郎が来てからどうするかを考えた。

一刻（二時間）後、すでに夜の帳が下りようとするころ、敬之進は酒井小四郎を伴って戻ってきた。

奥座敷に入ってきた小四郎をひと目見た志乃は、

（ああ、この方ならば、千春を託せる）

と母親としてほっとする気持を抱いた。小四郎は引き締まった体つきでととのった顔立ちをしており、目許が涼しかった。

「千春殿――」

小四郎が親しげに呼びかけると、千春は恥ずかしげに赤くなってうつむいた。志乃はちらりと千春にやさしい目を向けてから小四郎に向かって頭を下げた。

「志乃と申します。詳しい事情は後ほど申し上げますが、まずは千春殿が酒井兵部様にお会いする段取りをつけねばなりません。お力をお貸しください」

小四郎はうなずいて答える。

「わたしが千春殿を屋敷に連れて参ればよいだけのことですが、おそらく屋敷の近くで見張っている者たちに見つかると、面倒なことになります」

志乃はうなずいてから、ゆりに顔を向けた。

「ゆりさんは男装束を荷にして持ってこられましたか」

ゆりは身を乗り出した。

「はい、大小の刀も同じ荷にあります」

ゆりの返事を聞いた志乃は甚十郎と長五郎を見て、

「千春殿に男装束に着替えてもらい、小四郎様と酒井屋敷に行ってもらおうかと思うのですが、いかがでしょうか」

と問うた。長五郎はぽんと膝を叩いた。

「それはいい。榊藩の若君様が姫君様に戻られたやつの逆ですな」

「はい、弥吉は中間ですから、奥の女たちの顔をそれほどしげしげと見てはいないと思います。男装束に着替えて、笠をかぶれば夜のことですから誤魔化せると思います」

甚十郎もうなずいた。

「それでよいだろう。しかし酒井様の屋敷を見張っている者たちは、男であれ、女であれ、他国者は近づけぬようにするだろう。それをどうするかだな」

「はい、ですから、酒井様のお屋敷に千春殿が入れるようにするために、見張りの者を引きつける騒ぎを起こしたらどうだろうかと考えました」

「騒ぎをか」

甚十郎は目を丸くした。志乃は微笑んだ。

「はい、わたくしとゆりさんで騒ぎを起こすのでございます」

「面白そうです。ぜひやらせてください」

ゆりが顔を輝かせて言うと、甚十郎は渋い顔をした。

「わしは奉行所の役人だぞ。城下で騒ぎを起こす話をわしの前でされては困るな」

志乃は軽く頭を下げた。

「申し訳ございません。しかし、この騒ぎを起こす手伝いを永尾様にもしていただきたいのです」

「わしに手伝えと言うのか――」

甚十郎はうめいた。

二十七

夜が更けた。

小雨がぱらついていた。

天野屋敷で半平は庭木の陰に身をひそめていた。雲が厚く、星も見えず、あたりは暗闇に沈んでおり、座敷の燭台の灯りが障子を透かして、中庭にぼんやりと漏れているだけだった。

宮内は座敷で書見をしているようだ。宮内に会って、佐川大蔵の手の者の襲撃から守りに来たと告げるべきかどうか半平は迷った。

さすがにかつて宮内の妻だった志乃と暮らしていることを思うと、会うのをためらう気持があった。

宮内が志乃に寛容な思いを抱いていることはわかっているが、自分を許してくれているかどうかはわからない。

なにより、志乃が天野家を出ることになったのは、自分と出会ったのがきっかけだと思うと宮内の前に出るのを逡巡せざるを得なかった。

　半平が闇の中でためらっていると、ぎいっという音が聞こえた。はっとしてうかがい見ると裏門が開けられ、六、七人の武士が入ってくるのがわかった。

　いずれの武士も頰隠し頭巾をかぶって顔を隠しているようだ。武士たちは中庭を通って灯りが点る座敷の前に来た。

　座敷からの灯りでひとりの男だけが、羽織袴で他の者たちは羽織はつけず、襷をかけて袴の股立ちを取っているのがわかった。

　頰隠し頭巾をかぶり、羽織を着た武士の背格好を見て、半平はうめいた。

（佐川様だ。天野様を自ら殺めるつもりか）

　半平は闇の中で身構えた。

　羽織を着た武士は座敷に近づくと大胆にも、

「天野殿、参ったぞ。出られい」

と声をかけた。声に応じて座敷でひとが動く気配がした。やがて障子が開けられ、着流し姿の宮内が右手に手燭を持ち、左手に刀を提げて出てきた。

「頭巾をしておるゆえ、誰かわからぬな」

　宮内が言うと大蔵は嗤った。

「もはや、明日の無い身だ。誰がおのれを殺しにきたのかなど、どうでもよかろう」

「その声は佐川大蔵だな。正しき道を歩めと言うてやったが、無駄であったようだな」

ひややかな宮内の言葉に大蔵は苛立った様子で答える。

「ならば申し上げるが、正しき道を歩まれたはずの天野様の奥方は十五年前、駆け落ちをなされ、いまでは岡野藩領内の弁天峠で茶店などいたしておりますぞ。一度は正室といたした女子が落ちぶれ果てたと聞いていかなるお気持か承りたいものじゃ」

宮内は静かに言葉を継いだ。

「志乃のことなら知っておる」

「まさか、さようなことはあるまい。知っておりながら、淫婦を放っておいたとでも言うのか」

大蔵は嘲るように言った。

「志乃は落ちぶれておるわけではない。庶民の暮らしゆえ、貧しくはあろうが、心清く、行い正しく生きておると耳にいたしておる」

「さような取り繕いは聞き苦しゅうござるぞ」

「取り繕ってなどおらぬ。思えば志乃は昔からさような女子であったが、わしに見る目がなかった。いや、国を出てからの艱難（かんなん）が志乃を磨き上げたのやもしれぬ」

「奥方を磨き上げたのは、それがしの家士であった伊那半平という男でござろう」

大蔵が意地悪く言うと、宮内は微笑を浮かべた。

「いかにも、ひとの縁というものは不思議だな。結ばれるべき縁は結ばれ、離れるべき縁は離れていく」

宮内の言葉には澄み切ったものがあった。

庭木の根もとにひそんで聞いていた半平は、宮内が志乃に対して思いやり深い気持を抱いていると知って胸を熱くした。しかも自分に対しても憎しみの言葉を吐かず、結ばれるべき縁とまで言ってくれたのだ。

（このひとは何としても助けねばならぬ）

半平は思い定めた。

大蔵が連れてきた六人の武士たちが腕の立つ者ぞろいであることは身ごなしを見ただけでもわかった。六人を一人残らず斬るなどは無理だとわかっていたが、何としてもやらねばならない。

半平は心に誓って身構えた。

「かような話は無駄じゃ」

大蔵はわめいた。

「ならば、参れ」

宮内は落ち着いた声で言うと手燭を広縁に置いた。腰を落とし刀の柄に手をかけたが、ひとを呼ぼうとはしない。あくまでひとりだけで大蔵たちと対するつもりのようだ。

雨が音を立てて降り始めた。

大蔵は後ろに退いて、

「かかれっ」

と低い声で言った。武士たちが身構えたとき、半平は庭木の根もとから走り出した。

武士のひとりが振り返り、大声を発したときには、半平は宙を跳んでいた。大蔵の頭上を飛び越え、宙返りしながら、半平の刀が一閃した。

「何者だ」

宮内の前に降り立った半平は刀を構え、

「伊那半平、天野宮内様にご助勢いたす」

と言い放った。信じられない表情で半平を見た大蔵は、がくりと膝を折った。首筋から鮮血が噴き出していた。

雨脚が強くなった。

大蔵が倒れたのを見ても、六人の武士たちに動じた気配はなかった。何事もなかったかのように平然と刀を抜き連ねる。

その様子を見て、宮内がつぶやいた。

「お主たち、佐川大蔵に飼われているわけではなく、岩見辰右衛門の指示で動いているようだな」

「いかにも」

雨中に立つ武士のひとりがはっきりと答えた。もうひとりが、

「伊那半平、その方の雖井蛙流を見せてみよ」

と傲然とした口調で告げた。

半平はゆっくりと刀を上段に振りかぶった。いま、目の前にいるのは、容易ならざる敵たちだ、と半平は思った。

（もはや弁天峠には戻れぬかもしれぬ）

悲壮な覚悟を決めた半平の顔が雨に濡れていく。

岡野城下も雨が降っていた。

甚十郎と長五郎がまず屋敷を出た。ふたりが雨に濡れながら闇の中に消えてしばらくして、志乃とゆりは、敬之進とともに傘を持ち、提灯を手に甚十郎の屋敷を出た。千春は間を置いて小四郎に伴われて酒井屋敷に向かうはずだった。

雨夜の道を敬之進の案内で進む志乃とゆりは酒井屋敷の近くまで行き、築地塀の曲がり角で身を隠した。

雨が小降りになってきた。

門では庇の下で篝火が焚かれており、若侍が数人、屯しているのが見えた。志乃は篝

火を見て、眉をひそめた。

「敬之進様、あのような灯りは先ほどからあったのですか」

志乃に訊かれて敬之進は頭を振った。

「いいえ、先ほどまで篝火などありませんでした。どうしたのでしょうか」

「何かあったのかもしれません。敬之進様、念のため、門のあたりにいる方たちに訊いてきてはいただけませんか」

はい、わかりました、と敬之進は駆け出した。その背中を志乃は見送る。ゆりが篝火を見ながらぽつりと言った。

「まるで、わたしたちが来るのを待ち受けているかのようです」

「そうですね」

不安げに志乃は言った。

志乃はゆりとともに酒井屋敷の門前で盗賊に襲われたと騒ぎ立てるつもりだった。偶然を装って通りかかった甚十郎が盗賊捕縛のために若侍たちを指図して門前から遠ざける。その間に小四郎が千春を連れて屋敷に入るという段取りだった。

門前に行った敬之進が数人の若侍に取り囲まれるのが見えた。言い争う声が聞こえたかと思うと、敬之進は若侍たちに取り押さえられた。

若侍たちに指示している男は頭巾をかぶっていた。傍らに町人がいる。

「番所にいた鹿野永助と弥吉という以前、天野屋敷の中間だった男です」

志乃はゆりに囁いた。

「何があったのでしょう」

ゆりが緊張した声で言ったとき、門前に立つ鹿野が志乃たちが隠れている方角を指差し、走り出した。若侍たちが後に従う。

「逃げましょう」

志乃はゆりをうながして駆け出した。だが、鹿野たちの足は速く、さほど遠くないところで追いつかれた。若侍のひとりが志乃たちを追い抜いて行く手をふさいだ。

鹿野たちも追いつき、志乃とゆりを取り囲んだ。

「待て、お前たちは天野宮内の使いの者だろう」

鹿野が息を切らしながら言った。

「昼間もお話ししたはずです。さような者ではございません」

志乃がきっぱり言うと鹿野はせせら笑った。

「昼間はひさしぶりで自信が持てなかったらしいが、あの後、弥吉ははっきりとお前のことを思い出したぞ。お前はやはり天野宮内の奥方だった女だ」

自信ありげな口ぶりに志乃は唇を嚙んだ。さらに鹿野は笑いながら言葉を継いだ。

「それゆえ、永尾の屋敷を見張らせていたところ、敬之進が酒井屋敷まで赴いて小四郎殿を誘い出した。天野宮内の使いが酒井兵部様に会う段取りをつけるのだと童でもわかることだぞ」

ゆりが志乃をかばって立った。

「それで、わたしたちをどうしようというのです」

「決まっておろう。奉行所に引っ立てて詮議いたす。そなたたちの他にも結城藩から潜入した者がおるはずだ。その者のことを吐かせる」

志乃は鹿野を見据えてきっぱり言った。

「たとえ、どのように責められても、わたしはその者のことを話しはいたしません」

「ならば、たしかめてみようか」

志乃につかみかかろうとした鹿野の腕をゆりがぴしりと手刀で打った。

「おのれ、逆らうか。痛い目を見させてやるぞ」

鹿野が怒鳴ると若侍たちがいっせいにゆりに飛びかかった。だが、すぐに顔面や首筋などを手刀で打たれ、うめき声をあげて跪(ひざまず)いた。

「ええぃ、面倒だ。斬れっ」

鹿野が怒鳴ると、若侍たちはいっせいに刀を抜いて、ゆりに斬りかかった。ゆりはひとりに当身を放って倒すと刀を奪い取った。

襲いかかる若侍と数合、太刀をかわしたゆりはひとりの腿を斬り、もうひとりの脇腹を裂いた。

若侍たちが頽れたとき、新たな人数が駆け寄ってくるのが見えた。

鹿野は、ゆりに刀を突き付け声高に言った。

「町奉行所に加勢を頼んだのだ。もはや逃れられぬぞ」

ゆりはひとりを斬り倒して志乃の手を引き、

「こちらへ」

と走った。

「待てっ」

若侍に続いて町奉行所の下役たちも志乃とゆりを追ってくる。ゆりは追いすがる若侍をさらにひとり斬って追手を怯ませた。

だが、志乃を連れて逃げると、間もなく追手が迫ってきた。

「志乃さん、わたしが斬り防ぎますから先に逃げてください」

ゆりが言うと、志乃は頭を横に振った。

「いいえ、わたしはあなたを置いて逃げるわけにはいきません」

「しかし――」

ゆりがなおも言い募ろうとすると、突然、女の声がした。

「いいかげんにしな。逃げ道はこっちだよ」

志乃とゆりが振り向くと路地の入り口に頭巾をかぶり、黒の忍び装束を着た者が立っていた。

「母上――」

ゆりが驚いて声をあげると、お仙は早口で言った。

「ごちゃごちゃ言ってる暇はないよ。助けにきたんだ。わたしの言う通りにしな」

お仙はふたりに路地の奥に進むように言った。そのときには若侍や奉行所の下役が迫っていた。

「待てっ」

路地に入った追手に向かってお仙は懐から取り出した卵の殻を投げた。

「なんだこれは」

鹿野が刀で払った。すると白い粉が煙のように散った。とたんに追手の男たちは目を押さえて苦しんだ。

目つぶしだった。お仙は次々に目つぶしを投げつけた。路地は白い煙が漂ったようになった。

「急いで」

お仙は志乃とゆりをうながして走った。路地を曲がって、狭い道を通り抜けると草地に出た。そこは城下を流れる川の堤につながっている。前方を川で遮られた行き止まりの道でもあった。

どうするか、と見ているとお仙は指笛を鳴らした。すると川面の蘆の茂みから小舟が出てきた。黒装束の男が櫓を漕いでいる。

堤の下には船着き場があった。小舟がそこにつくと、お仙は志乃とゆりに乗るように言った。

「川下に漁師小屋がある。そこでひと晩過ごしな。そのころには騒ぎも収まっているだろう」

「母上はどうするのですか」

ゆりが訊くと、お仙は鼻で笑った。

「わたしは闇に紛れたら誰にもつかまりはしないよ」

小舟が船着き場から離れようとしたとき、志乃はお仙にすがった。

「いまごろ娘の千春が酒井兵部様の屋敷に入ろうとしています。わたしたちを追ってきた者のなかには千春の顔を知る弥吉という男がいなかったようです。いまも弥吉が酒井様の屋敷の前にいれば、千春は見破られて危地に陥ります。どうか助けてください」

「あんた、盗賊のわたしに頼み事をするなんて正気かい」

「盗賊のあなたに頼んでいるのではありません。母であるあなたに同じ母であるわたくしが頼んでいるのです」

志乃は真剣な眼差しでお仙を見つめた。お仙は志乃の目を見返して少し考えたが、

「わかった。引き受けよう。あんたの娘を助けてやるよ。その代わり――」

志乃はなおもお仙にすがった。

「その代わり、何でしょうか。千春を助けていただけるのなら、何でもいたします」

「あんたの娘を助ける代わりに、ゆりのことを頼んだよ」

お仙はちらりとゆりを見た。ゆりは息を吞んだ。志乃は大きくうなずいた。

「わかりました。ゆりさんのことはおまかせください」

「約束だよ」

お仙はひと言発して、小舟を押しやった。

「母上ー」

ゆりが悲鳴のような声をあげた。

小舟は川面を滑って川下に向かった。お仙はしばらく小舟の行方を見送っていたが、やがて闇に消えた。

雨脚が強くなった。

二十八

翌朝、雨があがり、川面は白く霧に覆われた。

川下の漁師小屋でひと晩明かした志乃とゆりは夜が明けるとたまりかねて川原に出た。

川上に目を凝らしても霧が立ち込めて何も見えず、あたかも白い闇に閉じ込められたかのようだった。

だが、遠くからかすかに、ぎいっ、ぎいっと櫓を漕ぐ音が聞こえてきた。

「志乃さん――」

ゆりにうながされて志乃も耳をすませた。櫓の音はしだいに近づいてくる。やがて白い闇の向こうに黒い影がぼんやりと浮いて見えた。水をかきわける音とともに、しだいに近づいてくる小舟を見て、志乃は息を呑んだ。

小舟に乗っているのは永尾甚十郎、櫓を漕いでいるのは長五郎だった。

「永尾様――」

志乃が呼びかけると、小舟は近づいてきた。甚十郎は岸辺に飛び移って志乃に近づき、声をかけた。

「志乃さん、喜べ。騒動は収まったぞ。千春殿は酒井屋敷に入り、兵部様に天野宮内様からの書状を届けた。兵部様はそれを見て、夜中ながら登城して、殿に結城藩の苦境を訴えた。殿は結城藩の騒動を鎮めるため乗り出す覚悟を定められたのだ。家中で結城藩の岩見辰右衛門に通じる者たちも呼び出されて殿から厳しく叱責された」

「それはようございました」

志乃はほっとした。しかし、甚十郎はため息をついた。

「実はな、千春殿を助けたのは、あの女賊夜狐のお仙なのだ」

「お仙さんは千春を助けてくださったのですね」

志乃が問うと、甚十郎は深々とうなずいた。

「昨夜のお仙の働きは凄まじかった。弥吉という男が、千春殿を見咎め、見張りの者たちが捕えようとした。わしたちも行き合わせ、若侍たちを止めようとしたが、どうすることもできなかった。そこへお仙が五人の手下を引き連れ、飛び込んできたのだ」

忍び装束のお仙は闇の中から降って湧いたように現れると千春を捕えようとしていた若侍の背中をいきなり短刀で刺した。そして千春をかばうと押しとどめようとする若侍たちと短刀で戦い、門にじりじりと近づいていった。

そのとき、奉行所の下役たちが駆け付け、捕えようとした。だがお仙は少しも動じなかった。手下たちに目つぶしを投げさせ、あたりを白煙で包むとなおも短刀で渡り合い、とうとう千春を門の潜り戸から中へ入れた。

「そのまま、自分も門内に入れば助かったのだが、お仙はそうしようとはしなかった。潜り戸を閉め、門の外で取り巻く若侍や奉行所の下役と短刀一本で戦った。お仙がついに斬られたとき、兵部様が門を開けて出てこられ、ようやく騒ぎを鎮められたのだ。しかし、そのときにはお仙は命に関わる深手を負っていた」

甚十郎は沈痛な面持ちで言った。

長五郎が気遣うように口をはさんだ。

「急いで酒井様の屋敷へ参りましょう。まだ、お仙の息はあるでしょうから」

と言った。志乃はゆりをうながした。

「ゆりさん、行きましょう」

ゆりはうなずいて志乃とともに小舟に乗り込んだ。長五郎は心得て小舟の向きを変えており、すぐに川上に向かって進み始めた。

酒井屋敷に着いた志乃たちはすぐに奥座敷に通された。そこには布団に青ざめた顔のお仙が横たわり、傍らに千春がいた。

志乃の顔を見た千春は涙ぐんだ目を向けて、

「母上、この見ず知らずの方がわたしを命がけで助けてくださいました」

志乃はうなずいて、お仙の傍に座り、手をつかえ、頭を下げた。

「お仙さん、ありがとうございます。このご恩は生涯、忘れません」

お仙はうっすらと目を開けた。

「なに、盗賊が気まぐれでしたことさ。恩に着なくてもいいけど、ゆりのことは約束したからね、頼んだよ」

「わかっております。必ず、ゆりさんをお助けします」

志乃ははっきりと言った。ゆりが身を乗り出して涙声で言った。

「母上、なぜ、門内に入らなかったのです。そうすれば助かったではありませんか」

お仙は笑った。

「なに言っているんだい。わたしは盗賊だよ。立派なお武家様の門から盗賊が入るわけにはいかない。盗賊は裏口か屋根の上からこっそり入るものさ」

お仙は志乃に顔を向けた。

「そうだあんたに言っておくことがあった」

「わたくしに?」

志乃はお仙に顔を近づけた。お仙はかすかにうなずく。

「あんたの亭主はいまごろ、結城城下に乗り込んで、天野宮内ってひとを助けようと命がけで戦っているよ。峠で迎え撃ったら勝てるかもしれないが、腕達者をそろえたところに乗り込むんだ。本当に命知らずだねえ」

「半平殿は結城城下に行ったのですか」

志乃は目を瞠った。

「そうだよ。佐川大蔵は天野宮内を殺そうとしている。殺されてしまえば、千春さんが悲しむだろう。千春さんが悲しめばあんたが苦しむのをあの男は知っているのさ」

「そうだったのですか」

志乃はうつむいて唇を嚙んだ。お仙はため息をついた。

「あんたの亭主はいい男だね。このままあの世に行って会うことができたら、わたしの亭主にするところさ」

とつぶやいたお仙は笑みを浮かべながら、震える手をゆりの顔に差し伸べた。

「わたしは悪い母親だった。だから、あんたを一度だけ助けて母親らしいことがしてやりたかった。だからこのひとに同じ母親として頼まれたとき、あの娘さんをあんただと思って助けたんだ。命が危ないことなんか、ちっとも怖くなかったよ」

「母上――」

ゆりはお仙に取りすがった。お仙はゆりの肩を抱いてつぶやいた。

「あんたはわたしなんかには過ぎた娘だった。きれいでやさしくて賢くて、わたしの自慢の娘だった。いいかい、あんたは幸せになるんだよ。このひとの娘なんかより、もっと幸せになるんだ。そうでなけりゃ、夜狐のお仙が命を張った甲斐がないからね」

言い終えたお仙はがくりと首をたれ、息絶えた。

ゆりは嗚咽（おえつ）した。

この日の昼下がり――

志乃は千春を前にして、

「半平殿のことが気になりますゆえ、申し訳ありませんが、わたくしはこのまま峠に帰ろうと思います」

と告げた。千春は息を呑んだ。

「何を言われるのです。峠の茶屋には佐川大蔵の手の者が来るかもしれません。そうなればお命が危のうございます」

「夫が死地にいるのです。妻たる身が安穏にしているわけには参りません。せめて峠の茶店で半平殿を待ちたいと思います」

「母上様、もはや、峠の茶店には戻らず、わたくしとともに、暮らしてはいただけませんか」

千春が涙ながらに訴えた。志乃は頭を横に振る。

「いいえ、あなたには酒井小四郎様という立派な方がついておられます。これから何の心配もないと思います。ですが、半平殿はわたくしをかばって国を出て、生涯をわたくしのために差し出してくれたひとなのです。あのひとが戻る場所は峠の茶店しかありません。それゆえ、わたくしは峠であのひとを待ちたいと思います」

言い置いた志乃は、長五郎や甚十郎が止めるのも振り切って弁天峠へと向かった。

志乃が峠に着いたのは、翌朝のことだった。

茶店は吉兵衛夫婦がきれいに片づけてくれていた。

志乃はいつも通り、茶店を開いて、旅人に茶を出した。だが、この日、とうとう半平は戻ってこなかった。

翌日は、朝から小雨だった。

結城城下を通ってきた旅人のうわさ話で天野の屋敷で騒動があり、数人が死んだものの、宮内は無事だったらしい、とわかった。しかし、半平がどうだったのかはわからない。

この日も半平は帰ってこなかった。

翌日は、朝の間は晴れていたが、やがて小雨が降り出した。

雨は昼近くになっていったん止んだ。

この日、不思議なほど結城藩領からの旅人は来なかった。

(どうしてなのだろう)

志乃は胸騒ぎがした。

昼になって、志乃はたまらなくなり、茶店から山道を結城藩領に向かって歩き出した。

また雨が降り始めた。

雨に煙る寂しい風景を見つめていると、志乃は胸が締めつけられるような思いがした。

(半平殿は帰ってきてくれる。きっとわたくしのもとに戻ってくる)

志乃は祈りにも似た思いで峠道を歩き続けた。やがて峠の下の方から黒い人影がゆっくりと上がってくるのが見えた。

足を引きずるようにしている。怪我を負っているのか、覚束(おぼつか)ない足取りだった。しかし、志乃にはわかった。

——半平殿

しぐれに濡れながら、峠を上ってくる半平を見つめる志乃の目に涙があふれた。

雨はなおも降り続く。

解説

末國善己

『大菩薩峠』を書いた中里介山は随筆「『峠』という字」の中で、「峠」は日本で作られた漢字「国字」であり、本来の漢字なら「嶺」だが、これは「山の最頂上では無く、領（えり）とか肩とかいう部分」のことで、「西洋語のパスとかサミット」も意味合いが違うだけに、「峠」には「含蓄と情味がある」と書いている。その上で、「上る人も、下る人も」立たなければならない「峠」を、「人生そのものの表徴」と位置づけていた。

岡野藩領内で結城藩との国境にある峠は、近くにある弁財天の御堂にちなみ弁天峠と呼ばれていた。そこで茶店を営むわけありらしい夫婦が、峠を通る人たちのトラブルを解決していく本書『峠しぐれ』も、峠を人生そのもの、あるいは人生の岐路になぞらえている。

茶屋の主人の半平は四十過ぎ、達筆で帳簿付けなどもできるので麓の安原宿で武家の一行が泊まるときの手伝いを頼まれることもあり、宿場役人の評判もよかった。女房の志乃は三十五、六、目鼻立ちがととのい色気があり客の面倒見もよいため地名にあやかって「峠の弁天様」と呼ばれていて、弁財天の御堂ではなく志乃が弁天峠の名の由来と誤解されるほどになっていた。

ある日の早朝、志乃が夜逃げらしい家族に声をかけた。事情を聞くと、主の吉兵衛は結城の城下で味噌問屋をしていたが、藩政改革の一つで産物が特定商人の専売制になり、結城家に金を貸している島屋五兵衛が巨利をむさぼる一方、販売権を奪われ没落する商家も出ており吉兵衛もその一人だった。現代でも、有力な政治家と結び付いた業界や財界人が優遇されているという噂があり、そこまで露骨でなくても政策や税制が変るだけで打撃を受ける業種はあるので、吉兵衛一家の境遇は生々しく感じられるのではないか。

吉兵衛一家を見送った半平と志乃は、翌日やってきた麓の安原宿の宿場役人・金井長五郎から、吉兵衛一家の荷物から高価な珊瑚の簪が出てきて、それが城下の材木商に押し入った盗賊が奪った品ではとの疑惑をもたれているという話を聞く。無罪を証明するため宿場の番所に向かった志乃が、吉兵衛一家から話を聞き、その証言を過不足なく使って論理的な謎解きを行うところは、ミステリ・ファンも満足できるのではないか。近隣を荒らしている盗賊夜狐との戦いは、物語を牽引する重要な鍵になっていく。

志乃が声をかけた浪人の前に、父を殺されたという旅の武士が現れ仇討になるエピソードも、浪人が刀を置いて立ち合いの場へ向かい、旅の武士が背後から浪人を斬ったなどの不可解な状況から、半平が仇討の裏側を見抜くどんでん返しが用意されており、あまりの大仕掛けに読者は衝撃を受けるだろう。

飛ぶ鳥を落とす勢いの豪商・島屋五兵衛とその女房らの一行が、豪華な駕籠で茶屋に来た。一行の中に夜狐の一味の女ゆりを見つけたと半平に聞いた志乃は、夜狐が財産を狙って五兵衛の毒殺を目論んでいると察知するが、その三日後、五兵衛が岡野城下の旅籠で刺殺された事件も意外な真相が待ち受けている。急な出府の途中で病に臥せった榊藩の若君の世話をすることになった志乃が、後継者をめぐって争う榊藩の事情から若君が病になった原因、お付きの老女の正体を見抜く展開も、本作が「小説推理」に連載されたためかミステリとしてクオリティが高かった。

雖井蛙流平法の達人である半平は、岡野藩町奉行所の永尾甚十郎に、奉納試合に出る息子の敬之進に稽古をつけて欲しいと頼まれる。天道流の道場に通う敬之進の腕はたいしたことはなく、相手は同門で道場一とされる鹿野永助で二刀を使うという。鹿野にいじめられていた敬之進が、半平に雖井蛙流の秘義〈二刀くだき〉を教わることで成長し、剣の修行には勝ち負け以上に大切な要素があると学ぶところは秀逸な青春小説になっているが、鹿野に〈二刀くだき〉を使うと知られ対策もあると嘯かれた敬之進が、どのような方法で反撃するかは、ハウダニットを題材にしたミステリとしても楽しめる。

貧しい人、弱い人に寄り添う半平と志乃が難事件を解決していくにつれ、故郷を捨てざるを得なくなった二人が、苦しい旅を続けた果てに弁天峠で茶屋を開いていた老夫婦に救われ後継者になった過去が浮かび上がってくる。志乃は娘を故郷に残して出奔したが、年回りや雖井蛙流を使うことから夜狐のゆりが志乃の娘の可能性が出てくるなど、次第に明らかになる二人の過去には、暗躍する夜狐、政争に勝利して筆頭家老にまで昇り詰めた天野宮内の権勢が翳り、石見辰右衛門、佐川大蔵に閉門蟄居に追い込まれるといった結城藩で進行中の政争もからみ、先が読めないスリリングな展開が続く。

パズルのピースのような断片が集まり物語の全体像が見えてくると、押し込み先で殺人も厭わない凶悪な夜狐を率いているが、自分の中に絶対に譲れないルールを持っていて、そのルールに従って人助けをする時もあるお仙、邪魔者を消すなど強引な手法で筆頭家老の地位を手にしたが、権力に汲々とする虚しさを悟り愛する者のために戦う決意を固める宮内らが描かれることで、この世には、完全な悪も完全な善もなく、すべての人間は善と悪のあわいで生きているに過ぎないと明らかになってくる。

ささいなミス、わずかなルール違反が見つかると、ネット上でバッシングによる炎上が起こるのも珍しくなくなったが、多くの人は正義感に基づいてネットで発信をしているようだ。ただ、その正義には個人の価値観以上の根拠はなく、分かりやすい、目についた対象を攻撃しているに過ぎない。悪の中に善もあれば、善の中に悪もあるとする本書は、すべてを二項対立で割り切り、過ちを許す寛容さを失った現代社会への批判が込められているように思えてならない。著者が、雖井蛙流平法の流祖・深尾角馬が、小さな揉めごとから農民の父子を斬った史実を紹介し、角馬の偉業だけでなく弱さも認めている半平を描いたのも、絶対的な善／悪はなく、愚かさを許せるようになれば人間として成長できるのは、いつの時代も変わらないと強調するためだったのではないか。

　宮内の危機を救いたいと考える人間が岡野藩の重臣に助けを求めるため国境を越えようとし、他藩のトラブルを持ち込まれるのを嫌う岡野藩が警戒を厳重にする終盤は、ヨーロッパの協定加盟国間の自由移動を許可するシェンゲン協定以前、鉄道にしても、自動車にしても国境を越える時に入国審査があった時代の国際謀略小説を彷彿させるサスペンスがあり、峠、国境を舞台にした設定が活かされていた。

　貧困に苦しみ、辛酸を舐めた逃避行の先に、大成功はしないが生活に困らないだけの収入があり、客を癒やし、客に感謝される茶店の経営者で満足している半平と志乃、そして政争に明け暮れ気の休まらない生活を送る虚しさに気付き平穏を求めるようになった宮内は、大金を稼ぎ出世をすればよい生活ができるという競争原理を根本から見直し、たとえ競争に敗れても衣食住が足り、趣味や余暇に興じられるくらい余裕のある社会を造ることと、新しい幸福の基準を創出し広める重要性に気付かせてくれるのである。

　本書の単行本は、日本経済の長期低迷を脱するため、金融緩和、財政出動、成長戦略からなる経済政策アベノミクスが進められていた二〇一四年に刊行された。日本人の多くが、日経平均株価や円ドルの為替相場に一喜一憂し、再び高度経済成長期やバブル期のようになる夢を見ていた時代に、著者は、経済成長とは別のやりかたで、人間が幸福になる方法を示そうとした。著者の逝去から約六年半が経過し、アベノミクスも提唱者の急死で終焉したが、今も日本人は経済成長期の夢を捨てず、弱者を切り捨てながら欲望と競争に突き動かされている。このような時代だからこそ、まったく古びていないどころか、今こそ傾聴すべき本書のメッセージを重く受け止める必要がある。

（文芸評論家）

単行本　二〇一四年一二月　双葉社刊
一次文庫　二〇一七年一一月　双葉文庫

DTP制作　エヴリ・シンク

峠しぐれ（とうげしぐれ）

定価はカバーに
表示してあります

2024年6月10日　第1刷

著者　葉室麟（はむろりん）
発行者　大沼貴之
発行所　株式会社文藝春秋

東京都千代田区紀尾井町3-23　〒102-8008
TEL　03・3265・1211㈹
文藝春秋ホームページ　http://www.bunshun.co.jp

落丁、乱丁本は、お手数ですが小社製作部宛お送り下さい。送料小社負担でお取替致します。

印刷製本・TOPPAN

Printed in Japan
ISBN978-4-16-792236-8